COLLECTION FOLIO

Nathalie Azoulai

Les manifestations

Gallimard

Nathalie Azoulai est née en région parisienne. Ancienne élève de l'École normale supérieure et agrégée de lettres, elle vit et travaille à Paris. Elle a reçu le prix Médicis 2015 pour *Titus n'aimait pas Bérénice,* son sixième roman, paru aux Éditions P.O.L.

À mon père

« J'appelle fiction la violence faite à la réalité afin de satisfaire une hypothèse. »

ARISTOTE

Nous sommes bras dessus bras dessous, nos trois bouches hurlantes. Un type s'approche, il est quasiment sous nos mentons mais nous ne cillons pas. Nous gardons notre allant, nous ne posons pas. Nous avons probablement le sentiment de mériter cette photo, d'incarner un moment historique.

C'est une photo en noir et blanc. Pendant des années, elle a trôné sur la commode de ma chambre malgré les protestations de ma mère qui m'y trouvait affreuse et vociférante.

Au dos, une main a écrit : Anne T., Emmanuel T., Virginie T., 1986.

Qui de nous trois a pu penser qu'on oublierait ?

I

1995

Nos derniers mots sur le perron fusent entre les vapeurs qui s'échappent de nos bouches. Ils s'intercalent comme des haleines de fantômes, bouffées blêmes revenues du passé, signes indistincts que nous envoie le futur. C'est un nuage qui nous enveloppe. Je voudrais qu'il nous ceinture, que jamais Anne et Emmanuel ne s'éloignent. Leur voiture disparaît au bout de l'allée.

Ils sont arrivés à l'heure, m'ont couverte de fleurs et de champagne, un peu trop d'ailleurs. Ils m'ont dit que ça les calmait de quitter la ville, que c'est si apaisant une famille harmonieuse, chaque chose posée à sa place, les billets de train pour les prochaines vacances déjà rangés sur le bureau, le succulent café qu'Alain passe des heures à préparer.

Alain est biologiste dans un laboratoire. Son travail consiste à scruter des matières vivantes posées sur des lamelles de verre très fines en écoutant France Musiques. C'est un homme calme et minutieux. C'est un homme qui s'immerge dans la matière, à qui elle ne fait jamais peur. Lorsque je l'ai rencontré, je n'en revenais pas de le voir fabriquer, réparer, rien ne le désarmait ; il regardait les choses comme le soldat évalue la plaine. Il m'a d'ailleurs appris, au fil des ans, à ne plus m'affoler devant elles, à cesser de penser que les dangers viennent de là, les dangers ne viennent jamais de là.

Avec les années, ces dîners sont devenus de plus en plus rares. La plupart du temps, Emmanuel ne séjourne pas assez longtemps à Paris pour qu'on puisse se voir, mais parfois il décide que c'est nécessaire, qu'il ne raterait ça pour rien au monde et il m'appelle, nous serons là le 22, c'est impératif, je n'ai pas le choix, je ne proteste jamais. Au contraire. J'aime qu'ils viennent à la maison, je m'y prépare des jours à l'avance, je les reçois comme une mère ses enfants, moi, qui ne faisais pas un pas sans eux, me voilà donc devenue une sorte d'aînée. Je les écoute me raconter leurs vies mouvementées, les voyages d'Emmanuel, les patients d'Anne, ses colloques, nous rions, Alain remplit nos verres. Parfois ils stoppent net et demandent : et vous ? Nous ? Eh bien, nous, rien de spécial, nous vivons, les enfants grandissent, la vie quoi... Je réponds dans un sourire qui éclaire chacune des platitudes que je viens d'énoncer, ce n'est pas un sourire forcé. Chacun reprend une gorgée de vin, Emmanuel s'étire et ils enchaînent.

Un dimanche chez mon beau-frère, les enfants

regardaient la télévision, c'était le Grand Prix de Monza, je crois, ma belle-sœur me racontait le divorce douloureux d'une amie, mais moi, je tournais la tête vers l'écran pour voir les voitures se ravitailler, le commentateur appelait ça des arrêts au stand. Je cherchais à quoi me faisaient penser ces ralentissements, ce bourdonnement en surchauffe qui brusquement s'interrompait pour laisser passer les bruits de la vie normale, ça m'obsédait. Quand j'ai enfin trouvé, j'ai souri. Ma belle-sœur n'a pas compris. Cette surchauffe, c'était la conversation d'Anne et d'Emmanuel, l'ironie qui monte en régime, les réparties qui fusent à grand renfort de mots étrangers, une intensité qui ne pouvait tenir que par les pauses que nous marquions lorsque nous revenions à nous, la maison, le travail, les enfants, la vie quoi...

Et quand ils passent le portail, c'est la même tristesse qui me prend chaque fois. Leurs éclats de rire s'émoussent dans la distance, un monde se retire et pourtant, je n'ai qu'une envie, me carapater contre le torse d'Alain et goûter la tranquillité qui revient ; je retrouve alors mon sillage, ma famille, mes enfants, ma maison légèrement en désordre – parce que pendant le moment qu'ils étaient là, je n'ai pas voulu me montrer trop ménagère, à ranger tout ce qu'on dérange dans un dîner, les disques, les bouteilles, à débarrasser trop souvent les plats – juste ce qu'il faut pour me rappeler l'ordre profond qui sous-tend tout ça. Et quand je me couche, je dis à Alain que je l'aime, même si dans la salle de bains je le maudis, je le méprise, je n'ai que des mots durs, des reproches concernant son manque d'humour, de fantaisie, sa manière de préférer les longs séjours à la campagne aux longs-courriers et ainsi de suite. Je suis là à me démaquiller et je pense que c'est ma faute si j'ai fait ce choix-là, qu'avec Anne et Emmanuel j'avais eu mille occasions de rencontrer des garçons plus délurés mais que j'ai choisi celui-là, qu'on n'a que ce qu'on mérite. J'en suis à mon deuxième coton, le premier était noir de crasse, peut-être à cause des cigarettes qu'Anne allume l'une après l'autre, je n'ai plus l'habitude des atmosphères enfumées, mes gestes sont lents ce soir, je fais le tour de chaque œil, consciencieusement, en douceur, pour ne pas froisser la peau si fine, ne pas la rayer, je reviens sur les ailes du nez, le menton, ces reliefs que je parcours tous les soirs me semblent neufs, ils appartiennent à un autre visage.

Anne et Emmanuel. Je les entends qui parlent dans la voiture, qui gloussent parfois, cette pauvre Virginie, comme elle doit s'ennuyer dans sa banlieue… elle est devenue comme sa mère… on n'échappe pas à son milieu. Je les entends comme si j'y étais, j'y suis, cachée sous la banquette arrière, et je prie pour qu'ils reviennent sur la qualité de notre accueil, sur ce plaisir que, malgré les années, nous avons encore à nous voir, sur le café d'Alain, sa gentillesse. Oui, mais tout ce temps qu'il passe dans la cuisine ! Tu ne trouves pas ça bizarre, toi ? Pourquoi bizarre ? Je ne sais pas, on dirait qu'il se planque, il fait ça chaque fois, tu n'as pas remarqué ? Non... si... peut-être... en tout cas, plus ça va, plus il m'ennuie... Plus je frotte et plus le coton noircit, on dirait que je vais chercher la crasse en profondeur, là où d'habitude je ne vais pas, ma peau commence à s'irriter, j'ai les joues en feu, je suis au bord des larmes quand soudain j'entends crier. Un cri aigu, un cri horrible. C'est Laura.

Une seconde, je songe qu'elle fait sa première crise d'épilepsie – il y en a dans la famille d'Alain – ou une méningite et, dans la même seconde, je ravale mes plaintes déplorables, des sornettes qui ne sont rien à côté de ce cri, de cette peur que j'ai de voir mourir ma fille. Je bondis hors de la salle de bains, je me précipite dans sa chambre, je touche son front, il est frais, je m'assois un instant pour la regarder dormir, la voilà maintenant qui sourit, puis je remonte sa couette et je sors. Dans le grand lit, comme pour remercier le ciel de ce simple cauchemar, je me love contre Alain, je lui dis que je l'aime très fort et cette fois, je le sens bien, il n'y a plus aucun mépris dans le ton de ma voix, tout mon dépit a reflué dans cette peur. Dehors, il pleut. C'est calme et bon, le clapotis de la pluie sur notre toit de tuiles. J'essaie de m'endormir dedans, d'enfermer le temps de ma nuit dans cet écoulement de clepsydre mais c'est impossible. Je pense encore à ce trajet qui les ramène vers Paris, à ces mois, ces années qui nous séparent de notre prochain dîner, à nos vies qui auront le temps de creuser leurs différences. Anne est psychanalyste, elle vit seule avec son fils depuis qu'elle a quitté Vincent, c'est, comme on dit, une intellectuelle parisienne, toujours entre deux soirées, deux colloques. Elle m'appellera dans quelques semaines. Emmanuel est libre comme l'air, il mène sa vie de correspondant à l'étranger, il pourra se passer six mois, deux ans, avant qu'on ait de ses nouvelles. Avec lui, on ne sait jamais. Je ferme les yeux comme des poings pour ne plus entendre leurs voix vives, moqueuses. Je me concentre sur le bruit de la pluie mais en vain, l'averse s'amenuise et ne couvre plus rien. Et puis le souffle d'Alain commence à se faire plus régulier. Les voix mollissent enfin, je ne les entends plus que par intermittence puis plus du tout. Je me blottis contre Alain, je le bénis, il sera toujours là pour nous protéger, les enfants et moi, il est notre socle, Emmanuel et Anne ont beau tout avoir, ils n'ont pas ça, ils n'auront jamais ça : un homme droit et fiable, une maison que personne ne viendra démolir. Des paroles de petite fille à qui l'on vient de raconter l'histoire des trois petits cochons. Je m'appelle Virginie Tessier et je ne suis pas juive.

D'emblée, j'ai aimé la famille d'Anne, son appartement spacieux, tout ce luxe. Son père était un avocat réputé, sa mère ne travaillait pas. Elle était fille unique, mais il y avait toujours du monde chez eux, des cousins, des tantes, des amis qui passaient. Souvent on me priait de rester dîner. J'allais dans le bureau de son père, je téléphonais à mes parents, je prenais une toute petite voix pour qu'on ne m'entende pas, je disais que je ne pouvais pas refuser et que, bien sûr, on me raccompagnerait, ce qui, la plupart du temps, était faux. Car je ne demandais rien à personne, je faisais la courageuse qui n'avait pas peur de marcher dans les rues la nuit alors que j'en tremblais, mais jamais je n'aurais laissé cette peur me gâcher le plaisir d'être là. Au début, j'étais si intimidée que je restais de longs moments à discuter avec leur employée de maison philippine, Josy. Nous parlions anglais, je disais que c'était pour m'entraîner mais personne n'était dupe. On ne me bousculait pas, on ne se moquait pas ; on me laissait prendre mes marques, apprivoiser les sensations d'un nouveau monde.

Un jour, en rentrant de chez eux, j'ai dit à ma mère que je voulais me convertir, devenir juive. Elle était en train de préparer un bœuf bourguignon – les légumes, la viande un peu grasse, les oignons. Je la regardais faire avec une vague sensation de nausée et je m'amusais à fermer les yeux, en imaginant que c'était Josy, qu'elle disposait le saumon fumé, les plats raffinés qui venaient de chez le traiteur. Ma mère s'est arrêtée de couper ses carottes, m'a regardée d'un air ahuri. Et puis elle a cherché au fond de mes yeux ce qu'il y avait. Elle a dû trouver, parce qu'elle m'a répondu que, même convertie, je ne serais jamais « comme eux ». C'était leur histoire, la mienne était différente, et je ne devais pas m'en plaindre parce que nous, on était plus tranquilles. Il n'y avait qu'à voir le passé, dans les guerres, les périodes de crise, de misère, on s'en sortait toujours plus facilement lorsqu'on n'était pas juif, qu'on soit riche ou pas, va savoir pourquoi mais c'est comme ça. J'ai mis longtemps avant de me remettre à apprécier le bœuf bourguignon, mais mes enfants adorent ça. C'est rare pour des enfants.

Anne, Emmanuel et moi, c'est en terminale que nous sommes devenus inséparables. On faisait tout ensemble, les dissertations, les cours de natation, les exposés. Nous étions des élèves curieux, dociles et agréables. On nous appréciait. Surtout Emmanuel et Anne que leur complicité, leur humour rendaient charismatiques aux yeux du reste de la classe, cette façon qu'ils avaient d'interroger les professeurs, de leur répondre sans aucune insolence, de rebondir sur un mot pour relancer le débat ou détendre l'atmosphère. Tout le monde aurait adoré faire partie de leur cercle restreint et c'était moi qu'ils avaient élue. Je n'étais pas particulièrement belle ou drôle ou brillante ; j'étais juste une bonne petite élève. Sans eux, je crois que j'aurais fait une scolarité moyenne, mais, à leur contact, je m'étais mise à rêver d'excellence.

Si Emmanuel pouvait paraître quelquefois arrogant, Anne, en revanche, cultivait la modestie. Elle comprenait toujours tout avant les autres, mais elle se débrouillait pour que ça ne se voie pas. Elle m'a avoué par la suite qu'on l'avait également élevée avec l'idée qu'il ne fallait surtout pas susciter l'envie chez les autres de peur qu'elle ne se retourne contre soi. La philosophie, c'était son point fort. Emmanuel, lui, excellait en maths et en histoire. Moi, j'étais bonne partout mais je ne faisais pas d'étincelles. Jusqu'à ce jour où le professeur de philosophie s'est avancé vers moi.

Il a son gros paquet de copies à la main et il marche. Anne est assise à ma gauche mais je sens que c'est vers moi qu'il avance, à cause de ce regard étonné dont il ne démord pas. Mon cœur va lâcher, quelque chose dans mon ventre va se tordre et me couper le souffle. Je dois me tromper, c'est vers elle qu'il va, c'est elle qui l'intéresse, pas moi. Tout le monde sait d'emblée où il va, il n'y a guère que moi pour me bercer d'illusions alors que nous sommes en cours de philosophie, que chez moi, les philosophes, on croit que ce sont des auteurs de dictons et qu'Anne rafle toujours les meilleures notes parce qu'elle a la tête à ça. Et pourtant je vois le bras qui se déploie, qui détache la première copie de la liasse et la dépose sous mon nez. Mes yeux s'embuent, j'arrive à discerner le 18 qui danse sur les lignes, rouge, un peu baveux, et dessous, cette mention « Excellent travail ». Je l'ai battue, c'est la première chose que je me dis, mais je ravale ces mots, je ne veux pas les entendre, je ne veux pas que ce soient ceux-là qui me viennent en premier ; je les enfouis, je les étouffe, je les essore pour que plus rien ne sorte d'eux, mais en vain. D'autres affluent. Un jour, elle m'implorera, je la mettrai à genoux. Et c'est toute une pluie de phrases revanchardes qui s'abat. Comme les morceaux d'une langue qui serait morte en moi et qu'un événement imprévu exhumerait. C'est une langue de moi que je ne connais pas.

Le professeur me félicite devant toute la classe et je voudrais que ça dure des heures, qu'il trouve des synonymes, des périphrases, des compliments inédits. Puis j'ai peur qu'Anne soit jalouse, qu'elle ne veuille plus de moi comme amie parce que je l'ai doublée et qu'en plus je suis une peste. Emmanuel me regarde comme s'il ne m'avait jamais vue. On dirait qu'il va me demander en mariage dans l'heure qui suit, je le déteste pour cette admiration soudaine et opportuniste, pour cette façon qu'il a lui aussi de n'aimer que ce qui brille. Anne se penche vers ma copie. Un instant, je pense qu'elle va la prendre et la déchirer mais non, elle voudrait juste la lire pendant la récréation. Je redoute ses questions vicieuses, qu'elle veuille discuter telle hypothèse, car subitement c'est comme si je ne me souvenais plus de rien, comme si ce n'était pas moi qui l'avais écrite, cette dissertation, comme si j'avais recopié dans des livres, que j'avais triché, parce que je n'ai ni cette intelligence ni cette culture-là. Félicitations, dit-elle après la récréation, c'est vraiment excellent. J'aurais préféré qu'elle dise « intéressant » mais elle dit « excellent ». Elle s'étonne juste de la référence à Spinoza sur un sujet pareil, elle n'y aurait pas pensé, je m'entends lui répondre avec assurance qu'avec Spinoza on peut tout faire.

Je m'appelle Virginie Tessier et je suis première en philosophie.

Quand je rentre chez moi, je fonds en larmes

dans les bras de ma mère. Elle veut ouvrir le champagne, même si on est lundi soir, même si elle se coltine une migraine toute la semaine, ça vaut bien la peine, sa fille première en philo, elle n'y croit pas. Cette Anne Toledano a sur moi la meilleure influence du monde, je dois continuer à la fréquenter, des gens comme ça, c'est un cadeau de la providence, elle n'en a pas eu sur sa route. Je ne sais pas pourquoi mais ses mots me fichent le cafard, pour le passé de ma mère qu'ils éclairent piteusement, le ressentiment qui affleure dans les yeux de mon père. Des gens comme ça, des gens comme quoi ?

On s'est dit, ça doit ressembler à ça le départ d'un mari pour la guerre. Celui-ci aurait deux femmes, deux veuves qui l'enlacent dans un temps qui n'est déjà plus le présent, qui n'est que de l'avenir fêlé, de l'avenir sans étreintes car ce sont les dernières, et elles sont si précieuses qu'on n'en profite même pas, elles tombent en poussière sous les doigts, elles n'ont plus de chair, ce sont des morceaux de verre, nous disons au revoir, nous pensons adieu, et nous enlaçons des morceaux de verre, la pénitence des veuves.

Nous sommes venues accompagner Emmanuel à Roissy. Il part loin et pour longtemps, il dit qu'il doit quitter le port, il ne sait pas s'il reviendra jamais vivre à Paris. Un journal lui a proposé un poste de correspondant, c'est une chance, il commence par l'Amérique du Sud, il espère ensuite pouvoir travailler aux États-Unis. Nous vivons ce moment dans une sorte d'émotion froide, les mots que nous échangeons ne sonnent pas, rien ne reste à la surface, mais juste en dessous il y a la trace d'une torsion, un nœud dans la chair. C'est une tristesse blanche, sans relief, nous en avons les membres gourds. Au bout de la piste de décollage, quelque chose va s'arrêter, la jeunesse, une circulation triangulaire, j'en parlerai à Virginie… Anne pense que… je demanderai son avis à Emmanuel… tu crois que ça lui plaira ? je ne sais pas mais appelons-le… s'il a aimé, j'aimerai, etc. Ainsi nous avons vécu pendant sept ans d'équivalences, d'inductions, de transitivité absolue.

Emmanuel a insisté pour que nous venions, nous, plutôt que ses parents. Il savait que ce serait à la fois plus fort et plus tenu. Il craignait les larmes de sa mère. Nous, nous ne pleurerions pas, nous serions comme sur la photo, inspirés, soudés, confiants, jusqu'au bout, derrière les portes vitrées.

Après son départ, avec Anne, nous avons repris la voiture. Nous n'avons pas dit un mot du trajet, pas esquissé le moindre geste. Puis Anne a allumé la radio et Barbara a commencé à chanter. « Dis, quand reviendras-tu ? Dis, au moins le sais-tu… » C'était lourd, prémédité, sans grâce mais c'était soudain nécessaire, c'était toutes les larmes que nous avions retenues, tout ce pathos rentré et, lâchement, nous préférions laisser faire la chanson.

Emmanuel a quitté la France en août 88, nous venions de finir nos études. Gardez-moi ma place, avait-il murmuré au moment d'embarquer. Mais, en acquiesçant, nous savions toutes deux que rien n'était moins sûr parce que, au fond, ce départ, en nous jetant l'une contre l'autre, nous forçait à regarder enfin les choses en face : il y avait toujours eu Anne et moi d'un côté, et de l'autre, il y avait eu Emmanuel.

1991

— Mademoiselle Virginie Pauline Marie-Hélène Tessier, acceptez-vous de prendre pour époux monsieur Alain Gilles Antoine Gabrielli ici présent ?

Nous avançons vers les registres de la mairie, nous sommes les témoins, nos mains tremblent un peu sur les signatures. Puis je me souviens de lampions et de valses. C'est à Gap, dans le jardin de la maison des Tessier, une vieille bâtisse en pierre sans luxe, perdue dans les montagnes. J'aime être là, au cœur de la France, dans sa profondeur, ses banquets. Emmanuel a un peu traîné les pieds pour faire le voyage depuis le Brésil, parce qu'il a les mariages en horreur, parce que c'est la province et surtout parce qu'il n'a pas grand-chose à voir avec le monde de Virginie et qu'il s'en fiche éperdument. Moi, non. Je m'y enfonce comme dans une piscine, je vais m'asseoir au fond, je regarde les reflets jouer sur la mosaïque, l'eau bleue zébrée de lumière blanche, le corps tout gondolé, mes cheveux remontent en corolle autour de ma tête qui s'allège, personne ne sait que je suis là, c'est un moment suspendu, je suis de plus en plus légère, je descends, je m'enfonce. Je cesse enfin d'avoir peur de l'eau, je vais en France profonde, je plonge la tête. Avec mes parents, nous partions toujours à l'étranger et, de la France, je ne connais que Paris. D'où ce goût que j'ai pour les téléfilms régionalistes et les films de Chabrol, même les plus mauvais, parce qu'il y a tous ces notables entre eux, sur leurs terres, les rivalités testamentaires, les adultères de province.

Cette maison, Virginie m'en a parlé des heures, j'ai bu ses souvenirs, je me pelotonne dans son mariage. Elle est jolie comme un cœur, toute à sa fête, à son monde, à son enfance. Sa vie retrouve provisoirement un semblant de continuité. De temps en temps elle jette vers nous des regards anxieux, redoutant notre ennui, notre hauteur, elle vient s'asseoir avec nous, nous la rassurons, elle repart. Je regarde les fleurs qui pendent dans ses longs cheveux bruns en pensant que jamais je ne porterai la coiffe d'une mariée. C'est une certitude intime. Je le dis à Emmanuel, il pouffe de rire. Je lui reproche de ne jamais me laisser être sentimentale. Il se moque encore plus, je finis par rire de moi avec lui. C'est une gymnastique à laquelle nous sommes bien entraînés, changer de place, nous dédoubler, nous regarder avec les yeux de l'autre, c'est une chose qui s'apprend jeune, ensuite on devient plus rétif.

À notre table il y a les cousins de Virginie, des garçons ordinaires, ni beaux ni laids, rien à voir avec ceux qui peuplaient ses souvenirs. La première guerre du Golfe est toute fraîche, les cousins pestent contre le massacre des civils, les enfants, l'embargo, l'Amérique le paiera, et nous avec. Sans doute veulent-ils nous montrer, à nous autres Parisiens, que la géopolitique n'est pas l'apanage des bourgeois de la capitale. Mais, en dépit de leurs efforts, Emmanuel ne les écoute que d'une oreille, il ne leur accorde aucun crédit. Quelqu'un dit tout à trac, comme une blague de banquet, une boutade, tout ça, c'est à cause d'Israël, dommage qu'ils n'aient pas pris un scud, ça les aurait calmés. Je me souviens de mon rire fondu dans les leurs, de mon absence totale de contrariété. Nous parlons d'autre chose. Puis je vais légère sur la piste de danse, je me moque d'Emmanuel qui regarde la fête avec un air vaguement méprisant, je raille son snobisme d'expatrié qui ne fréquente plus que les cercles de la bonne société, je le pique, eh dis donc, l'homme de gauche, tu ne daignes plus te mêler au peuple ! Du coup, il accepte de danser une valse avec moi. Il m'écrase les pieds comme un cousin pendant une soirée d'hiver, lorsqu'on allume un feu, la radio, et qu'une chanson suffit à animer les enfants. Alors je ferme les yeux, je suis une cousine hilare, nous sommes dans notre maison de famille, perdue au milieu des montagnes, avec nos parents, nos grands-parents qui rient de nous voir valser si mal. Personne ne viendra jamais nous chercher jusque-là.

Nous rions, nous buvons du mauvais vin et nous rions, de ces rires gras qui font la moelle du souvenir. La lente détérioration des processus de conversation n'a pas encore commencé.

2002

Nous avons attendu les beaux jours pour pendre la crémaillère. C'était au mois de mars. Alain avait invité quelques personnes du labo, ses frères et leur famille. De mon côté, j'avais convié quatre collègues du lycée, des cousins. Nous n'étions pas plus d'une vingtaine, trente avec les enfants, c'était un dimanche après-midi.

Anne n'était pas arrivée depuis dix minutes qu'elle venait déjà à la cuisine me demander si j'avais besoin d'aide, si je voulais qu'elle lave des verres, coupe du pain. Elle était agitée, nerveuse, je ne l'avais jamais vue comme ça en société. Au bout d'un moment elle s'est mise à tourner dans la maison, à observer les murs, les recoins avec l'attention d'une acheteuse. Puis elle s'est arrêtée devant la grande bibliothèque du salon.

Mes mains se sont mises à trembler sur les canapés que je disposais dans le plat. Chez mes parents, il n'y avait guère que quelques séries de livres reliés en cuir, certains hérités de ma grand-mère paternelle, d'autres offerts par le comité d'entreprise. Personne ne les avait jamais ouverts. Ma mère lisait parfois des romans historiques, des sagas. Dès qu'elle avait fini un livre, elle le rangeait dans un placard au fond du couloir. Au collège, j'avais demandé à mon père de poser deux étagères au-dessus de mon bureau. Elles s'étaient vite remplies des œuvres que nous étudiions en classe, toutes en livres de poche écornés. Sans compter les dictionnaires de langues, les manuels de conjugaison et de grammaire que j'ajoutais là exprès, pour que ça fasse plus plein, plus touffu, qu'on m'installe très vite une étagère supplémentaire. Ma mère pestait contre la poussière, je la laissais pester en songeant qu'un jour, moi aussi j'aurais une bibliothèque comme celles que je voyais chez les autres, énormes, historiques, dynastiques. Chez Anne, la bibliothèque était grande et luxueuse, beaucoup de livres qu'on n'avait pas lus, des livres d'art, de design, de photo, de ces bibliothèques qui vont avec un art de vivre, un milieu, mais dont j'ai vite compris qu'elles ne regardaient pas vers le monde que je voulais rejoindre, celui des Teper. Car c'était comme un hymne quand on arrivait chez eux, un hymne tapi, bourdonnant sous les feuilles. La bibliothèque grimpait telle une vigne, elle recouvrait tous les murs de l'entrée, courait le long du couloir jusque dans le salon ; tous ces bruissements de l'histoire dès qu'on entrait, qu'on posait les pieds sur l'épaisse moquette bleue qui buvait les pas comme une mer, pour ne laisser crisser que les souffles du papier.

Alors quand le menuisier a posé la dernière planche de bois de ma bibliothèque, ce souffle, je l'ai entendu qui remuait de nouveau l'air, plus faible, plus timide, mais ne demandant qu'à prendre de l'ampleur chez moi, dans ma maison.

Un verre à la main, Anne penchait la tête sur la gauche et dessinait dans l'air des mouvements ténus. De temps en temps elle sortait un livre de son rayon, regardait la couverture, puis l'y reglissait sans à-coups. Elle portait un pantalon et une veste en lin de la même couleur que le bois blond que nous avions choisi après maints revirements. De là où je me trouvais, avec sa tête inclinée et ses gestes lents, on aurait presque pu la prendre pour un objet posé, assorti au meuble, une lampe ou un mobile. Sa nuque allait et venait entre ses épaules comme l'aiguille d'une balance. C'était hypnotique pour moi alors que j'avais tant à faire entre la cuisine et la terrasse. J'entrais, je sortais, disposais les plats sur la table, mais dans mon affairement s'insinuaient les minuscules gestes d'Anne, ses cheveux qui caressaient ses épaules, cette attention tranquille coulée entre les omoplates… Je me suis revue droite, paralysée, devant les rayonnages des Teper, la nuque raide devant des noms que je ne connaissais pas, que je n'arrivais même pas à prononcer, des livres qui, dans l'étrange tête-à-tête qui se déroulait pendant que j'attendais Emmanuel dans le couloir, se mettaient à me scruter comme des esprits aveugles et fourbes. Tu t'appelles Virginie Tessier et tu n'as encore rien lu. J'aurais voulu chasser Anne, la traîner hors de ma maison, qu'elle cesse de s'enrouler autour de mes murs, de mes livres, de mes choses, comme un serpent, une pieuvre, qu'elle ait des gestes plus francs, moins délicats, moins insidieux…

Sur les étagères, devant les livres, j'avais minutieusement disposé des flacons, des petits vases, des statuettes rapportées des quelques rares voyages que nous avions faits avant la naissance des enfants, les bougeoirs de la fête des mères, les bibelots que confectionnait Laura à son atelier de poterie. Il y avait aussi des dessins d'enfants, des photos. Celle de ma grand-mère devant la grande cheminée de Gap ; mes parents sur la plage de Biarritz. Un portrait d'Alain, étudiant, les cheveux longs, l'air rêveur. La première fois qu'ils avaient vu cette photo, Emmanuel et Anne avaient ri. Je n'avais rien osé dire et j'avais vu Anne donner un coup de coude à Emmanuel. Ensuite, pendant des mois, j'ai rangé cette photo dans une boîte, mais il y a peu j'ai eu envie de la remettre au grand jour. Des photos des enfants bien entendu, à tous les âges, dans tous les décors, ensemble et séparés. Il y en avait même une de nous quatre, dans le jardin de mon beau-frère, l'été dernier, Alain et Antoine sur la gauche, Laura et moi de l'autre côté. Les garçons sourient tandis que nous, nous regardons l'objectif d'un air inspiré ; Laura me tient le cou, ma main entoure sa taille. C'est une photo parfaite, la photo de notre famille. Anne l'a évidemment regardée plus longtemps que les autres. Je me surprends souvent à m'arrêter devant moi aussi, sans doute pour me persuader que je ne rêve pas, que c'est bien moi la mère de cette famille-là, avec cet homme calme et robuste, ces deux enfants lumineux, des enfants bienvenus, des enfants aimés, bien nichés dans leur couvée, une fille, un garçon, une juste donne, chaque parent y trouve son compte, on peut rester entre soi ou se frotter à l'autre sexe, c'est selon. Et moi, avec ma peau mate, ma nouvelle coupe au carré qui me rajeunit à ce qu'il paraît, ma silhouette encore svelte, j'ai eu deux enfants mais je me porte comme une jeune fille, ça ne se voit pas, regardez mes bras graciles, ma taille souple, mes épaules bien droites, pas l'ombre d'un tassement, je suis en équilibre. Avec ma peau mate, mes cheveux bruns, mes yeux noirs, on pourrait même croire que je suis juive, une mère juive égarée dans sa famille de souche française et catholique. Une tache, une ombre qui cherche à se fondre dans la lumière, à se dissoudre pour n'avoir plus à ruser, à faire des réponses en demi-teintes. Vous êtes juive ? Et vous êtes pratiquante ? Et vos enfants ? Mais alors pourquoi vous sentez-vous juive ? Oh, vous savez, c'est difficile à expliquer. Alors, pour éviter ces complications, je renie mes origines, je me choisis un mari tout ce qu'il y a de plus français, de plus catholique et sans histoire et, comme femme juive, je disparais, je m'agglomère. Je donne à mes enfants des prénoms sans aspérités, et je m'affiche ainsi sur une photo de famille dont aucune police, aucune administration ne se méfiera jamais. À cette version, Anne n'a peut-être pas pensé, ou peut-être que si, justement. Peut-être est-ce à celle-ci qu'elle a immédiatement pensé ? Non, je ne crois pas. Elle est restée longtemps devant l'image de cette famille parfaite, qui sourit juste ce qu'il faut, sans en faire trop, pour que ça ne sonne pas faux, pour qu'à ce bonheur il reste la mesure du plausible. C'est un bonheur digne et plausible.

Puis elle a glissé vers le cube d'à côté. Même de dos, j'ai aperçu le sourire sur son visage, une vibration sur sa nuque, au bout de sa main. Nous avons vingt ans, boulevard Saint-Germain ou place de la fontaine Médicis, quelque part par là. Autour de nous tout est gris fondu, sauf nos trois visages très nets, peinturlurés, nos dents blanches dans nos bouches grandes ouvertes, bien profondes, on pourrait même y apercevoir nos amygdales, c'est bien pour cela que ma mère l'a toujours trouvée répugnante, comment peux-tu aimer t'afficher avec une tête pareille ? Dieu merci, elle n'est pas en couleurs ! Mes cheveux sont longs, je n'ai pas de frange. Mon regard y est plus vif, moins tranquille. C'est une époque où je ne suis pas tranquille parce que Anne et Emmanuel m'ont fait glisser, ils m'ont sortie de mon axe. Pour eux, chaque seconde qui passe, c'est une injustice qui tombe, une menace qui plane. Nous ne pouvons rester là à attendre, nous devons réagir, être prêts, mobilisés.

Et ça n'a pas loupé. Anne a pris la photo, l'a rapprochée d'elle pour la scruter, observer nos traits, nos regards, notre peau. Son sourire a dû s'effacer, on ne peut pas regarder ce genre de photo en continuant à sourire. J'ai dû porter sur la terrasse le plateau de fromages, mais quand je suis revenue dans la cuisine, elle n'avait pas bougé. Je crois même qu'elle faisait pire que scruter la photo, elle la comparait à l'autre. C'était donc moi qu'elle observait à vingt ans d'écart. Ça m'a fichu un coup, je suis aussitôt ressortie en lui lançant, sur un léger ton de reproche, que le fromage était servi. J'arrive, a-t-elle dit, mais elle n'a pas entendu le reproche et ne m'a pas suivie. En découpant le brie, je faisais l'inventaire des différences qu'elle ne manquerait pas de relever : la frange, la longueur de cheveux, la peau bien sûr, un grain de beauté qui était apparu sur ma pommette gauche, une petite cicatrice dans le cou. Et mon regard, bien sûr. Mon regard en premier, où, d'une photo à l'autre, quelque chose s'était éteint, rangé, comme si l'attente avait été comblée.

Anne a fini par sortir dans le jardin. Elle a mangé un morceau de fromage, a bavardé un instant avec Alain puis s'est resservi un verre de vin et, quelques secondes plus tard, elle était de nouveau devant la bibliothèque, légèrement plus vers la gauche. Que pouvait-elle regarder encore ? Ou plutôt, que pouvait-elle bien chercher ? J'aurais voulu qu'elle prenne une chaise et s'assoie avec les autres, qu'elle regarde les enfants jouer, prenne part aux conversations, mais non, elle rentrait de nouveau, m'obligeait à la pister. Je n'arrivais décidément pas à la laisser seule entre mes murs.

J'avais peur d'une lente infiltration, d'une fissure qui commencerait exactement là où elle se trouvait. À cause des jugements qu'elle ne manquerait pas de porter sur ma vie, une éventualité que je repoussais aussitôt pour me rabattre sur une attitude plus inoffensive. Ainsi je l'ai imaginée se demandant combien d'heures Alain et moi avions passées à élaborer les plans de la bibliothèque, à étudier toutes les sortes de bois possibles, puis à remplir le meuble. Chaque chose avait été pensée, chaque objet soigneusement choisi, acheté au bon endroit, grâce à tous les magazines que nous avions compilés ensemble. Elle comptait les heures. Soudain, je me suis rappelé une question qu'elle m'avait posée. Mais que faites-vous les soirs d'hiver ? Il n'y avait pas de mépris dans sa voix, juste un étonnement avide, une envie de savoir comment font les autres. Je lui ai répondu que nous lisions, qu'Alain écoutait beaucoup de musique, que j'avais mes copies à corriger, mine de rien, et puis tout le reste. Je n'ai pas osé en faire le détail, mais je savais bien que par rapport à ce reste-là la musique et la lecture arrivaient bien loin derrière. En vérité, nous venions de passer des mois à éplucher les magazines de décoration pour trouver des idées originales, des adresses. Pourquoi ne me suis-je pas sentie capable de le lui dire ? C'était très normal, après tout, pour des gens qui venaient de s'acheter une maison. Elle en aurait fait tout autant. Mais non, et je le savais. Je savais qu'Anne était tout bonnement incapable de s'occuper d'un intérieur au-delà du strict minimum, c'est-à-dire d'y passer plus que le temps qu'il faut pour qu'il soit tenu et vivable.

Tous les appartements que je lui avais connus, de son studio d'étudiante au loft qu'elle avait partagé avec Vincent, le père de son fils, n'avaient jamais été que très peu installés. Elle y disposait quelques meubles indispensables, ses livres sur des étagères dépareillées, acquises au fil des ans et sans souci de coordination, achetait de temps à autre une lampe ou un tableau, ce qui lui permettait de dire qu'elle avait apporté la dernière touche. Et c'était tout. Ensuite elle vivait là sans presque plus regarder ni jamais tirer de contentement à reconnaître l'endroit où elle vivait, qui était son abri dans le monde, son coin, son refuge, le reflet de son histoire, de ses goûts. Quand je rentre du lycée, parfois, je m'installe dans le salon avec une tasse de thé et je regarde les choses, celles qui traînent, celles qui sont toujours au même endroit, la couleur des rideaux, les rayonnages, les coussins sur le canapé. J'imagine ce qu'un inconnu dirait de nous en débarquant au milieu de toutes ces choses et de tous ces choix-là, quelle sorte de famille nous serions à ses yeux. C'est un exercice qui me plaît, un rituel qui me calme après les cours ; c'est comme se regarder dans une glace, en moins narcissique. Sans doute une manière de compter les heures. Anne ne connaît pas ces sensations-là parce qu'elle n'en a pas besoin, ou devrais-je dire qu'elle n'en a pas l'usage. Elle porte tout sur elle, or les choses et les maisons sont faites pour ceux qui ne peuvent pas tout porter sur eux. Je regarde les choses et je me dis que ce sont mes choses, mes heures, qu'elles sont à moi, qu'elles sont moi.

Elle a reculé pour apprécier l'ensemble de la bibliothèque, les murs, les plantes disposées au-dessus, de part et d'autre, puis elle s'est retournée pour voir ce qui faisait face aux livres, le grand canapé couleur tabac – là encore combien d'heures à éplucher les catalogues et les magazines ? Elle est même venue s'asseoir sur le bord du canapé et elle a balayé la pièce du regard comme si elle attendait quelqu'un. Puis elle a avisé la table basse en verre avec les petites boîtes en nacre que mon parrain m'a rapportées d'un voyage en Polynésie. C'est une table à deux étages. À l'étage du dessous, j'ai disposé des piles de magazines, décoration d'un côté, musique de l'autre. Anne s'est penchée pour attraper un numéro de *Elle décoration* et s'est mise à le feuilleter distraitement. J'ai tout de suite vu à ses gestes, à la manière dont ses mains saisissaient le papier glacé, dont ses yeux parcouraient les images, qu'elle se demandait comment on pouvait avoir l'idée de collectionner de tels journaux. Malgré la distance, malgré mes va-et-vient incessants, cette touche de mépris ne m'a pas échappé. Je connais chaque expression du visage d'Anne, même les plus subtiles. Plus jeune, je guettais sur ses lèvres, dans ses yeux, la moindre de ses réactions pour y calquer la mienne, prendre la mesure de ce qu'il fallait penser ou dire. Je n'avançais jamais sans elle. Et elle le savait. Au-dessus du magazine, à quoi Anne pouvait-elle bien penser ? À son amie d'enfance qui était devenue une femme d'intérieur et d'apparences ? À sa mère qui aimait tellement la décoration qu'elle avait réussi à l'en dégoûter ? À tout ce pour quoi ce temps-là était perdu ? Ou bien à son incapacité à se construire un lieu, une niche ? Je l'imaginais encore en train de comptabiliser, ça m'obsédait, le nombre d'heures qu'il fallait pour façonner un salon comme le nôtre, une cuisine aussi fonctionnelle, où chaque objet trouvait sa place, où l'on avait pensé à tout, au crochet pour la boîte de filtres à café, à la barre aimantée des couteaux d'un côté, des ciseaux de l'autre, au joli bac en bois dans lequel, tous les matins, on retrouvait les bocaux de thé, de chocolat et de café. Mais je devais me tromper, c'était mon obsession à moi cette comptabilité, pas la sienne. C'est un décompte d'ingénieur, penser que les heures se transforment en matière, comme Alain, qu'on peut ainsi dompter le temps. Alors tous les matins, devant le trio de ces bocaux dénichés dans je ne sais quelle brocante, une famille modèle se dit « bonjour », « à ce soir » ; la mère boit du thé, léger, aérien pour son corps svelte, le père du café, tonique, noir, une boisson d'homme solide, et les deux enfants magnifiques du chocolat au lait. Une famille heureuse. Notre famille.

Chez Anne, les produits alimentaires restaient toujours dans leurs emballages d'origine. Un jour, elle s'était rendue dans un magasin de décoration, avait rempli son panier de boîtes et de bocaux de toutes tailles, toutes couleurs, mais en arrivant à la caisse elle avait reculé. Je voyais les autres femmes choisir tranquillement les objets, disait-elle, les caler dans un coin de leur intérieur, afin de mesurer la dose de confort supplémentaire que cet achat donnerait à toute la famille, tandis que moi je flottais entre les rayons, convaincue que je perdais mon temps, que de toutes les manières mes achats tomberaient à côté, que ça compliquerait tout. C'était physique, ajoutait-elle, comme une attaque de fatigue, quelque chose d'irrépressible, je n'ai rien pu faire, je me voyais porter chaque chose et la laisser tomber à terre sans réagir, tout se cassait devant mes yeux sans que j'y puisse rien. Elle avait donc déposé son panier et quitté le magasin les mains vides. Les sentiments d'Anne sont toujours portés par des sensations, même les plus abstraits. Ça m'a toujours impressionnée qu'elle puisse ainsi convoquer les indices que lui envoie son corps, les moindres signes, elle ne laisse rien passer, tout lui sert à penser. Ses sensations se révèlent doucement, sans forcer le temps ni la lumière, seulement les contrastes, cette alternance vive, brusque, ce revirement de jugements, tantôt sévères à l'encontre des autres, tantôt plus sévères encore à l'encontre d'elle-même. Dans l'allée du magasin, elle rêve à l'image d'une femme soucieuse de son intérieur, se réjouit d'ouvrir son joli bocal de chocolat le matin pour en servir à son fils, plutôt que de lui mettre sous le nez une boîte en plastique recouverte de publicités et de jeux-concours, et, dans un élan contraire, elle songe que tous ces transvasements vont lui prendre un temps infini, surtout s'ils deviennent une habitude, et que par-dessus le marché, en achetant ces objets certes jolis, mais somme toute superflus, elle est la première à subir les tentations d'une société qui n'incite qu'à mettre des boîtes dans des boîtes, à pratiquer un jeu de poupées russes pervers et frénétique où la consommation assaille comme une démangeaison. Prise entre deux feux, Anne préfère donc déposer les armes tout en sachant que, dès le lendemain matin, au petit déjeuner, elle le regrettera.

Il faut du temps pour construire une maison, penser à tout, inventer des espaces, des volumes, des astuces qui créent le bien-être. Un temps qu'Anne n'avait jamais pris, parce qu'il lui échappe. Elle s'en défendait en arguant du fait qu'elle préférait rester avec son fils, ses bouquins ; qu'elle n'hésitait pas une seconde entre une heure de piscine et une heure de shopping ; que les musées l'attiraient plus que les boutiques. C'était son argument massue, impérieux, celui qui rendait les contradicteurs forcément plus matérialistes, plus futiles. Que pouvait-on lui rétorquer ? Jusqu'à ce que je rencontre Alain, je m'y suis moi-même laissé prendre. Elle était du côté de la pensée, de la culture, des vraies valeurs et tous les autres se trompaient, erraient entre faiblesses et frivolités. Mais ce dont Alain m'a convaincue, sans discours ni violence, c'est qu'il est important d'être bien chez soi et que ce chez-soi n'est pas donné, qu'il est à construire. Anne n'a pas eu besoin de le faire parce qu'on l'a fait pour elle, elle a grandi dans le luxe, disait-il, mais je protestais, persuadée que ce n'était pas la bonne réponse. Tous les gens qui s'installent font ce pari-là, celui de la durée, sans forcément mesurer la part de risque, d'aléa, juste parce qu'ils s'y calent comme des chats dans un panier et que, très vite, ça leur évite de se frotter à l'inconnu. J'essaie de rester vigilante, de garder la sensation du frottement.

Alain m'a convaincue, mais ça n'a pas été sans peine. J'ai beaucoup résisté au début, je rechignais. Je lui disais qu'il valait mieux rester locataires, qu'on ne sait jamais de quoi demain sera fait, qu'on pouvait bien s'acheter un meuble de temps en temps mais qu'il valait mieux garder notre argent pour découvrir le monde avec les enfants. Je sentais bien que je forçais mes hypothèses. Mes phrases sortaient de la bouche d'Anne. Après tout, mes parents étaient des cadres moyens qui avaient fait toute leur carrière dans la même banque, j'étais fonctionnaire dans l'Éducation nationale et j'avais hérité d'une maison dans les Alpes qui était dans ma famille depuis plus de trois générations. Je savais donc à peu de chose près de quoi demain serait fait. Pas Anne. Elle me disait : Vous au moins, pour les vacances, c'est simple, vous mettez les valises dans le coffre et vous allez à Gap. Une belle maison qui vous attend, le confort et la tranquillité, n'est-ce pas ? Que demande le peuple ? Rien, en effet, le peuple ne demande rien de plus. Je ne comprends pas, répétait Alain, avec tout l'argent qu'ils ont, ils auraient pu s'acheter une maison en Normandie ou en Provence. Mais non, au lieu de ça, les Toledano préféraient louer tous les ans des bateaux de croisière et changer d'itinéraire.

Elle a reposé le magazine au-dessus de la pile. Elle a calé son dos sur le coussin du canapé, mis sa tête en arrière, fermé les yeux. Elle est restée plusieurs minutes dans cette position tandis que les enfants couraient tout autour, que, régulièrement, je passais avec la desserte dont les roues grinçaient sur le parquet – ne pas oublier de dire à Alain d'y remettre un peu d'huile. Je n'ai pas osé la déranger, je ne lui ai rien dit. J'ai pensé qu'elle était fatiguée, qu'elle avait dû sortir la veille au soir, se coucher tard. J'ai préféré ne pas envisager qu'elle pouvait s'ennuyer, chez moi, dans ma maison toute neuve, avec ma famille, mes amis, bref, qui j'étais devenue. Alors j'ai opté pour la tristesse. J'ai pensé qu'elle devait être triste de ne pouvoir accéder à mon bonheur. J'ai chassé cette pensée, mais elle est revenue. J'ai imaginé sous ses paupières des larmes retenues. Je suis partie dans le jardin servir le café. L'instant d'après, j'ai tendu une tasse vers une main et c'était la sienne. Elle nous avait déjà rejoints, elle était là, avec sa beauté douce, ses yeux pénétrants, un sourire généreux.

— Ta maison est magnifique, Virginie, et ta bibliothèque, une pure merveille.

Les mots étaient venus sans l'ombre d'une amertume, fluides, sincères. J'ai renversé un peu de café sur la soucoupe. J'ai baissé les yeux, j'ai dit merci dans un murmure, je ne sais pas si elle m'a entendue.

Après le café, j'ai senti qu'Anne avait envie de rentrer à Paris, mais, comme elle voyait Tom s'amuser, elle a pris son mal en patience. Cependant elle est retournée rôder dans la maison, au fond du salon, où se trouve mon bureau. C'est un endroit assez ordonné la plupart du temps. J'ai gardé ça de ma mère, ce qu'il y a dessus, disait-elle, c'est ce que tu as dans la tête. C'est une ineptie, je le sais, mais je n'ai jamais pu m'en défaire. À mon tour, je harcèle Antoine et Laura pour qu'ils rangent, c'est un verbe absolu, une injonction permanente et sans trêve ; comme on clôture, on range. J'ai vu Anne s'asseoir à mon bureau. D'habitude, je ne laisse pas traîner mes copies, je les mets dans des chemises, mais à cause de la fête, je n'avais pas eu le temps.

J'ai fait travailler l'une de mes classes sur un texte de Sartre où il est question de racisme et d'autrui. Puis nous avons, avec les élèves, élaboré un sujet de dissertation. La copie du haut, c'est celle d'un drôle de garçon. Plus d'une fois, je l'ai soupçonné d'avoir des idées troubles. Ses devoirs sont toujours truffés de références à Morand, Léautaud, parfois même à Barrès. Ce sont les auteurs qu'il s'est choisis, c'est rare à notre époque. Tout ça ne serait pas aussi étrange s'il n'était pas d'origine arabe, marocaine, je crois. Alors chaque fois que je croise son regard, si noir, si fier, je pense à Genet. Genet aurait fondu devant lui, parce qu'il est beau, arrogant et qu'à sa façon il représente une synthèse historique, une synthèse monstrueuse. Comment un Arabe peut-il haïr les Juifs à la manière d'un antidreyfusard ? Du point de vue méthodologique, ses copies sont parfaites : construites, cultivées et argumentées. J'espère toujours leur trouver des défauts formels suffisamment graves pour m'autoriser la mauvaise note, mais ce n'est jamais arrivé. Je finis par lui mettre entre 12 et 15 quand parfois ça mériterait beaucoup plus. Je reste des heures au-dessus de ses pages, à scruter sa fine écriture, nerveuse, sèche, prometteuse ; je m'abîme dans des cas de conscience que je garde pour moi, et dans des souvenirs. Car sous le visage d'Omar en affleure un autre, plus humble, un visage d'il y a vingt ans.

On ne le voyait jamais parler avec personne. Il restait toujours au fond de la classe. Ses succès en maths et en physique nous intriguaient. Les professeurs l'estimaient beaucoup. Habib portait en toute saison un long pardessus gris et une serviette sous le bras qui lui donnaient l'allure d'un sorbonnard des années 50. Il gardait son calme en toutes circonstances. Anne avait plusieurs fois tenté de lui parler ; il répondait mais jamais n'engageait de conversation. Un matin, il n'est pas venu en cours. Le lendemain, il n'était pas là non plus, ni de toute la semaine. Ce n'était pas son habitude. Nous avons fini par apprendre qu'Habib et sa famille avaient été expulsés de leur domicile. Ils logeaient dans un vieil immeuble des boulevards extérieurs promis à la démolition. Habib était l'aîné d'une fratrie de cinq enfants dont le plus jeune avait trois ans à peine. On était à un mois du bac. Habib risquait de rater l'examen, lui qui avait toutes les chances de l'obtenir avec mention. Emmanuel a immédiatement pris les choses en main. Il s'est mis à solliciter les professeurs, l'administration, les élèves, à organiser un vaste mouvement de soutien.

Nos réunions avaient tantôt lieu dans les salles du lycée, tantôt au café. Nous étions indignés, tremblants, Anne et Emmanuel surtout. J'ai souvent observé cette indignation. Je la voyais briller dans leurs yeux, accélérer le rythme de leurs phrases, leur faire allumer des cigarettes qui dansaient entre leurs doigts tandis que moi, je reprenais, plus placide, les mots sans les gestes. En tout cas, au début. Ensuite, ça m'est venu aussi, les gestes. Les premiers temps, je n'arrivais pas à comprendre d'où ils tiraient leur compassion, la facilité avec laquelle ils épousaient la cause des autres et débusquaient l'injustice où qu'elle se camoufle. Je soupçonnais la pose, l'affèterie, le zèle, mais c'était ne pas voir que, chez eux, tout passait par l'identification. Et leurs beaux appartements ne changeaient rien à l'affaire, car au fond de leur confort et de leurs richesses gisait toujours la noire probabilité que tout cela pouvait cesser du jour au lendemain, que c'était déjà arrivé et que l'histoire ne proposait pas d'autre rempart que le combat perpétuel aux côtés de ceux qui subissaient les coups ordinaires.

Ils étaient pourtant durs à convaincre, nos condisciples, plutôt tous fils de famille, plutôt indifférents au sort des rares immigrés égarés dans ce lycée du XVIe arrondissement, voire hostiles, surtout lorsque ces derniers réussissaient plus brillamment leurs études. Les gens ne pouvaient pas détester Habib, mais la plupart lui servaient une admiration mâtinée de condescendance ; personne ne pouvait nier ses capacités intellectuelles. Tout le monde espérait secrètement qu'une telle réussite ne viendrait pas troubler l'ordre du monde en hissant trop haut ce fils d'ouvrier algérien. Et, d'une certaine manière, l'incident de l'expulsion tombait à point nommé : son échec serait naturellement imputé à sa condition sociale, tout serait donc dans l'ordre. « Si c'est pas dommage, un garçon si brillant ! Il va peut-être finir ouvrier comme son père alors qu'il aurait pu devenir ingénieur ! » C'est ainsi que ma mère a réagi lorsque je lui ai raconté l'histoire. Alors, après plusieurs jours d'agitation forcenée, une manifestation s'est organisée. Elle devait avoir lieu un jeudi matin, devant les grilles du lycée. C'était ma première.

L'idée, c'était qu'on défile jusqu'à la mairie de l'arrondissement pour sensibiliser le maire, lui demander d'intervenir pour que la famille de Habib soit relogée dans les plus brefs délais. Le matin, je me suis habillée normalement, mais chaque vêtement que j'enfilais, je l'imaginais aussitôt plein de sang, sauvagement déchiré. Je me disais c'est la dernière fois, après je ne pourrai plus le mettre. Et cette seule idée m'excitait terriblement. Des vêtements froids, tranquilles et familiers qui, quelques heures plus tard, ne seraient plus que les haillons témoins de la violence du monde, les reliques de mon premier bain de foule et de sang, de mon premier combat contre l'injustice. J'y suis allée religieusement. J'ai même laissé ma mère m'embrasser alors que, tous les matins, j'esquivais son baiser. Je suis sortie de chez moi comme on entre dans l'Histoire.

Quand je suis arrivée devant les grilles, il n'y avait pas plus d'une quinzaine de personnes. Emmanuel et Anne étaient déjà là, agités, impatients, inquiets à l'idée qu'on soit trop peu nombreux. Emmanuel promettait de régler leur compte à ceux qui se débineraient. Il m'a mis une liasse de tracts dans la main, tu en donnes un à chaque passant que tu croises, tu les obliges à relever la tête, à te regarder, tu n'en rates pas un, c'est capital, le quartier. Comme sur un voilier, on me sommait de participer à l'œuvre collective, je ne connaissais aucune technique mais je m'exécutais, question de vie ou de mort. Peu à peu, les gens sont arrivés. Quasiment toute notre classe était là, ainsi que nos profs. En tout, nous n'étions pas plus d'une centaine.

Le groupe s'est ébranlé. Je ne savais pas sur quel pied danser. Je regardais sans cesse du côté d'Anne, j'interrogeais ses pas, ses foulées, la manière dont elle brandissait sa banderole. Les slogans balançaient entre les grandes dénonciations et la petite histoire d'Habib. « Habib, passe ton bac d'abord ! », « Expulsion = Exclusion ! ». Je cherchais ma cadence, je cherchais ma voix. Je n'osais pas crier trop fort, je préférais me fondre dans celle des autres, comme lorsqu'on fête un anniversaire, que personne n'ose chanter et qu'ensuite on se lance, avec timidité, avec la peur d'être pris en flagrant délit de fausseté ou de mauvais anglais si c'est « Happy birthday » et qu'on ne fait pas bien le « th ».

Anne entonnait les slogans avec gravité, comme si elle se rappelait, dès qu'elle ouvrait la bouche, qu'une famille de sept personnes allait être jetée à la rue. Aussi loin qu'il m'en souvienne, si je repense à toutes nos manifestations, elle n'est jamais venue pour passer un bon moment, voir les amis, se faire draguer. Elle pesait de tout son poids sur le pavé, elle n'était pas là pour rigoler, comme dit la chanson. En manifestant, elle mettait en scène le principe même de la dernière chance, comment aurait-elle pu être légère ? Emmanuel, lui, était plus détendu. Il pouvait alpaguer quelqu'un de loin, faire des blagues ou même se mettre à parler cinéma. Pas Anne. C'était comme une religion pour elle. Dans une manifestation, on ne parle ni de ce qu'on a fait la veille ni de ce qu'on va faire le soir. C'est du *hic et nunc*, du recueillement *manu militari*.

Sur l'avenue Georges-Mandel, j'étais enfin dans l'allure. Je criais au bon moment, je battais la mesure. Je n'avais plus besoin de réfléchir ni d'observer. Les slogans sortaient tout seuls, je ne voyais plus les passants, je ne regardais plus que le grand portrait noir et blanc de Habib qui trônait au-dessus de nos têtes comme celui d'un mort. C'était une idée d'Anne, évidemment. Devant la très cossue mairie du XVIe arrondissement, notre maigre groupe n'en menait pas large. Il y avait la police, tout le personnel municipal et un photographe, trop interloqué pour prendre des photos.

Habib a finalement obtenu son bac avec mention mais sa famille n'a pas été relogée. Nous n'avons plus jamais eu de ses nouvelles.

Donc Anne s'est assise à mon bureau. Elle devait être en train de lire la copie d'Omar, à qui j'ai encore fini par mettre 15 vendredi, tard dans la soirée. Avec Alain, nous étions partis faire les courses juste avant le dîner, tout ce qu'il nous fallait pour notre garden-party. Depuis des semaines, nous faisions des listes. Pour préparer un buffet aussi complet que possible, mais aussi pour ne pas oublier d'acheter les plus jolies serviettes en papier ou les derniers pots en terre qui décoreraient l'allée du jardin. Je nous revois avec les gros chariots remplis à ras bord sur l'esplanade du parking, devant notre voiture, comme tous les couples autour de nous ce soir-là. Un instant, j'ai regardé nos Caddie du plus mauvais œil, tels des ventres si proéminents qu'ils s'étaient détachés de nos corps et nous devançaient, nous guidaient. L'instant d'après, je me suis attardée sur mes gestes devant le coffre de la voiture, soulever les sacs, les ranger les uns à côté des autres dans le coffre, bien caler les bouteilles de vin, l'eau gazeuse, les jus de fruits. Chaque fois que je transvase mes courses du chariot à la voiture, je me dis que c'est un luxe si nous ne manquons de rien, que nous ne nous rendons pas compte, qu'en Irak ou à Calcutta ils manquent de tout, que le jour où je ne pourrai plus faire ça les choses auront mal tourné, mais qu'il n'y a aucune raison pour qu'un jour je ne puisse plus faire ça. Je m'appelle Virginie Tessier et je ne suis pas juive. Tel est mon plaisir, ce vendredi soir, lorsque je rentre à la maison avec toutes mes courses, que les enfants se précipitent pour y découvrir des trésors qui ressemblent sensiblement à ceux de la semaine précédente mais qu'ils s'émerveillent quand même, me félicitent, me remercient, m'aident à ranger sans que je leur demande rien. Après le dîner, ce soir-là, je me suis remise à mon tas de copies, un peu lasse, un peu ailleurs, pensant déjà à tout ce que je devais préparer le lendemain pour dimanche, mais il y avait les phrases d'Omar qui me lançaient, c'était comme des pincements, des éclats dans ma chair.

Anne est enfin sortie dans le jardin.

— « Très bon devoir. Argumentation fine, serrée. Références précises, style agréable. » C'est une plaisanterie ? me dit-elle.

— Tu sais, chaque fois, c'est un problème pour moi cet élève mais que veux-tu que je fasse ? Ses dissertes sont irréprochables sur le plan méthodologique…

— Irréprochables ! « L'avidité viscérale des peuples qui ont manqué et refoulé ; cette avidité qui se transforme au fil des siècles en crimes contre l'humanité. » Tu me diras, c'est bien écrit !

Les propos d'Anne me ramenaient en arrière, son exemplarité, son ascendant, cette manière qu'elle avait de toujours me regarder en grande sœur, cet air impérieux. Or, dans mon jardin, devant mes enfants, mon mari, mes beaux-frères et belles-sœurs, devant mes collègues, ceux d'Alain, son regard ne m'a pas traversée ; il s'est bloqué quelque part à la surface de ma peau, comme un couteau qui se plante mal, une lame qui se tord et rate sa cible. Quelque chose en moi s'est durci sous ses mots.

Nous nous sommes assises à l'écart des autres. Personne ne nous entendait. De loin, nous étions deux amies d'enfance, dans la fleur de l'âge, Anne si blonde, moi si brune, que la vie n'avait pas réussi à séparer.

— Demande-toi ce que tu ferais face à un gamin qui vient des cités, qui a le mérite de lire une littérature de bourgeois parce qu'il ne veut pas se laisser enfermer dans la case « Arabe de banlieue », parce qu'il veut pouvoir dire qu'il a lu les mêmes livres que des fils de bonne famille et qu'en plus, intellectuellement, il les dépasse largement. Pour ne rien te cacher, il me rappelle Habib...

— Mais Habib n'avait pas des idées pareilles !

— Ses idées importent moins que ses efforts. S'il fait tout ça, s'il revendique ces auteurs-là, c'est pour être français, de culture française, c'est mon intuition, et ce n'est pas à toi que je vais dire combien on n'a pas le droit de passer à côté de ça.

Anne n'a pas répondu. Elle m'a juste regardée d'un air étonné. Je n'ai pas vu plus que de l'étonnement, moi qui redoutais que ça s'envenime, qu'elle devienne furieuse. Mais je ne l'ai jamais vue furieuse contre moi, ce n'est pas notre registre, il y a toujours des registres, les amitiés comme les amours ont des registres.

— Vu comme ça…

Elle n'a pas fini sa phrase. Elle a appelé Tom qui jouait au fond du jardin et qui ne l'entendait pas. Elle s'est levée, elle est allée le chercher, j'ai vu qu'elle s'impatientait, qu'elle le brusquait pour partir. Ensemble ils sont revenus nous dire au revoir, nous les avons raccompagnés jusqu'au portail et ils sont partis. D'habitude, avant de prendre le virage où elle disparaît, Anne nous fait toujours un dernier signe. Ce jour-là, elle a gardé ses deux mains sur le volant, bien serrées, raidies par la colère.

Le soir, quand j'ai rangé la maison, mes gestes étaient sans vigueur et ce n'était pas seulement la fatigue. Alain était ravi de cette journée, tout s'était déroulé au mieux, les gens avaient l'air content, disait-il. Je n'ai pas voulu le décevoir, j'ai souri et j'ai dit oui, tout le monde a eu l'air content.

Tout autour, les campagnes sont rases. Depuis plusieurs nuits, le train fend l'air, mais le vent goulu de la plaine happe aussitôt la fumée brune. La mère pense que, même dans cet enfer, elle protège son enfant, le givre à la commissure des lèvres, elle colle sa joue à la sienne, sa bouche à sa tempe, leurs fronts, leurs doigts ne se désenlacent pas malgré la maigreur, ses doigts autour de ceux de l'enfant comme un anneau devenu trop grand et qui ne scellera plus rien. À la sortie du wagon, ils le lui prennent, malgré ses cris, sa fureur. Sans prévenir, sans élan, ils l'emmènent ; elle se retourne, hurlante, mais déjà ils s'éloignent. L'enfant marche placidement, peut-être vaguement plus effrayé par la fureur de sa mère que par les gestes tranquilles de ceux qui l'emmènent. C'est comme fini après de longues nuits d'agonie, pleines de péripéties, d'espoirs déçus, renoués, d'adieux jugulés sans cesse. Comme après une lente et dramatique agonie, c'est terminé, achevé par un geste aussi sec et froid qu'une balle perdue.

Son enfant séparé d'elle, elle ne le touchera plus jamais. On le lui arrache et la dernière image qu'il garde, ce sont les hurlements, ses gesticulations de mère brûlée vive. Fini.

Anne raconte souvent cette scène de mélodrame tournée dans une campagne hitlérienne. Hitler pourrait changer de visage, de langue et de pays qu'il séparerait toujours les femmes juives de leurs enfants. En réalité, elle ne la raconte à personne, elle se contente de l'imaginer. C'est une scène qui la hante comme un cauchemar qu'elle n'a pourtant jamais fait, mais qui occupe toute sa vigilance et qui n'a qu'un antidote, Virginie Tessier. Un nom plat comme une plaine tranquille qu'aucun convoi ne traversera jamais. Virginie Tessier, c'est la mère qui s'endort tranquille dans une maison tranquille par une nuit tranquille. Certes cette mère aura d'autres soucis, d'autres peurs, parfois tragiques, mais ce n'est pas l'histoire qui viendra rompre le lien. Ce pourra être la maladie, la malchance ou la géographie, mais pas l'histoire. Anne rêve à cette tranquillité comme à une demande de compréhension et de justice. Elle dit, ou plutôt elle rêve, « Je voudrais être tranquille », comme elle dirait « Je voudrais comprendre », comme le désir forcené que la lumière gagne et s'installe pour toujours. Qu'on m'accorde cette tranquillité comme on me donnerait des explications, parce que je la mérite, parce que je l'attends. Mais l'histoire la lui refusera toujours. Ce nom de Virginie Tessier qu'elle n'atteindra jamais et devant lequel elle se tient comme une passagère au moment d'embarquer qui, soudain, préfère renoncer, rester avec ceux qui restent, les douaniers, les bagagistes dont elle imagine les existences moroses, les journées mornes, fastidieuses. Elle les imagine rentrer le soir chez eux, retrouver leurs odeurs familières. Elle convoite leur place sur le canapé du salon, toujours la même soir après soir, la trace chaude que leur tête a laissée sur l'oreiller. Elle pourrait même envier leur programme télé, l'instant où ils se brossent les dents, l'image dans le miroir, la même, jour après jour. Car Virginie Tessier ne part pas en voyage, son mari n'aime pas ça.

30 avril 2002

J'ai appelé Anne ce matin pour la retrouver à la grande manifestation de demain. Je n'avais plus de ses nouvelles depuis des semaines, je me réjouissais de l'occasion. Nous n'allons plus beaucoup aux manifestations depuis que nous n'habitons plus Paris. La vie de famille impose quelques contraintes, surtout le samedi après-midi ; le cours de piano de Laura, l'équitation d'Antoine et c'est le jour qu'Alain préfère pour jardiner. De mon côté, moi, je fais souvent des courses. Je retrouve parfois Françoise, une collègue angliciste, son fils monte aussi à cheval. Nous allons ensemble au centre commercial, nous faisons les magasins, nous nous arrêtons pour prendre un thé ou acheter quelques livres à la Fnac. Puis nous repartons chercher les enfants au club hippique. Prodige d'organisation, tout s'emboîte, tout se coordonne.

La première fois que je suis arrivée dans les Yvelines, après des années de vie parisienne, j'ai cru revivre. Toute la culpabilité que j'avais engrangée en voyant Antoine – Laura n'était pas encore née – grandir en ville me quittait enfin. Pendant des semaines, j'ai eu le sentiment d'avoir des ailes. Jusqu'à la première visite de mes parents. Ma mère s'exclamait que c'était merveilleux de charme et de tranquillité ce petit coin, hors de Paris, juste ce qu'il nous fallait, que si c'était à refaire, c'est sûr elle aussi s'installerait dans un endroit pareil, pas de danger pour les enfants, pas de stress pour te garer ni pour respirer, toute cette verdure le week-end... Tout ce qu'elle disait, nous nous l'étions dit avec Alain, mais l'entendre dans sa bouche, c'était soudain découvrir l'erreur que j'avais commise, le faux pas. Ce jour-là, quand mes parents sont repartis vers Paris, je me suis laissée tomber sur le canapé, triste et vidée. C'était comme un abandon, comme si c'était leur faute si moi, je restais là, dans ce trou de verdure où le matin les oiseaux chantent et où le soir fait fumer les cheminées. Ils m'avaient abandonnée en plein paradis mais je voulais rentrer en ville, à Paris, là où j'avais grandi, où j'avais appris, où j'étais devenue ce que j'étais. Ce serait mon rêve de faire comme toi, avait dit Anne, mais je n'en ai ni les moyens ni la force. On ne peut faire ça qu'avec une vie de famille solide et une capacité à se détacher des affaires du monde. Tu vois ce que je veux dire ? Toi, tu as toujours eu cette force, mais moi, ce n'est pas mon truc, je suis condamnée à vivre dans le bruit et la fureur des capitales.

J'avais réussi à la construire, ma vie de famille.

Pourtant, affalée sur mon divan, voilà qu'elle se gondolait brusquement et que les affaires du monde me tenaillaient, que je voulais y courir, m'y jeter corps et âme, troubler l'eau calme où je me noyais. Le silence de ma maison, mon mari si fiable, le dîner qui mijotait, j'ai eu la nausée. J'ai dit à Alain que je ne me sentais pas bien, sans doute le gâteau de ma mère qui m'avait barbouillée, et je suis montée me coucher. Il était huit heures du soir, j'entendais les enfants mettre la table, babiller, et plus je les entendais, plus je me recroquevillais, mais leurs voix montaient comme des flammes. Je ne voulais plus de cette vie-là, je voulais rentrer. Le matin, pourtant, lorsque j'ai ouvert les volets, que j'ai vu le soleil, des oiseaux sur les cordes à linge et un peu de brume bleue accrochée à la maison d'en face, mes mauvaises pensées se sont évaporées. Ma vie n'était décidément pas ailleurs.

— J'imagine que tu m'appelles pour qu'on se retrouve à la manif ?

La voix d'Anne était raide, sur la défensive.

— Ne compte pas sur moi, je n'irai pas. Barrer la route à Le Pen, ça va sans dire, mais je n'ai pas envie de défiler avec n'importe qui et, demain, il y aura n'importe qui.

— Je ne comprends pas, qu'est-ce qui te prend, Anne ?

— Il me prend que, vu le contexte, je n'irai pas, c'est tout. Et ne me dis pas que tu ne comprends pas.

J'ai repensé à notre échange dans le jardin. Je ne pouvais pas imaginer qu'Anne m'en veuille encore à cause de ça, qu'elle me soupçonne de cautionner les propos d'Omar. Ça fait vingt ans qu'elle me connaît, elle ne peut pas avoir de doute là-dessus. Je suis restée sans bouger sur le tabouret près du téléphone. Alain s'est arrêté devant moi. Je lui ai demandé si, par hasard, il ne voulait pas m'accompagner mais je savais que c'était une phrase inutile, qu'il refuserait parce qu'il déteste la foule. J'étais sonnée, je lui ai parlé sans même le regarder.

— Pourquoi ? Anne n'y va pas ?

— Non... elle a un empêchement... un colloque qu'elle ne peut pas manquer.

J'ai menti pour ne pas avoir à expliquer. J'ai menti pour la couvrir.

— Tu pourrais laisser tomber et venir te promener avec nous ?

— Non, je ne peux pas ne pas y aller, je dois. Tu comprends ?

Je savais pertinemment que non, il ne comprenait pas. Il n'avait en mémoire ni les grands jours de mobilisation ni nos regards aimantés, lorsque nous étions tout à fait sûrs d'être au bon endroit, fiers, et révoltés. Mais le refus d'Anne m'avait ébranlée. C'était comme si on avait subrepticement glissé sous ma porte un mot d'excuse, une dispense qu'aussitôt je repoussais en songeant qu'elle traversait une mauvaise période, qu'elle se trompait, qu'une manifestation pareille ça ne se manque à aucun prix.

J'ai appelé Jean-Paul, mon collègue d'histoire, et j'ai pris rendez-vous.

Elle est assise à son bureau, juste sous le rond de la lampe qui éclaire ce qu'elle lit. La maison dort, parce qu'il est très tôt ou très tard. Son visage est impassible. De temps en temps, elle passe sa main autour de son cou, pour le détendre, déplie ses jambes, fait craquer le bois de la chaise en changeant de position, le tout de manière très ténue. De loin, on la croirait immobile, sereine. Elle se plaint souvent d'avoir à corriger ses paquets de copies, mais au fond elle aime ces longs moments de solitude où soudain la voix des enfants qu'elle côtoie toute la journée résonne différemment. Comme un détail dans un tableau qui aurait échappé mais que l'œil rattrape *in extremis*, et c'est tout un monde qui arrive, un monde qu'on aurait pu manquer. C'était normal qu'on le manque, le peintre a peint ce détail dans ce risque-là, vu la taille du tableau, le nombre de personnages, la force du sujet central. C'était un pari, il ne pouvait pas compter sur ce rattrapage, cette vision de dernière minute. Pourquoi certains peintres peignent-ils aussi bien dans les détails alors que les détails sont faits pour qu'on passe à côté ?

Sous le rond de lumière, les voix reviennent autrement, comme des voix qu'on ne devrait pas entendre parce qu'elles se noient dans la cacophonie de la classe, mais ce sont des voix neuves, rincées, des voix singulières. Même celle d'Omar, surtout celle d'Omar. Que se passe-t-il en elle lorsqu'elle lit ce qu'elle lit ? Que les juifs dans le monde sont comme une main invisible et puissante qui tire toutes les ficelles du mal, des trucs insensés, un ramassis de propagande hitlérienne. Elle ne se dit pas que ce sont des choses insensées, elle a l'intuition que ce qu'elle lit, c'est du sérieux, du lourd, du grave, d'autant que la pensée qui les propose est une pensée claire, articulée, que l'intelligence palpite dessous. Si elle était choquée, elle barrerait de son feutre rouge la feuille quadrillée, comme un coup de couteau ; elle écrirait que c'est inepte, dangereux et moralement répréhensible et elle irait voir le proviseur, mais elle n'est pas choquée, donc elle ne le fait pas. Elle reste au-dessus de cette copie, s'y attarde, la déguste et la relit plusieurs fois, comme un enfant devant un livre érotique. Ce sont bien des pensées interdites, des pensées qu'elle n'a jamais eu le droit d'avoir. Omar entrouvre la porte d'un cagibi fermé à triple tour que toute sa culture et son humanité réprouvent. Il faut bien que ces pensées-là trouvent un endroit où se loger.

Quand je reviens dans le jardin, je n'ai que cette

scène en tête : Virginie en train de lire la copie de son élève. Sur le trajet du retour, je ne penserai guère qu'à ça. Je voudrais suivre à la trace les sillons que ces phrases creusent dans le cerveau de mon amie d'enfance, les sensations qu'elles créent, les détours, les repentirs, les mains pour se cacher la vue, l'excitation malgré tout plus forte qui la reprend ; je voudrais tenir entre mes doigts un scalpel et ciseler la matière que cette lecture ramasse, fait juter. Je suis prête à parier que j'y décèlerais du plaisir, mais pour rien au monde je ne gâcherai la pendaison de crémaillère de Virginie, je ne ferai pas d'esclandre, ni dans le jardin ni même au téléphone. On ne fait pas de scandale quand des enfants se pâment sur leurs premières lectures érotiques, on les laisse tranquilles sous peine de rendre leur désir encore plus vorace. Mais on ne s'ôte pas de l'idée qu'ils ont cessé d'être des enfants.

Grand soleil. La place de la République est noire de monde, ça crie, ça chante, ça mange des glaces dans tous les sens. Il y a longtemps que je ne suis pas venue dans le quartier. Les magasins ont encore changé, je ne reconnais pas toutes les enseignes. De même les cafés, les restaurants. Je suis avec mes collègues du lycée, on doit être huit ou neuf en tout, tous en tenue décontractée, si nos élèves nous voyaient. Je ne crois pas si bien dire puisqu'on a rencontré des premières et des terminales dans le RER. Ils nous ont détaillés des pieds à la tête, nos baskets ne leur ont pas échappé. Ils ont un peu souri, mais j'ai vu dans leurs yeux que la portée de l'événement nous hissait, pour une fois, bien au-dessus des apparences. Mes collègues sont avenants, détendus, plaisantent sur les affaires du lycée, racontent des potins sur le proviseur et la documentaliste ou que sais-je encore. Personne ne parle de la manifestation, de ses enjeux, du second tour. Du coup, je me tais. Je pense à Anne qui n'est pas là et qui, autrefois, sitôt que les conversations se relâchaient, s'agaçait et quand Anne s'agaçait, elle se taisait. Je regarde la place, les gens qui arrivent en masse, ça me donne le vertige, je voudrais tant être avec Alain, les enfants, j'ai l'impression d'être sur un plateau qui penche de tous les côtés, je dois absolument parler, je sais qu'en parlant je retrouverai l'équilibre, mais les mots ne sortent pas.

Ce matin, Vincent est venu chercher Tom, il a dit qu'ils iraient à la manif, que ça tombait bien parce qu'il faisait beau, « père et fils à la manif », il a dit, content de sa formule, en lui tapant sur l'épaule comme s'il allait lui montrer la vie. Depuis plusieurs jours, les gens n'arrêtent pas de m'appeler à ce sujet. Tout le monde se mobilise, tout le monde veut y aller, il fait beau, joli mois de mai. Chaque fois, je dis non, je n'irai pas, je ne la sens pas, il y aura n'importe qui... Mais Le Pen au deuxième tour ? Tu n'y penses pas ? Laisse tomber tes états d'âme et viens ! Non, ce ne sont pas des états d'âme, je ne suis jamais allée à une manif que je n'ai pas sentie... Je n'aime pas ce vocabulaire mais désormais c'est le mien, les seuls mots qui me viennent, nébuleusement, un malaise diffus qui se dépose sur moi et m'empêche de descendre dans la rue, alors qu'ils y sont tous, et qu'il fait beau. Sans compter que je ne peux pas employer les mots que je voudrais car les autres les trouveraient exagérés, intolérants, partiaux, enfin, tout ce qu'on me renvoie dès que je me mets à m'expliquer. Donc je suis seule à ma fenêtre, avec les *Suites pour violoncelle* de Bach en fond, le soleil dans mes cheveux et le visage contrit. J'écarte le rideau mais je ne veux pas qu'on me voie. Les manifestants lèvent souvent la tête vers les étages, pour toiser ceux qui ne sont pas descendus. Je sais que si j'ouvre grand ma fenêtre on me regardera comme une lâche, une dégonflée, à coup sûr, comme une fille qui pense qu'après tout Le Pen, en ce moment, ça ne pourrait pas faire de mal au pays et je finirai par croiser les yeux d'un jeune militant fougueux qui me dévisagera comme une rombière, qui risquera peut-être même un mot vexant à mon endroit. Je sais que j'aurai honte d'être chez moi, loin des chants et des sirènes, alors qu'il fait si beau, que la situation est si grave. Au fond, si je suis honnête, je ne la pense pas si grave, la gravité est ailleurs, là où ils ne cherchent pas. Quand Hitler est arrivé au pouvoir, les bonnes gens ne se sont pas précipités dans la rue. Le téléphone sonne à nouveau, mais j'ai branché le répondeur.

Pour l'autre manifestation, personne ne m'a appelée. Pas même Virginie. Elle a dû vaguement se dire, je vais l'appeler, mais la gêne l'aura emporté, elle savait qu'elle n'avait pas envie de venir. Tous mes cousins s'y sont rendus, mes parents aussi, mais je n'ai pas voulu me joindre à eux. J'ai menti, j'ai dit que j'avais un colloque et j'y suis allée seule. Je n'ai pas crié, je n'ai pas ouvert la bouche, Tom était chez les parents de Vincent, je n'ai rien fait pour qu'il m'accompagne, j'avais peur que ça dérape, qu'il y ait des rixes, comme ma mère avait eu peur pour moi la première fois. Et surtout, je ne voulais pas qu'il voie cette solitude, ces milliers de juifs lâchés, abandonnés, ces milliers de juifs entre eux. Il faisait moins beau, le ciel était voilé, pas comme aujourd'hui, avec toute cette lumière. D'ailleurs, ils ont tous sorti leurs lunettes de soleil, on se croirait en Italie. J'ai marché d'un pas lent, lourd, je sentais quelque chose de triste dans la rue, sur la grande place, les familles étaient là, entières, les parents, les enfants, les jeunes chantaient mais c'était empesé, c'était l'impuissance même. Je ne pouvais pas être ailleurs mais j'étais comme navrée d'être là, de ne pouvoir plus être que là, avec eux, semblables, étouffants. Rien que des juifs entre eux qui réclamaient justice et qu'on n'entendrait pas. C'était perdu d'avance. À chaque foulée, je le sentais davantage. En rentrant chez moi, le soir, j'ai eu le sentiment cuisant d'avoir gâché ma peine et mon temps. Il ne s'était rien passé d'autre qu'une solitude massive, en marche. Le temps de Copernic était bel et bien révolu.

Octobre 1980

« Des Français innocents, tu te rends compte, comment peut-on dire une chose pareille ? » On était tous dans le salon de mon oncle et de ma tante. Ils répétaient ça en boucle, autour de la table basse, sur le canapé en U. De temps en temps, quand on se lassait de ces mots qui tournaient, une des femmes lâchait un « tssss… » en remuant la tête, les yeux dans le vague. « Cette bombe qui voulait tuer des juifs et qui a tué des Français innocents », Raymond Barre avait lâché ça juste après l'attentat. Le Crif avait appelé à manifester, toute la famille avait décidé d'y aller, enfin, les hommes. Je regardais les visages de ma mère, de ma tante, de ma cousine. Elles affichaient un air mi-indifférent, mi-gêné, entre « ce sont les hommes qui se mêlent de politique » et « on aimerait bien y aller ». Personne ne les empêchait, personne ne leur interdisait quoi que ce soit, peut-être était-ce juste une peur, comme on a peur d'aller aux enterrements. J'y ai lu une réserve archaïque comme jamais, un retard qui m'étonnait tellement de la part de ma mère, si mondaine, toujours prête à se montrer, encore plus de ma tante, d'habitude si forte en gueule. Mais la situation était inédite.

Tout ce qui s'était passé avant, dans leur jeunesse, leur exil, je ne l'avais entendu que raconté et, dans le feu d'un récit, le visage prend des lumières plus vives, plus dramatiques que dans le feu de l'action. C'étaient pourtant bien elles qui m'avaient relaté les épreuves passées, les menaces, la fuite, l'arrivée au port de Marseille, avec force détails, une vivacité qui donnait envie d'en redemander, que l'histoire tourne encore une fois, se redéploie, que le roman de la famille chatoie, nous emporte comme une veillée, une geste sans fin. Les hommes, eux, ne disaient presque rien, se contentant de confirmer ici et là d'un signe de la tête ce que les conteuses proposaient. Mais en les découvrant inertes et molles, comme des ballons qui se vidaient de leur air à coups de « tssss », le doute m'a saisie et ce doute m'a déçue. Je me suis mise à penser qu'on m'avait bernée, que les faits avaient été aussi plats et ternes que leurs visages ce jour-là. La légende familiale était une pure invention. Je crois bien que j'étais sidérée. Et, peut-être plus que les événements eux-mêmes, c'est cette déception qui m'a poussée à descendre dans la rue, avec les hommes, contre les protestations de ma mère qui me trouvait trop jeune mais à qui on répondait de ne pas s'inquiéter, parce que j'étais avec les hommes justement. Je n'avais pas quinze ans.

C'était un flot généreux qui recouvrait les rues, les avenues, un fleuve d'humanité qui répandait ses limons. Les banderoles clamaient que nous étions tous des Français innocents, les slogans raillaient la lâcheté de Barre, de Christian Bonnet, le ministre de l'Intérieur. J'étais arrivée sous escorte, mon père m'ordonnant de ne surtout pas m'éloigner. Je marchais rigoureusement dans les pas de mes cousins, juste dans leur sillage. Ils retrouvaient des bandes d'amis, tout le monde s'était plus ou moins donné rendez-vous. Je reconnaissais des gens que j'avais vus à des dîners, chez mes parents, à des mariages, des connaissances du quartier. C'est d'ailleurs là que, pour la première fois, j'ai croisé le regard d'Emmanuel.

Je faisais des signes discrets de la tête pour dire bonjour, pas de grands gestes comme les autres, si contents de se retrouver là, de défiler ensemble, d'être entre eux, sous les yeux de tous, qu'on voie ce que c'est que des juifs entre eux, solidaires, fraternels, invulnérables. J'étais prise dans une ronde censée me protéger, une ronde d'hommes juifs, aussi soudés que pendant les sept jours de deuil où les dix hommes sont comme les doigts de la main, où ça sent le renfermé, le confiné parce que personne ne doit se raser, que leurs joues sont un peu grasses, à cause de la barbe qui pousse, des baisers, des larmes et de toute la contrition. Dans cette ambiance somnolente et huileuse, l'étranger ne peut entrer sous peine de glisser. Tout est fait pour qu'il glisse et reparte aussitôt.

Alors qu'on avançait calmement, dans le même temps, quelque chose m'a étouffée, et m'a soulevée : devant l'innocence unanime et acclamée, j'ai senti jusque dans mes veines comme un sang neuf, un sang lavé, débarrassé de tous les anathèmes que je ne connaissais pas encore, mais qui bourdonnaient déjà à mes oreilles. Je suis sortie du sillage, j'ai oublié les yeux de mon père et j'ai fini par apercevoir ailleurs, plus loin, d'autres visages, d'autres raisons d'être là, d'autres manières d'être ensemble et d'être vus ensemble. Dès cette première manifestation, j'ai compris que c'était ce qui se jouait dans n'importe quel cortège : être pris dans cette image de communauté agissante, d'élan commun. J'en ai eu confirmation dès le lendemain au collège, en croisant de nouveau le regard d'Emmanuel qui, jusque-là, ne m'avait jamais saluée.

Il était donc là qui défilait sous les bannières du Parti socialiste, du Parti communiste, de l'extrême gauche, de toutes les ligues de Droits de l'homme, des syndicats. Merveilleux, bondissant, intraitable. Le peuple de gauche. Peut-être plus que l'attentat lui-même, c'étaient les mots de Barre, l'absence de Giscard, qui n'avait même pas daigné se rendre rue Copernic, qui l'avaient poussé dans la rue, car ce que tous ces faits révélaient, c'était cet antisémitisme résiduel dont parlait Aron, l'un des sédiments de la conscience française, celui que les juifs acceptent comme un postulat lorsqu'ils décident de vivre en France, mais que lui n'a jamais toléré parce qu'il lui rappelle Vichy, parce que c'est comme toucher aux victimes de la Shoah, et qu'à ces victimes-là on ne touche pas. L'attentat avait été revendiqué par le groupe Abou Nidal, mais c'était comme si ça ne comptait pas, on ne regardait encore que du côté de l'Europe, l'Allemagne, la France des années 40, les autres menaces n'existaient pas. Derrière les juifs de France, il y avait toutes les forces de lutte et de progrès, les ouvriers, les professeurs et les intellectuels, c'est-à-dire les classes populaires et les classes moyennes, celles qui tapissaient la base et celles qui éduquaient, faisaient l'opinion, bâtissaient l'ascenseur social. Derrière les juifs de France, il y avait tout le peuple de gauche. Ainsi bordés, ils pouvaient être sûrs que, cette fois-ci, le pays les défendrait. Les juifs étaient le ciment de la gauche et l'horizon s'élargissait : je n'étais plus seulement là parce que j'étais juive, j'étais là parce que j'appartenais à cette perspective vaste, ample, ce soulèvement d'humanité. Et, comme si j'avais voulu aller voir de plus près à quoi ressemblait ce concept enviable, cette « innocence » dont le défaut nous avait tant galvanisés, très peu de temps après, j'ai rencontré celle qui allait devenir au-dessus de tous, entre tous, ma petite Française innocente à moi, Virginie Tessier, celle qui allait me donner l'illusion qu'un jour, moi aussi, je pourrais en devenir une.

Je suis dans un bocal, un aquarium, je respire mal, je me débats sans faire un geste. À ma fenêtre, je suis comme ma mère, ma tante, ma pauvre cousine avec moi, en bas, qui les nargue en leur concédant un vague signe de la main, volant au bras des hommes, au bras de mon père. Les gens dansent et tournoient, comme dans les cortèges d'antan, c'est le mot qui me vient, d'antan. Ils doivent être des centaines de milliers, les organisateurs n'exagéreront pas, la rue dira non à Le Pen. Quand bien même… Vincent était tout étonné que je n'y aille pas, il m'a assez reproché mon militantisme autrefois, mais quand j'ai commencé à m'expliquer j'ai bien vu qu'il comprenait. Sauf que ça l'agaçait… Tu es toujours aussi ethnocentrée, a-t-il jeté. Oui, ethnocentrée. L'attaque aussi l'est, ai-je répliqué mais sans virulence, je n'avais pas envie de me disputer, juste qu'il s'en aille, qu'il emmène Tom, qu'ils me laissent à ma tristesse, à ma journée de pénitence. Je lui ai donc répondu comme j'ai refermé la porte, d'une voix calme, posée. Il s'est avancé vers la rampe d'escalier et, dans son dernier regard, j'ai deviné une pointe de compassion, juste ce qu'il fallait pour me faire comprendre que je n'avais plus ma place nulle part, ni dans la rue, avec la foule généreuse, ni derrière mes rideaux, avec celle des lâches. Nulle part.

C'est la première fois que je vais à une manifestation où Anne n'est pas. Où elle ne veut pas être. Je pense qu'elle fait une fixation, qu'elle amplifie les choses, ce ne sont que des dérapages. Si j'étais jeune et d'origine arabe, moi aussi, je m'identifierais aux Palestiniens. Enfin, je ne sais pas. En tout cas, si j'en juge par ce que m'en disent les élèves maghrébins, je crois qu'ils sont sincèrement touchés et que ce n'est pas un prétexte. On ne peut pas leur en vouloir.

J'ai si souvent entendu Anne me parler de son attachement à Israël, de ce que ce pays représentait pour elle, que ça me gêne lorsqu'en salle des profs j'entends les commentaires des autres. Je ne mêle pas ma voix mais je suis bien obligée de reconnaître que, récemment, je me suis un peu plus exprimée que d'habitude. J'ai condamné Sharon avec les autres, j'ai été choquée par les images des camps de réfugiés et par tous ces enfants jetés dans la violence, j'ai approuvé Jean-Paul lorsqu'il a dit que les juifs français défendaient trop aveuglément Israël, qu'ils devaient se montrer plus objectifs, que c'était un pays comme un autre, qu'on n'avait pas le droit de traiter les gens ainsi. Mais je me souviens du mouvement de ma tête qui dodelinait doucement, qui n'osait pas être plus franc, comme si Anne pouvait me voir, comme si, en acquiesçant, je trahissais déjà.

J'avance mollement, ça tangue encore un peu, j'ai mal aux jambes et je ne crie aucun slogan. Je me contente d'écouter Françoise me raconter ses histoires conjugales. Et tout au long du boulevard Voltaire, je lève les yeux. Je cherche les fenêtres d'Anne, je l'imagine chez elle, telle une ombre derrière ses rideaux, calfeutrée pour ne pas entendre les clameurs, et je me demande ce que ça doit être pour une militante comme elle de ne pas se retrouver dans la rue aujourd'hui, avec tout ce monde, tout ce soleil. Je suis sûre qu'elle regrette déjà. Si Emmanuel était à Paris, il serait venu, il l'aurait convaincue, nous serions là tous les trois.

Arrivée à la hauteur de l'église Saint-Ambroise, peut-être grâce au beau temps, à la musique, je commence à me détendre, à me sentir dans l'ambiance, à marcher avec plus d'allant, plus de souplesse, je reprends même la phrase de Jean-Paul, « Le Pen, remballe ta haine ! ». C'est potache, sans finesse, mais c'est facile à crier. Toutes ces heures qu'on a passées sur nos slogans, les dictionnaires de synonymes qu'on épluchait comme pour écrire des poèmes, les textes de Marx, du Che, tout ce qu'on pouvait trouver dans la bibliothèque des Teper et qu'on imitait, on vérifiait même les traductions, on y mettait un zèle de latiniste. Une fois, on est même descendus dans la rue avec une banderole toute en allemand. On reprenait les mots comme ceux d'un lied, on trouvait ça magnifique, *Proletarier aller Länder, vereinigt euch*.

Je sens l'énergie monter en moi, une sève de jeunesse. J'ai seize ans, je suis avec mes amis, c'est une manifestation de printemps, une manifestation unanime, sans suspicion, sans tache ; un moment qui nous unit sans arrière-pensée et qui rassemble nos forces, les décuple. Je voudrais qu'elle me voie, Anne, qu'elle entende ma ferveur, qu'elle soit témoin de ce qu'elle a réussi à m'inculquer et qui, maintenant, s'exprime sans elle, contre elle et pour elle. Je suis là d'autant plus qu'elle n'y est pas, comme un défi mais aussi comme une compensation, personne n'a le droit de la mettre à l'écart et le comble, c'est que personne ne l'a fait : elle s'est exclue de son plein gré. Et elle a eu tort.

Anne, je voudrais que tu sois là, qu'on défile comme avant, qu'on soit d'accord sur tout, que rien ne laisse passer la méfiance, que le vent se pose sur nos joues comme alors, comme cette caresse les jours de printemps qui venait contrebalancer toute l'énergie, parfois même la violence de nos cris ; rappelle-toi, de temps en temps il y avait un souffle d'air, une brise de printemps dans un rayon de soleil, c'était doux, ça nous calmait, on se regardait en souriant, fières, bienveillantes, en totale adhésion. Ce souffle d'air, c'était une caresse, jamais une méfiance, Anne, jamais.

Tom est avec son père, ils avancent en souriant. Il mange une glace à côté de son cousin, Vincent s'est trouvé un groupe d'amis avec qui y aller, j'en reconnais quelques-uns, des architectes comme d'habitude, il ne fréquente que ça, son beau-frère, sa sœur plus loin derrière. C'est bien pour Tom, car il adore son cousin et comme il habite Fontainebleau ils se voient peu, mais toute la famille s'est déplacée pour venir à la manif. Tout le monde a fait cet effort aujourd'hui, tout le monde a modifié sa journée, déplacé une sortie, renoncé à la sieste. Ça n'a pas dû être si compliqué en même temps, c'est le 1er mai et il fait si beau. C'est presque une aubaine, cette grande balade dans Paris dégagé de toute circulation, les chants, la musique, les vendeurs de glaces et de merguez. Et moi, ici, toute seule. Jamais je n'aurais pu prévoir une chose pareille. Ce n'est même plus ma tête qui commande, c'est mon corps, ce cortège me donne envie de vomir, il m'écœure, comme un parfum trop sucré, tous ces bons sentiments.

Autant que je l'ai aimé, à cet instant, je déteste ce pays sans hymne et sans drapeau, je m'en méfie comme de la peste, je ne crois pas aux nations portes ouvertes, c'est un leurre, personne ne reste longtemps citoyen du monde, à un moment, le déni est trop fort, ça s'abat sur le pays comme une marche militaire, un élan martial qu'on aurait trop longtemps réprimé. La plupart des gens qui défilent ne le savent pas, enfin ne s'en rendent pas compte. C'est si facile d'être hostile à Le Pen, de contrer la haine lorsqu'elle s'affiche, mais quand elle se cache et prend des airs il n'y a peut-être que des tordus comme moi pour la renifler, la flairer là où personne ne sent rien, poser mes yeux, mes pensées comme la truffe d'un chien dans les recoins, les non-dits, les sous-entendus, là où on ne va pas chercher, où on ne doit pas regarder. Avec l'histoire de Bertrand Cantat, j'ai tout de suite pensé ça, qu'il a toujours combattu Le Pen avec panache mais voilà qu'un jour il écrabouille le visage de celle qu'il aime, il lâche toute sa violence, il ne peut plus l'enfouir. Le poing brandi, il a chanté la paix, ensuite il défonce le crâne de sa bien-aimée. Où est la logique ? Où est la constance ? Quand j'ai appris la nouvelle, un soir, chez mes parents, j'ai dit « Bien fait ! », je me souviens, je me suis fait horreur en le disant, j'avais l'impression de cracher des crapauds, comme la sorcière de Peau d'âne. Je l'ai dit, je l'ai pensé au plus profond, avec mon ventre, et mes crampes à l'estomac se sont miraculeusement détendues ; tout ça parce qu'un type irréprochable, toujours à se battre contre la haine, contre la guerre, les puissants, eh bien, ce même type, un jour, lâche sa violence à la face du monde, il avoue qu'il en est plein lui aussi. Ma mère m'a dit c'est affreux, pense à ses enfants, mais je m'en fichais, je ne pensais qu'à lui qui avait trop voulu faire l'ange. Même mon père n'en est pas revenu. Son regard disait tu ne cherches plus la compréhension, ni même le pardon, tu fonces tête baissée vers le blâme. Je n'ai pas répondu et il n'a rien ajouté à ce regard.

Voilà donc où j'en suis désormais, à renifler ce que je cherche et ce qui me hante dans toutes les histoires, même celles qui sont sans lien, même les faits divers. C'est ce que Virginie m'a laissé entendre l'autre fois, de même que le regard de Vincent tout à l'heure, je ne suis pas dupe, j'ai compris qu'il avait compris, mais lui aussi trouve que j'exagère, que c'est pure paranoïa. Hier soir, j'ai dû en parler avec Tom parce qu'il m'a posé des questions. Forcément, il m'a toujours connue dans la rue, aux réunions de parents d'élèves, même à celles de l'association sportive, je n'y peux rien, ce doit être un virus, un arrière-grand-père bolchevique ou bundiste, que sais-je, ma généalogie ne le relève pas. Ou peut-être simplement mon père avocat. Donc moi qui n'en rate pas une, je boycotte cette belle et grande manifestation. Tom ne comprenait pas. J'ai essayé de lui expliquer, je lui ai parlé des dérapages, des synagogues brûlées, des agressions, enfin, il était déjà au courant. Je n'ai pas voulu l'embêter en entrant trop dans les détails mais j'ai dû aussi revenir sur les années 80, quand Juifs et Arabes s'unissaient pour la même cause. J'ai eu le sentiment de parler d'hier, d'une évidence dans le temps, mais j'ai bien vu dans ses yeux ronds que je parlais d'une époque lointaine et révolue. Dans son collège aussi, il y a eu des affrontements, des insultes, il voit bien que les Arabes et les Juifs, désormais ça se déteste. Je n'ai pas voulu faire de grands discours, alors je lui ai parlé des keffiehs.

Certains de ses amis, tout ce qu'il y a de plus bourgeois et de plus français, viennent avec à la maison. Je ne dis rien mais je leur lance des regards terribles, du genre c'est quoi cette serpillière autour de ton cou, l'hygiène n'ayant rien à voir là-dedans. Je tolère tout, les piercings, les tatouages, les cheveux gras et même les joints, mais les keffiehs, non, parce que les gamins se trompent et ne le savent même pas. Personne ne le leur dit. Alors ils continuent d'arborer ce foulard en se croyant rebelles, généreux. Personne ne les éclaire. Et comme je ne veux pas mêler mon fils à tout, je me retiens, je me tais. Je les laisse entrer dans la chambre, mettre leur musique à fond et respirer leurs keffiehs comme des doudous. Heureusement, Tom ne m'en a jamais réclamé. Autrefois, rue de Buci, il y avait un magasin qui en vendait de toutes les couleurs, des bleus, des mauves, des rouges. C'était une boutique où j'aimais aller acheter des sabots, des écharpes indiennes, pendant ma période hippie. Un jour, j'y étais allée avec Virginie et j'avais hésité devant un keffieh violet. Il était pendu dehors, comme un morceau de viande léger à une esse, et je tournais autour, mes mains caressaient le tissu, je regardais Virginie qui me regardait hésiter. À l'époque, j'avoue, les affaires moyen-orientales, je ne les connaissais pas très bien ; la France me passionnait davantage, alors l'OLP, je savais vaguement, mais seulement vaguement. Mais en tournant autour du keffieh, je ressentais ce vague comme un malaise, le tissu était doux en même temps que rugueux, l'imprimé était joli de loin mais en le regardant de près je le trouvais plus grossier que les arabesques indiennes suspendues à côté. La tentation s'est relâchée, je me suis éloignée. Et quand nous sommes arrivées à la caisse pour régler nos autres achats, Virginie m'a juste dit :

— Pourquoi tu l'as pas pris le foulard violet ? Il avait l'air de te plaire...

— Je ne sais pas... On verra la prochaine fois...

Évidemment, il n'y eut pas de prochaine fois mais quand je vois les copains de Tom j'y repense, ça m'aide à ne pas leur faire la leçon. Bref, j'ai donc expliqué à mon fils qui pelait sa pomme qu'un keffieh n'était pas un foulard, pourquoi je n'irais pas à la manif où sans doute les gens seraient nombreux à en porter. Il ne me regardait pas, ses yeux faisaient le tour de la pomme. Il faisait ça avec art et recherche. Sa pelure était toute jolie, bien ciselée. Ça le mettait à des kilomètres de mon émotion, ce geste, et cette distance ne m'agaçait pas. Au contraire, elle me rassurait. Je voyais bien que mon fils entendait l'émotion, l'indignation, mais qu'il n'en voulait pas pour lui, qu'il sentait bien le danger. C'est la même chose avec le nom de son père. Je suis heureuse qu'il porte un nom bien français, bien lisse, Tom Marchelier, oui, c'est mon fils, Marchelier, ça ne se voit pas, ça ne s'entend pas, mais ce garçon est juif parce que sa mère est juive par ses parents, ses quatre grands-parents et tous ceux d'avant. Personne n'a interrompu la chaîne jusqu'à elle. Tous ont rempli leur devoir malgré leurs peurs, les morts, malgré le danger. Il n'y a guère qu'elle, sa mère, alors qu'elle vit en toute tranquillité dans un pays qui met ses juifs à l'affiche, à l'abri, qui les brandit fièrement, alors que personne ne l'a jamais traitée de sale juive, oui, il n'y a qu'elle qui ait eu suffisamment de peur et de lâcheté pour interrompre la chaîne, pour que son enfant porte un nom catholique et français, sans tache, sans ombre, sans faute de prononciation possible, un nom auquel personne ne demande son passeport. Tom Marchelier de mère juive et de père bourguignon, elle en est fière, tranquille comme après la visite du médecin qui prescrit le bon remède, celui qui fera baisser la fièvre à coup sûr et transformera les jours de maladie en convalescence douillette, embaumant l'eucalyptus et le bouillon de légumes.

Je n'arrive à poser mes yeux que sur la mère d'Anne. Son visage est crispé, elle serre les lèvres, elle leur demande d'arrêter mais personne ne l'écoute. Tout le monde grignote nerveusement du pain azyme. Je n'ai pas suivi le tout début de l'affrontement, j'aidais Josy à remplir le lave-vaisselle. Quand je suis revenue m'asseoir, c'était commencé depuis longtemps. Son cousin dit qu'ils ont le goût du sang, que toute leur culture pue la barbarie, qu'ils sont prêts à tuer père et mère, que le sens de la vie, ils ne l'ont pas, que l'intégration, l'égalité des chances, l'avenir, rien n'y fera, ils n'y arriveront jamais. Anne est enragée, elle voudrait l'ensevelir pour qu'il cesse de déblatérer comme un fasciste. Elle insiste et elle décompose bien le mot, « tu dé-bla-tères ». Sa voix monte d'un cran. Il ne supporte pas cette supériorité qu'elle a, ce rôle d'intellectuelle qu'elle se donne dans la famille, celle qui détient l'intelligence, tout ça parce qu'elle fait de la phi-lo-so-phie, lui aussi, il décompose les syllabes. Tu ne sais pas de quoi tu parles, il rétorque, tu ne les connais pas, tu n'as pas grandi avec eux, petite fille du XVIe arrondissement. Au tour d'Anne d'être piquée sous prétexte que lui, il a grandi en banlieue ; elle pourrait même être peste et dire que si son oncle n'avait pas raté ses études ils n'auraient pas atterri à Créteil, que ce n'est pas sa faute si son père à elle était un type brillant, mais elle garde ça pour elle, elle aime bien son oncle, elle ne veut pas tomber dans trop de mesquinerie. Elle crie qu'il confond tout, les fanatiques, les délinquants et tous ces malheureux qu'on a abandonnés dans les cités, qui vivent dans des tours déglinguées, dans des écoles pourries, pour qui l'avenir est bouché. Toi, tu t'en es sorti, mais pour un qui s'en sort, combien vont croupir ? Je la trouve magnifique, chaque fois qu'elle va tomber elle se relève, elle enchaîne. Et puis cesse de dire « ils », on ne peut pas dire « ils ». Elle répète cette phrase au moins trois fois.

Sa mère est de plus en plus blême. Elle ne peut même pas débarrasser la table pour se donner une contenance, Josy s'occupe de tout, alors elle se dandine sur son siège, elle murmure c'est le Seder, arrêtez les enfants, joue avec ses bagues, me jette des regards désolés. Je ne lui suis d'aucun secours. Anne et son cousin continuent à se renvoyer des phrases sur le fameux « ils ». Il dit des choses terribles sur leur compte, seul le Front national parle ainsi. Anne se défend comme un diable, elle en arrive à ce degré d'échauffement qu'on atteint lorsqu'on ne voit plus que le barrage, et que les arguments vont tous buter dessus. À la fin de l'échange, elle est juste très rouge, ses mains tremblent, elle se lève brusquement, disparaît dans le grand couloir. Combien de fois faudra-t-il vous répéter que les soirs de fête, je ne veux pas qu'on parle politique ? déplore sa mère. Je m'entends dire, d'une voix qui semble sortir de sous la table, que ce n'est pas de la politique, que c'est beaucoup plus grave que ça. Son cousin me foudroie du regard, pourquoi m'en suis-je mêlée ? Je ne suis qu'une crétine, je ne suis qu'une goy, ce ne sont pas mes affaires, je suis une petite Française qui ne connaît rien ni aux Juifs ni aux Arabes, pourquoi ai-je dit ce que j'ai dit ? Je me lève et je vais rejoindre Anne qui essaie de se calmer dans sa chambre. Elle me dit que son cousin est abject, qu'elle regrette de m'avoir fait assister à tout ce déballage, qu'elle n'arrive pas à comprendre comment on peut être dans une haine pareille. Elle pense que s'il n'était pas juif il serait lepéniste. Elle a raison, je ne peux rien dire d'autre, elle a été magnifique, à la hauteur, c'est grâce à des gens comme elle qu'on avancera. Heureusement que tu es là, dit-elle, il n'y a qu'avec toi que je me calme.

Toute cette haine en moi qui macère comme une maladie honteuse, que je n'ai pas le droit de montrer même à des gens depuis longtemps acquis à sa cause, mon oncle, mes cousins, parce que je ne veux pas qu'on me dise que j'ai changé, parce que je ne veux pas voir mon passé fondre sous leurs sarcasmes et entendre que j'ai mûri, que j'ai enfin compris. Les femmes haïssent-elles aussi fort que les hommes ? Je me le suis souvent demandé en écoutant mon cousin, jusqu'à ce que ça me gagne et que j'aie ma réponse. Je suis une femme de haine, comme qui dirait une femme de tête. Cette haine, c'est comme un bloc dans lequel je n'entre pas, dont je n'aperçois ni les fissures ni les nuances, mais je sens que ça tressaille, que ça tremble sur ses bases dès que le sujet menace. C'est comme si ce bloc avait pris en moi toute la place, ne me laissant que quelques marges de fidélité, partout ailleurs je suis infidèle, je trahis, sans autre explication que les circonstances historiques, l'époque a changé, *ils* ont changé. Même les Allemands, je ne les ai jamais haïs comme ça, en bloc et sans discernement. Mes sentiments étaient tour à tour haineux, admiratifs, aussi fascinés par le degré de l'horreur que par Kant ou Schubert ; chez eux, Heidegger n'est jamais très loin de Hitler. Je ne suis jamais descendue dans la rue pour défendre les Allemands, ils ont peut-être trahi mais comme des inconnus peuvent trahir, est-ce vraiment une trahison ? Là, c'est autre chose, c'est une histoire de famille, de cousins qui ne peuvent plus cohabiter. Et puis, au fond, ne suis-je pas en train de me mettre à penser comme on pensait dans la famille, ces Arabes, qui sont-ils pour se lever en masse, eux, ces domestiques, ces illettrés ? Tandis que les Allemands, c'était autre chose, la culture, la rationalité, le sens de l'ordre…

Cette haine massive, en bloc, c'est le pendant terrible de mon sionisme massif, en bloc, où la raison n'entre plus depuis longtemps. Je voudrais tant pouvoir condamner Sharon, juger les faits et gestes de Tsahal sans gêne ni scrupules – je dis Tsahal comme je dis Shoah, les seuls mots d'hébreu que je connaisse, des mots comme des stèles, qui se déposent dans mes phrases en brûlant toute la terre autour ; ils disent Tsahal comme on murmure le nom d'un monstre, prononciation déjà épouvantée mais qui se répète à l'envi, Tsahal a tué, Tsahal a bombardé, Tsahal a détruit, Tsahal, Tsahal. D'où me vient donc tant de sionisme, moi qui ne suis allée en Israël que deux fois dans ma vie, qui n'ai jamais rien fondé là-dessus, qui n'ai eu que de rares amants juifs et encore, par leur père ?

Tout est grossier, sans nuances, tout sent la mort et le danger. Autour de moi pourtant, les gens continuent à faire des projets, à avoir confiance en l'avenir, à partir en vacances. Chaque fois je leur demande comment ils font, s'ils dorment bien la nuit, si tout ça ne leur cause pas de souci intime. Parfois les femmes, les mères, disent qu'elles éprouvent cette angoisse, une oppression constante, et craignent pour l'avenir de leurs enfants, mais ce sont seulement les mères qui répondent ça. Les mères voient tout de suite les scènes de train. Les hommes, eux, répondent que cette fois-ci on ne se laissera pas faire, que maintenant il y a Israël, la bombe atomique, que nous ne sommes plus du côté des victimes, que nous pouvons tirer les premiers. Nous aurons beau tirer les premiers, une histoire en marche, ça ne s'inverse pas comme ça. J'ai compris comment par milliers, hommes et femmes, les pleutres comme les courageux, ils étaient tous partis à l'abattoir sans se défendre, c'était ça l'histoire en marche, ils mesuraient de l'intérieur la force du courant, rien n'aurait pu le contrer et ils le savaient. Je lis des livres sur les années 30 en Europe, je compare tout, la montée des dangers, les gens qui continuent à vivre sans prendre la mesure des choses et puis la catastrophe qui leur tombe dessus, celle qu'ils auraient pu prévoir s'ils avaient été fondamentalement pessimistes, s'ils n'avaient pas eu cette bonne nature humaine qui fait goûter chaque jour comme une chance, un miracle, et espérer que demain sera meilleur. Moi, je ne l'ai pas cette bonne nature humaine, je suis convaincue que le pire est toujours sûr, que demain sera pire qu'aujourd'hui. Je n'étais pas comme ça avant, quelque chose en moi s'est fêlé. On ne peut pas militer en pensant que le pire va arriver.

La Shoah, avant je n'y pensais pas. Ou plutôt si, j'y pensais comme à un moment de l'histoire, un chapitre de manuel, mais pas comme à une catastrophe personnelle, une tragédie qui changeait tout. Je ne comprenais d'ailleurs jamais ce que voulaient dire les grands mots de Wiesel, Lanzmann ou Kertesz, comme « penser l'histoire après la Shoah », « écrire après la Shoah », cette césure qu'ils creusaient dans le temps universel. Je trouvais tout ce langage affecté, poseur, ça m'agaçait. Ça restait en dehors de moi, ma chair se rétractait suffisamment pour que ça ne pénètre pas, que la douleur ne prenne pas. Bien sûr, j'allais voir les films qu'il fallait, je lisais Primo Levi, mais comment dire ? Je restais sur le trottoir.

Une année, la famille d'Emmanuel m'avait invitée à les accompagner à Auschwitz. J'avais refusé. Non pas que cela me fît peur, que cela m'effrayât de me retrouver soudain là-bas. C'était moins avouable que ça : ça ne m'intéressait pas, ça ne touchait rien en moi, cette perspective. Je m'imaginais juste en train de les suivre et de m'ennuyer en prenant des mines sinistres, recueillies, et en ne pensant qu'au moment où nous remonterions dans le car et qu'enfin je pourrais laisser mon esprit vagabonder sur les paysages, se libérer de l'affliction.

Je reviens aujourd'hui sur tout ce que je n'ai pas compris alors, avec la brutalité du refoulement, on dirait. Mes mains maigres sur son poignet qui va peut-être se casser tant elles s'agrippent ; et, à côté, les mains du soldat, robustes et calmes, la bienveillance même. Je suis passée d'un documentaire au mélodrame ; c'est moi qui suis sur le quai, c'est mon enfant qu'on m'arrache, c'est moi qui sens les poux, le typhus qui gagne, l'odeur des cheveux de mon fils qu'on brûle et que je reconnais entre toutes. Le refoulement n'est pas la seule explication. Si l'histoire revient, c'est qu'elle n'est plus l'histoire, c'est que la Shoah n'est pas loin derrière moi mais devant, là, sous mes yeux, que c'est ce qui m'attend alors que personne encore ne le sait, personne ne veut le voir. Dès 1931, Hannah Arendt sait que la situation des juifs en Allemagne est sans espoir, elle n'a pas besoin que Hitler prenne le pouvoir. Elle dit qu'elle en est intimement persuadée, que ça ne peut pas s'arranger, se retourner. Sans doute alors si elle en parle à ses amis, sa famille, on la prend pour une folle, une paranoïaque.

Je l'imagine derrière ses fenêtres à double vitrage, avec les clameurs qui ne filtrent même pas tandis que nous marchons sous le soleil de mai. Son regard est fixe, entêté, un peu amer. Elle regarde les gens défiler, elle ne les lâche pas, clle les méprise. Toujours j'ai fui le mépris d'Anne. Ce fut bien souvent la seule réponse qu'elle opposait aux êtres et aux choses qu'elle n'aimait pas ou qui lui résistaient. Le mépris. Un regard cinglant. Rien à voir avec cette façon de me tancer l'autre fois, ce blâme, on dirait qu'elle change de style et avec quel aplomb. Que peut-elle bien comprendre à ces gamins, elle qui vient d'une famille aisée, qui vit à Paris parmi des psychanalystes établis, des intellectuels, des bourgeois, qui fait ses courses dans les beaux quartiers ? Elle peut toujours militer, défendre la veuve et l'orphelin, qu'en sait-elle ? Son cousin avait raison. Il faudrait qu'un de ces jours je l'emmène au centre commercial, qu'elle déambule dans les allées de l'hypermarché, qu'elle voie ces familles entières traîner en survêtement, ce monde qu'on nous prépare.

Quand nous nous sommes installés ici, je faisais la sourde oreille, je ne voulais pas voir pour ne pas en être, et puis, peu à peu, j'ai ouvert mes yeux, mes oreilles, et je me suis dit qu'ici aussi, il fallait se battre. Que ma jeunesse m'y obligeait, que je ne pouvais pas baisser les bras, que c'était aussi au nom de tout ce qu'on avait vécu avec Anne qu'il fallait offrir autre chose à ces gamins. C'est en tout cas ce que j'essaie de faire en classe en leur proposant de la vraie littérature, chacun ses armes. Et je ne lésine pas, c'est du Flaubert ou du Perec, ou les deux. J'ai des collègues qui bradent ça en choisissant des textes de second ordre, sous prétexte qu'ils sont plus simples, plus actuels, qu'ils parleront aux enfants de ce qu'ils connaissent. Je me suis toujours insurgée contre cette facilité.

Le mois dernier, avec ma classe de première, on a étudié *Les Choses*. C'est un roman que j'adore, c'était Anne encore une fois qui me l'avait mis entre les mains. Certains élèves ont accroché, mais, pour la plupart, ils se sont ennuyés à cause de la monotonie du style. J'ai essayé de leur montrer qu'entre *L'Éducation sentimentale*, que nous avions étudié avant, et *Les Choses*, il y avait un désenchantement similaire, la même voix triste. Et que c'était toujours une pépite, cette sorte de continuité qu'on trouve entre les œuvres, pas quand elle est affichée, démonstrative, mais quand elle est discrète, entre les lignes, qu'on devine la voix de l'auteur faire geste vers celle d'un autre. J'ai insisté là-dessus, j'ai répété, quand on a vécu ça une fois, ensuite on entre en littérature. C'était grandiloquent, un peu déplacé pour des lycéens, je m'en rendais bien compte, mais j'aime me croire capable d'allumer ce genre de ferveur, oh, très rarement, dans le cœur d'un gamin sur mille et encore ; c'est ma façon à moi de vouloir jouer les providences.

Perec et Flaubert. Je me suis battue pendant un mois avec cette affaire-là. C'était devenu une obsession, je rentrais le soir, j'en parlais à Alain, je lui racontais les réactions des uns, des autres, mes arguments, ma colère, les collègues qui me traitaient de folle, au point qu'un soir il a voulu en juger par lui-même. Il a pris les deux romans et s'est mis à en lire des passages à haute voix, en s'appliquant. Et pendant qu'il lisait, j'avais le cœur qui battait fort, comme s'il allait découvrir quelque chose, confirmer ma géniale intuition, me sacrer meilleure professeur du département. Mais rien de cela ne s'est passé, il a reposé les deux livres sur la table basse et il a dit je ne vois pas... enfin... peut-être... très vaguement. Tout en moi l'a maudit, j'ai soupçonné sa fameuse oreille musicale d'être une imposture, un genre qu'il se donnait. J'ai pensé qu'il ne comprenait rien à la littérature, que si je l'avais choisi, ce n'était pas pour son sens artistique, qu'après toutes ces années, je pouvais bien me l'avouer, il m'ennuyait. Anne, elle, aurait immédiatement compris. Mais, bien sûr, je ne me suis pas énervée, je l'ai juste remercié en disant tant pis.

Un samedi après-midi, avec Anne, nous nous étions donné rendez-vous dans le quartier de Saint-Sulpice. C'était une sorte de journée buissonnière où je retrouvais mon amie, sans les enfants, sans contraintes, comme autrefois, lorsqu'on traînait au café ou sur les bancs du lycée, en fermant les yeux, nos visages offerts aux rayons du soleil, à l'air qui se chargeait d'amitié. Ce jour-là, tout avait commencé sur le même ton de retrouvailles joyeuses. Viens, d'abord on va boire un café chez Mulot, m'avait-elle dit, on se prend un macaron, allez, on y a bien droit, aujourd'hui, c'est fête ! Elle m'avait attrapée par le bras et m'avait emmenée d'un pas alerte, malmenant un peu nos habitudes. Ma retenue à moi n'était pas qu'affaire de pudeur, elle était le signe de mon incrédulité, n'ayant jamais compris pourquoi cette fille exceptionnelle avait daigné poser les yeux sur moi.

Ensuite, nous avons fait les boutiques. Anne papillonnait d'un rayon à l'autre – elle avait un mariage, elle cherchait une tenue pour le lendemain – et, subitement, j'ai eu un haut-le-cœur, une crispation au fond de la gorge qui a dû me faire pâlir puisqu'elle m'a demandé si je me sentais bien, si je ne voulais pas m'asseoir. Mais je ne voulais pas m'asseoir, je voulais juste m'en aller. Sur le coup, je ne lui ai rien dit, j'ai bredouillé que je l'attendais dehors, que j'avais besoin d'air frais. Je suis sortie et j'ai continué à regarder le manège des clientes depuis le trottoir. C'était ample comme les écharpes en soie qu'on y vendait, sobre dans les couleurs, beaucoup de noir, de blanc, de grège et de tons pastel. Rien ne jurait, rien ne faisait tache, jusqu'aux employées qui semblaient toutes avoir grandi dans la bonne société et n'être là que pour se faire de l'argent de poche. Je savais bien que ce n'était pas le cas, que, ces filles, on les avait habillées dans le style maison, qu'on en avait fait des appâts pour vendre et que, le soir, quand elles quitteraient la boutique, elles retrouveraient leur banlieue, leur famille inculte et leurs banales envies de discothèque, comme toutes les vendeuses sur terre. Mais on était dans les beaux quartiers, avec une clientèle de beaux quartiers, des femmes qui fréquentaient les mêmes mondes, les mêmes livres, les mêmes théâtres. Tout était parfaitement homogène. On aurait pu en choisir deux au hasard et leur demander d'échanger quelques phrases : sans se connaître, elles auraient immédiatement trouvé l'intonation juste, le sourire qu'il fallait, la pointe d'ironie qui donne du phrasé et de la hauteur. C'est cela qui, soudain, m'a donné la nausée. Quand Anne a payé ses achats et m'a rejointe dehors, j'ai marché en regardant mes pieds, pourtant j'ai bien vu qu'elle n'était pas dupe et j'ai commencé à lui parler. Je ne voulais pas la brusquer, elle n'était responsable de rien, je cherchais mes mots, je les pesais, je revenais dessus, je me mettais dans le même sac mais quelque chose dans ma voix était teigneux, raide et accusateur. Et Anne l'a entendu. Elle ne m'a pas répondu mais, à sa manière de marcher, j'ai senti qu'elle ne voulait plus que je sois là. Je lui gâchais son plaisir, elle avait hâte que je reprenne le premier RER venu et que je lui épargne mes complexes. Dire que j'allais à ce rendez-vous comme à une récréation, un moment de pur plaisir et de légèreté. J'aurais dû me méfier. Avec Anne, je n'ai jamais vécu de vrais moments de légèreté.

Évidemment, je m'en suis voulu. La prochaine fois que je me retrouverais à faire les magasins dans mon centre commercial, je regretterais cet après-midi ensoleillé, le macaron de chez Mulot et l'odeur du cappuccino. Alors, quand le RER a quitté Paris et qu'on a commencé à voir défiler l'autoroute, les lotissements et les jardins sans clôture, j'ai compris que j'avais fait ma mauvaise tête, que j'avais craché dans la soupe. Car, dans ma banlieue, n'était-ce pas plutôt moi la bourgeoise, la Parisienne, celle qui n'avait même pas besoin de se comparer au reste de la clientèle tant il était acquis, manifeste, qu'elle lui était supérieure ? Il suffisait de me regarder, de détailler mes vêtements, mon allure, pour comprendre que j'avais fait mes armes ailleurs et que, de cet ailleurs, il me restait, indélébile et arrogante, la trace du bon goût. Me retrouver soudain dans cette boutique à la mode, avec toutes ces Parisiennes distinguées, n'était-ce pas risquer de me fondre dans la masse, être en deçà, et perdre ainsi tous mes acquis ? Anne, elle, ne risquait rien. Moi, je risquais beaucoup. Le temps a passé, mais cette histoire de milieu d'où on vient on dirait que ça ne passe jamais, c'est une humeur maligne qui reste fixée, comme une douleur sourde qui, quelquefois, se réveille et vous enrage.

Je les regarde et je ne les entends pas. C'est comme si le son de leurs voix ne pouvait plus venir jusqu'à moi. Ils gesticulent derrière une vitre. Ce sont des intellectuels de gauche. Je voulais en devenir une comme on veut devenir danseuse. De même qu'une danseuse ne peut pas être laide, un intellectuel de gauche ne peut être ni bête ni mauvais.

« Intellectuels de gauche » – j'aime répéter ces mots parce qu'à force, on entend l'absurde qui surgit d'entre les sons, c'est comme ça les belles formules, il faut les répéter à l'envi, mécaniquement, sans intonation, pour que le jus de l'arbitraire ressorte, que ça rende, que ça dégorge, que le sens fonde comme une mauvaise graisse, qu'on prenne conscience que pas plus ce mot-là qu'un autre ne nous protège de rien, que les mots ne protègent de rien, que les valeurs ne s'incarnent pas dans les mots mais seulement dans les faits et dans les gestes.

Dans la famille, nous avions surtout des avocats,

des hommes d'affaires, quelques médecins, mais ce n'étaient ni des intellectuels ni des gens de gauche, plutôt des libéraux prospères qui se payaient de la culture comme on achète de la fourrure. Je ne les blâme pas, c'est naturel. On ne se forme le goût que dans le temps et les vrais bourgeois ne mesurent pas toute la souffrance qu'il y a à toujours se demander si on choisit la bonne couleur, la bonne matière, la bonne année, la bonne place, celle qui ne fera pas trop parvenu, en sachant très bien qu'on sera toujours un peu décalé, un peu mal placé, trop à gauche, trop devant, trop voyant, toujours à quelques millimètres de la vérité. J'ai connu cette gêne au début, quand j'ai commencé à les fréquenter, mais les Teper m'ont facilité la tâche. Souvent, je n'avais qu'à croiser leurs codes avec ceux de mes parents pour trouver la place au milieu, une espèce de bonne distance. Mais c'est une recherche épuisante. Alors j'ai choisi d'autres sphères, celles où l'argent n'affleure pas, où l'on n'achète ni beaux meubles ni vêtements griffés, où les vacances se passent à lire ou à aller au cinéma matin et soir, loin des villégiatures, une espèce de périmètre ascétique où seuls comptent l'effort, la pensée, l'acuité d'un échange. Sur ce terrain, le seul critère distinctif, c'était bien ou mal penser, et là, j'avais toutes mes chances. Avec les années, l'argent a refait surface. Au sein même de cette communauté soudée autour de ce mépris, on a commencé à moins lire, à moins aller au cinéma. Insidieusement, comme les autres, on s'est mis à comparer les lieux de vacances, les meubles, les loisirs des enfants. Tout ce qu'on avait longtemps éloigné revenait entre nous, au milieu de nous, et, d'intellectuels de gauche, nous sommes passés à l'état plus socialement normé de bourgeois de gauche, séduits par les sirènes du confort, les sports d'hiver et les leçons de piano données aux enfants le mercredi après-midi, quand ce n'était pas le catéchisme.

Ma vie à moi a été trop mouvementée pour rentrer parfaitement dans le moule, mais, comme les autres, j'y suis revenue. Mon fils part à Méribel en février et à l'île de Ré aux vacances de Pâques parce que son père adore cet endroit où, forcément, il connaît tout un tas de gens.

Ce n'est pas comme Virginie. Avec Alain, ils sont restés totalement dans l'axe. La seule infraction qu'ils avouent commettre, ce sont les courses à l'hypermarché parce qu'ils habitent en banlieue, c'est dire. Pour le reste, dès le mercredi soir, ils commentent déjà les articles du nouveau *Télérama*, tu as vu le dossier sur les labos américains, c'est vraiment monstrueux, ou sur la bande de Gaza... Les témoignages de mères sont bouleversants, je ne sais pas comment les Israéliens peuvent continuer à soutenir leur gouvernement... On dit toujours que c'est une démocratie mais à force, on se demande... Oui, c'est bizarre, je ne sais pas... Tu en as parlé avec Anne ? Qu'est-ce qu'elle en dit ?... Non, mais je le ferai... Virginie ne dit pas à Alain que, précisément, c'est une chose dont elles ne peuvent plus parler, elle dit donc qu'elle le fera tout en sachant qu'elle évitera de le faire. Et au même moment d'autres intellectuels de gauche, par milliers, sont en train de penser la même chose qu'eux, et de retourner l'opinion publique comme un gant. Depuis quelque temps, je n'en reviens pas de la disproportion entre ces petites phrases jetées entre la poire et le fromage, et les crevasses qui se creusent. Ces phrases minuscules ne font pas les crevasses mais elles dessinent les fissures tout autour, lézardent le sol. Au sens propre, elles préparent le terrain pour que tous ces gens qui ont consciencieusement emmené leurs classes voir *Nuit et Brouillard*, qui ont condamné leurs grands-pères ou leurs oncles pour n'avoir pas rejoint le maquis, passé des soirées à se demander ce qu'ils auraient fait dans les années 40 en étant intimement convaincus que le seul fait de se poser la question, c'était déjà s'assurer un bout de la réponse, et que ce bout était un baume pour leur conscience, puissent dire ce qu'ils disent. Donc, au même moment, tandis que Virginie est en train de remplir les assiettes de ses enfants de légumes du jardin cuits à la vapeur, l'opinion mondiale se retourne et regarde les Israéliens comme des coupables inattendus mais indiscutables, une victime qu'on a longtemps chérie, couvée et qui, l'ingrate, est en train de faire sa mue. Mais en ne parlant que d'Israël, tout petit pays, toute petite démographie, personne n'a conscience de s'en prendre à autre chose. C'est un nom pratique car réducteur comme la géographie, le nom d'Israël. Oui, c'est un nom commode qui évite à Virginie de se sentir un peu coupable lorsqu'elle dit ce qu'elle dit ; qui lui évite de penser qu'elle est la petite fissure d'un séisme imminent. D'autant qu'Alain enchaîne déjà : Je vais m'acheter le dernier enregistrement de *La Flûte*, avec la nouvelle soprano danoise, je ne retiens jamais son nom, ils disent qu'elle est incroyable, tu as vu ? Oui, j'ai vu, enfin, non, j'ai juste lu en diagonale. Virginie n'aime pas trop qu'Alain n'écoute que du classique, encore moins de l'opéra, elle m'a avoué un jour qu'elle rêverait qu'il se mette à aimer le rock, pour elle les vrais hommes aiment le rock, pas les vocalises d'une soprano. Une fois, pour son anniversaire, elle lui a acheté l'intégrale des Rolling Stones, il a souri en voyant le coffret, mais, de mémoire, ne l'a jamais écouté, il ne déteste pas, dit seulement que ça lui fait mal aux oreilles tous ces cris, les basses. Du coup, Virginie n'insiste plus mais ne l'écoute parler de sa musique qu'en diagonale ; d'un autre côté, ça l'arrange qu'il soit aussi mélomane, car ainsi les enfants auront le goût mieux formé qu'elle ne l'a eu. Chez ses parents, il n'y avait pas de musique, juste la radio. Donc, chaque fois qu'Alain parle musique, elle éprouve successivement de l'agacement – il nous gonfle avec ses goûts de pédé, ça le rendrait tellement plus viril de battre la mesure sur *Satisfaction* –, mais chasse aussitôt cette exaspération parce qu'elle pense à l'éducation de ses enfants, et la force de Virginie, c'est de rester fixée sur cette dernière idée, de ne pas tourner en rond comme une mouche. À sa place, moi aussi je me dirais les deux mais je ne trancherais pas, j'irais d'une borne à l'autre, d'un agacement à un contentement sans me résoudre à choisir, et pour finir j'aurais les nerfs en pelote, je déverserais le fiel de mon indécision, de cet écartèlement dérisoire et profond – puisqu'il engage la virilité de mon mari mais aussi sa paternité – à l'occasion de n'importe quoi, une querelle entre les enfants, une remarque ou un regard d'Alain. Pour finir, je quitterais la table en disant que j'en ai assez, que personne ne comprend, que je suis fatiguée, bref, n'importe quoi. Mais Virginie, non, elle reste bien assise, souriante, demande à Antoine s'il veut encore de la viande, coupe une nouvelle tranche de pain pour Alain. C'est toute la différence entre elle et moi, elle, elle sait rester assise, enchaîner : pour les enfants, j'ai repéré un spectacle qui a l'air formidable. Ils le jouent au Cirque d'hiver, ce ne sera pas facile de se garer, mais je vais réserver, on pourra proposer à Tom de venir, il habite juste à côté. Oh oui, ça fait longtemps qu'on l'a pas vu ! se réjouit Antoine. Il ne viendra pas, ajoute Alain, mais Virginie n'a pas entendu, elle s'est déjà levée pour aller chercher le fromage, le bruit de sa chaise a couvert la voix de son mari ; ou plutôt si, mais elle fait mine que non parce que ça la contrarie que Tom ne veuille jamais rien faire avec Antoine, combien de propositions a-t-il déclinées, ça la vexe profondément.

Une discussion aussi tranquille, de celles qui confirment les affinités, les goûts communs et les lieux de partage, qui ne visent qu'à les consolider, à en développer d'autres, des nouveaux, toujours plus nombreux, plus tenaces, à célébrer les valeurs dans lesquelles on éduque les enfants, pour qu'à leur tour ils éduquent les leurs sur les mêmes bases, est un rêve que je fais et refais tout en sachant que je ne l'atteindrai pas. Je sens bien – c'est presque physiologique – que je dois me battre pour avancer, contrer, contredire – que j'aie en face de moi un ennemi avéré ou l'homme qui m'aime. Sinon je n'existe pas, je tombe comme une feuille morte en tournoyant. Une feuille morte, légère et vulnérable, tellement légère qu'on peut ne pas la voir, presque translucide tant elle est morte depuis longtemps, tombée d'on ne sait plus quel arbre, planant de longues minutes parce que trop légère pour être lestée, un vertige aérien, une noyade en apesanteur et toujours à cette image succède celle de Virginia Woolf avec ses cailloux dans les poches, qui va dans la rivière pour mourir mais qui tournoie pendant des heures avant de sombrer. Je n'ai nulle part lu qu'elle avait tournoyé, la physique ne le dit pas, qu'importe, moi, je la vois ainsi, j'ai besoin de cette image et de ce morceau de temps-là. Ce tournoiement, c'est le seul rêve que je puisse faire, ne plus battre des coudes, ne plus avancer en poussant, ne plus penser qu'un chemin ça se fraie de force, mais descendre dans le temps, m'enfoncer et me laisser couler dedans comme dans une eau qui me renverrait enfin le son de ma voix comme on renvoie la lumière.

Ce sont les petites phrases de Virginie qui creusent les grands tunnels. Avant, Hitler, ça me semblait impossible, comme une fiction dans l'histoire, quelque chose qui s'était passé mais qui ne pouvait arriver qu'une fois, un hapax. Désormais, l'histoire s'éclaire, je vois les parois du tunnel, je vois comment les gens peuvent s'y engouffrer en masse, comment, une fois le mouvement donné, il est impossible de faire un pas de côté ou en arrière. On va dans l'histoire comme dans un tunnel, dans une coulée, parce qu'au moindre écart vous sentez la menace, la peur, la solitude. Alors vous y allez et vous veillez à ne pas quitter le rang. Oui, vous avancez dans ce cortège en plein soleil sans vous douter que vous entrez dans un tunnel.

Elle s'appelle Virginie Tessier et, avec son mari, ses enfants, ils sont entrés dans le tunnel.

Toujours ce même rond de lumière au-dessus du bureau. En se relevant, ma tête parfois sort du cercle, je viens d'entendre des pas à l'étage. Je prie pour que ce soit Alain, qu'il aille à la salle de bains puis reparte se coucher car si c'est un enfant il descendra, il faudra préparer le petit déjeuner, et mon moment de solitude sera clos. Mais ce n'est pas un enfant, c'est Alain qui va se recoucher. J'ai encore une heure devant moi.

Je ne connais pas cette littérature, c'est une littérature de purgatoire, Omar m'offre un accès. Jouhandeau, Maurras, Bernanos. J'entre dans leurs discours en me tenant aux murs, à la rampe, je voudrais faire marche arrière, c'est ignoble, jamais entendu des choses pareilles, mais personne ne me voit, personne ne saura, je lâche la rampe et je continue... J'entre dans une époque, c'est l'entre-deux-guerres, c'est Omar, le petit gars de banlieue, d'origine maghrébine, dont les deux parents sont ouvriers, c'est lui qui me fait connaître cette histoire-là. Sans même avoir les livres chez lui ou peut-être si, à force de donner des cours particuliers, il s'est fait de l'argent, il peut se les acheter. Sinon, il va les emprunter en bibliothèque et, devant les petits Français qui fréquentent le lieu, il fait la queue, avec ses bouquins de Bernanos et de Jouhandeau sous le bras, il attend son tour, et il tend sa carte à l'employé municipal qui découvre son nom écrit dessus, Omar El Sayed. Omar ne baisse pas les yeux quand l'employé lui adresse un regard légèrement étonné, très légèrement, ou, qui sait ?, même pas étonné du tout, c'est Omar qui perçoit de l'étonnement là où déjà il n'y en a plus. Omar soutient son regard parce qu'il est fier de lire cette littérature que personne ne lit plus, qu'il y trouve les pépites d'une culture qu'il ne peut acquérir autrement, et tant pis si, au passage, filtrent quelques idées néfastes.

Au début, les mots sont rugueux, puis s'adoucissent, je m'habitue aux formulations, au vocabulaire, la rhétorique s'insinue comme une musique. Peu à peu, je m'y enfonce comme dans une mince couche de duvet, c'est mince mais c'est doux, c'est mince parce que j'y vais prudemment, mais malgré la prudence je m'y enfonce, m'y pelotonne comme j'aurais voulu le faire sous la table lorsqu'ils m'avaient invitée le soir du Seder. Seder… Seder… Je répétais le mot sans cesse pour que mes parents s'agacent de cette invitation, de cette initiation où j'irais sans eux.

Le plateau passait et repassait sur nos têtes courbées, je ne voyais que les bras velus du cousin d'Anne qui s'était proposé de remplacer son père, à cause d'une luxation à l'épaule. Dans ma famille, les hommes avaient des bras glabres, des bras de jeune fille, à peine plus épais que les miens, mais là, à quelques centimètres de mon front, de mes joues, c'étaient de vrais bras d'homme qui s'avançaient pour me couvrir. La semaine d'avant, Anne m'avait dit « fais-toi belle », et aussitôt j'avais choisi la robe que ma marraine m'avait confectionnée pour le mariage de ma cousine. J'y pensais depuis des jours, le soir en me couchant, je revisitais mon armoire, tentais des combinaisons nouvelles pour plaire au cousin, mais chaque fois je revenais à la robe mauve. Quand je suis entrée dans le grand salon et que je les ai vus tous rassemblés, j'ai tout de suite compris mon erreur. Cette robe mauve me donnait des airs de provinciale endimanchée. Du coup je n'avais pas ôté mon chandail de toute la soirée, je le tenais serré serré, comme si j'avais froid. Il faisait pourtant chaud dans le grand salon des Toledano, avec toutes ces victuailles, tous ces invités autour de la table, les incessants va-et-vient que la prière exigeait, et je sentais la sueur faire des plaques dans mon dos, sous mes aisselles, mais pour rien au monde je n'aurais exhibé les broderies de ma robe. J'étais sûre que le cousin se serait moqué, que même Anne aurait eu honte de moi. Mais le cousin s'était montré gentil et attentionné ce soir-là, il m'expliquait le rituel, les herbes amères, l'agneau, etc. Je ne posais aucune question, je ne répondais que par des sourires niais ; si je parlais, je risquais d'en oublier de tirer sur mon gilet comme une malade. C'était avant la dispute.

Tout le monde commence à se passer les plats, à manger, à bavarder, il faut que je me serve de mes mains, mes yeux louchent vers la pointe de mes seins brodée chaque fois que je mets ma fourchette en bouche, alors j'évite de relever la tête, je garde le menton bien collé contre le haut de ma gorge, je ne vois presque plus rien de ce dîner, je ne fais que l'entendre, le regarder par en dessous. Ils font tous bloc, c'est un seul et même corps qui s'enroule autour de la table mais qui oublie de me prendre dans ses méandres, je suis dehors, sans abri, je suis coincée dehors, c'est un dîner de famille comme un autre, mais je ne suis pas de la famille. Sinon je n'aurais pas mis cette robe à broderies, c'est la faute d'Anne, c'est à cause d'elle que je l'ai mise, c'est sa faute, sa très grande faute si j'ai gardé mon chandail et qu'à présent je sue comme une vache. Anne aurait dû savoir que ma garde-robe n'était pas adaptée à ce genre de circonstances, qu'une robe choisie pour un mariage à Gap ne conviendrait pas. Elle le savait, elle l'a fait exprès pour me ridiculiser, me réduire en bouillie devant son beau cousin qu'elle passe son temps à affronter mais qu'en secret elle doit adorer, ça se voit à sa manière même de l'attaquer, à ce feu dans ses yeux, ce flamboiement désespéré de petite sœur qui n'aura jamais raison de son grand frère. Anne ne veut donc aucune concurrence, surtout que la petite Virginie n'ait pas la moindre chance de s'attirer les regards du cousin qui, par ailleurs, a un vrai faible pour les petites goy, c'est Anne qui me l'a confié, et j'ai bien vu comment elle se pâmait quand il lui a dit au début du Seder que la moins juive à cette table n'était pas celle qu'on croyait, que j'avais l'air bien plus juive qu'elle, qu'ils avaient dû se tromper de berceau à la clinique, qu'elle, elle avait tout d'une Normande, avec cette blondeur, cette peau si blanche, si rosée par endroits, il a ajouté ça le cousin, cette nuance de couperose qui ne trompe personne ! Et Anne qui a fait semblant de s'indigner, de détester l'idée de ressembler à une Normande, mais au fond j'ai bien vu que non, que c'était le seul moyen de lui plaire, qu'elle tenait ainsi la preuve que lui aussi, si elle n'était pas sa cousine, il se serait bien laissé tenter… D'ailleurs, leurs désaccords politiques incessants ne leur servaient-ils pas à ça, multiplier les raisons de se détester ? Anne me dit de me faire belle parce qu'elle sait que je le ferai d'une manière qui n'ira pas, que je m'attiferai comme une petite-bourgeoise, une Française moyenne qui s'aventure dans le monde. Que ma robe brodée paraîtra du plus mauvais goût à côté de sa tenue simple et raffinée, sa mère lui choisit toujours les plus belles matières, les plus jolies coupes, Anne peut lui faire une confiance aveugle dans ce domaine et ne s'occuper que de ses études, de ses convictions, de son bel esprit, c'est la mère qui veille au grain pour que sa fille soit toujours la mieux habillée, une élégance racée, la perfection physique et intellectuelle. Sa silhouette est impeccable, le pull en cachemire, le pantalon qui tombe parfaitement, les jolies bottes cavalières en cuir italien, de la soie… Les gens ordinaires n'ont pas le temps de soigner les deux, ils doivent choisir, penser en étant habillés comme des sacs, ou bien resplendir avec un pois chiche dans la tête, mais les privilégiés, eux, ont toute latitude, ne renoncent à rien. C'est normal avec une mère qui ne travaille pas, qui passe son temps dans les cocktails et les belles boutiques, rien à voir avec la mienne qui rentre fatiguée, qui me laisse toujours des listes de commissions sur la table de la cuisine, une baguette, une laitue, trois steaks hachés, mettre la machine à laver en route à 17 h, qui réserve tous ses week-ends au grand ménage, un dépoussiérage en profondeur tous les samedis matin, l'odeur du Pliz partout dans la maison malgré les fenêtres grandes ouvertes pour aérer oreillers et édredons ; qui commande la plupart de mes vêtements dans les catalogues de VPC – et je prends l'habitude de voir mes habits arriver par la poste avec chaque fois la peur d'être déçue, que la taille ne convienne pas, ou la couleur, ce qui arrive la plupart du temps, mais ma mère passe vite sur la déception et ouvre déjà le colis suivant en disant, ce n'est pas grave, on renvoie, je suis une bonne cliente, ils ne peuvent pas refuser, ainsi je comprends que je vais devoir encore attendre des semaines avant de changer de pantalon, contrairement à Anne qui, si elle demande quoi que ce soit à sa mère, trouvera le soir même le joli paquet posé sur son lit, avec le nouveau vêtement dedans, enveloppé dans du papier de soie.

Même pour les manifestations, Anne apporte

toujours un soin extrême à sa tenue : un pantalon clair, des chaussures de marche très grosses, très visibles, qui jurent avec sa silhouette si fine, qui la rendent encore plus fine, un imperméable beige serré à la taille, une écharpe très colorée, savant mélange de ville et de campagne, sorte de randonnée citadine, les mains dans les poches en arpentant le macadam, une allure digne de la jeune Lauren Bacall, réservée, magnifique, hautaine.

Je commence à sentir l'odeur de ma propre transpiration, je me sens enveloppée, séparée, et, dans cet effluve solitaire, je pense à mon père, à ce qu'il m'a dit qu'avait dit le général de Gaulle, un peuple fier et dominateur, aux queues de lézard qui se reforment toujours quoi qu'on leur fasse subir, six millions et ils sont toujours aussi forts, aguerris même. Ils me disent que je ne suis pas très bavarde, c'est sûr, c'est la première fois, explique Mme Toledano, elle est un peu intimidée au milieu de toute cette smala. Anne ne fait pas grand-chose pour me mettre à l'aise, Anne n'arrête pas de bavarder avec tous les autres, pourquoi m'avoir fait venir ? pour me montrer sa belle et grande famille ? l'argenterie ? tous ces bons vins qui défilent... Mon père ne me dit jamais rien en face, il est plus malin, il se contente de profiter d'une information à la télé pour glisser ses petites phrases, Sabra et Chatila par exemple, comme ils ont laissé faire ces massacres d'enfants, il doit en avoir assez que je passe autant de temps chez eux en rêvant d'une autre famille. Le cousin me regarde souvent, chaque fois je tire un peu plus sur mon gilet pour qu'il ne voie pas les broderies. Je m'appelle Virginie Tessier et je ne lui plairai jamais. Et, chaque fois, je vois bien le regard d'Anne qui talonne le sien, comme s'il voulait le tirer en arrière, qu'il se retire, qu'il s'éloigne, qu'il laisse tranquille la petite goy mal attifée. Oui, c'est pour ça que j'ai été invitée, pour servir de faire-valoir à la princesse de la smala, voyez comme elle est la plus belle, la plus élégante, il suffit de faire le tour de cette table. Je vais finir par déchirer mon chandail et, quand je me lèverai, ils verront les taches de sueur jusque dans le bas de ma robe, comme des taches de sang, je serai comme une fille que ses règles ont surprise et qui est obligée de traverser toute la classe avec une tache de sang entre les jambes, une auréole qui grandit jusqu'à ses fesses, sur son pantalon blanc, et quand elle traverse elle a l'impression de ne plus être que cet entrejambe souillé, humide, nauséabond.

Je file aux toilettes puis dans la cuisine pour aider Josy, détendre un peu mon corset. J'ôte mon gilet, m'essuie le front, les aisselles, Josy me sert un verre d'eau fraîche, me dit que toutes ces fêtes elle n'y comprend rien, que tout ce qu'elle sait, c'est qu'avant et après elle a un travail dingue, elle répète en remplissant le lave-vaisselle jewish ceremonies are a lot of work for me. Je lui souris, je lui passe quelques assiettes sales, je respire un peu mieux ici, je rêverais de finir la soirée assise sur une chaise à regarder ses va-et-vient, en me laissant bercer par le bruit de ses talons sur le carrelage, je pourrais m'endormir, je suis épuisée. You should go back now. D'accord, Josy. Je remets mon chandail, reprends le chemin de la salle à manger mais, depuis le couloir, j'entends des cris. On dirait qu'ils se disputent. Je ralentis, j'écoute, ce sont bien leurs deux voix, j'ai envie de courir, pas question de rater ça. Je marche de plus en plus vite jusqu'à la grande table, reprends discrètement ma place. Mon regard s'aiguise comme devant un combat de coqs, il faut juste que je fasse attention à ne pas laisser flotter un sourire, je regarde tout autour, je dois faire comme tous les autres, prendre cet air désolé, deux cousins si proches qui se disputent aussi violemment un soir de fête, me caler sur le rythme de la tête de la mère d'Anne qui dodeline impuissamment malgré le chignon sophistiqué, sans doute élaboré par un grand coiffeur et qui, dans ce dodelinement, paraît soudain tellement crétin, une collection d'étrons au-dessus de sa tête alors qu'un moment avant c'était un chignon de star, une coiffure de reine. Plus le ton monte, plus je dois garder mes lèvres bien serrées et oublier mon gilet, mes broderies. Toute l'attention des convives se porte désormais sur cette belle soirée qui est en train d'être gâchée, et l'air endimanché de la petite goy n'intéresse plus personne. Mais je n'oublie pas mon chandail et je desserre mes lèvres, je laisse quelque chose sortir de ma bouche, des mots qui n'ont même pas pris le temps de tourner dans ma tête, des mots qui filent et qui m'échappent.

Le lendemain matin chez mes parents, évidemment, je ne taris pas d'éloges sur leur Seder, cette table, cette hospitalité. C'est sûr, répond ma mère, recevoir, ça, ils savent faire.

J'ai espéré un instant que tu reprendrais la copie et que, bonne joueuse, tu reviendrais sur ton appréciation. Tu remplacerais le 15 par un 2 et tu convoquerais ses parents avant d'en parler au proviseur. Tu ne veux pas agir à la légère, c'est une affaire trop délicate. Mais tu ne l'as pas fait. Tu m'as laissée repartir sans un geste, sans un regret. Dans la voiture, je n'ai pas dit un mot à ce pauvre Tom qui, d'ailleurs, a préféré s'endormir et quand nous sommes arrivés à la maison, il est parti faire ses devoirs dans sa chambre. Moi, j'ai allumé la télévision.

Des femmes arabes parlent à la caméra. Après toutes ces années en France, un si mauvais accent, elles se foutent du monde ! La hargne est là, toute prête à s'épancher. Elles disent qu'avant ce n'était pas comme ça. Elles fument des cigarettes, portent des pantalons moulants, leurs cheveux sont décolorés. L'une d'elles à un moment se lève pour mettre un disque de musique orientale. Les voilà qui se lèvent toutes et qui dansent, entre femmes, en se déhanchant, les plus vieilles, cigarette à la bouche, vulgaires, les plus jeunes en enroulant des foulards autour de leur ventre. Je suis là devant mon poste de télé, avec des larmes dans les yeux qui ne coulent pas mais qui me lestent. Tout le poids de ma tête est là dans mes yeux humides, des yeux de plomb. Je ne sais pas si je suis émue par ce que je vois ou si c'est cette émotion même qui m'émeut.

Virginie. Je voudrais qu'elle soit là, à mes côtés, et qu'elle me voie avoir envie de pleurer devant ces femmes qui dansent. Qu'elle voie la haine refluer ; qu'elle voie l'Orient remonter en moi, entre mes hanches, dans mon ventre, sur mon visage, chasser tout le reste et planter son drapeau. Mon père est turc, ma mère est égyptienne, elle sait ça par cœur, Virginie. Je suis blonde aux yeux bleus, on m'a dit que c'était à cause d'un arrière-grand-père moldave, je n'ai jamais vérifié. Mon histoire familiale est un fatras au fond d'un jardin foisonnant ; un méli-mélo de racines, de frondaisons quelquefois épineuses. C'est un mélange de mer et de désert, de fortune et de misère, de langues slaves et orientales, de cheveux blonds et de peaux mates. Du coup, j'avance dans le temps avec ce barda qui me colle aux basques. À côté, l'histoire de Virginie, c'est Versailles, des rangées bien tracées, en ordre, aucune ligne de rupture, une fortune modeste mais constante depuis des générations, des couleurs et des formes sans surprise. Je déteste qu'on me dise que j'ai de la chance, rendez-vous compte, autant de cultures, ce métissage, car je sais pertinemment que les gens qui s'extasient devant mes origines n'échangeraient jamais leur place contre la mienne. En général, je me contente de sourire en singeant l'expression d'un bonheur qui hausse les épaules, conscient mais qui sait rester modeste, oui, oui, je sais, j'ai de la chance... J'ai vécu avec l'hypothèse d'un arrière-grand-père blond aux yeux bleus, un soleil du Nord perdu entre le Bosphore et les Pyramides. Ma généalogie est saturée d'hypothèses.

Lors de nos premières sorties, c'était toujours Virginie qu'on prenait pour la juive. On laissait souvent s'installer le malentendu. Moi, ça me permettait d'être ailleurs, ça m'épargnait les sempiternelles questions, et elle, ça la faisait voyager. Elle connaissait sur le bout des doigts l'exil de mon père, celui de ma mère, leur nostalgie, elle venait glaner ça chez nous, des légendes orientales. Parfois elle se trompait sur une date, le nom d'une ville, mais elle retombait toujours sur ses pieds. Notre numéro était parfaitement rodé. Moi, je ne lui avais jamais rien demandé. C'était inutile. Je m'étais composé seule et une bonne fois pour toutes le récit de ses origines.

Je voudrais que tu sois là, Virginie, parce que tu me retrouverais comme alors, quand je prenais leur défense devant mon cousin. Rappelle-toi, quand nous avons défilé pour Malek Oussekine. C'était comme un frère que nous pleurions, nous étions essoufflées à cause de cette colère, de ces pleurs, mon écharpe était trempée, un mélange de sueur et de larmes, je me souviens que j'avais ramassé un vieux mouchoir en papier sur le trottoir pour essuyer mes joues, ça m'avait dégoûtée mais je me disais c'est un voyage en enfer, on boit le verre jusqu'à la lie. Pendant des jours, à cause de cette histoire, je restai prostrée dans ma chambre, mes parents me disaient « arrête ton cinéma » et ça ne faisait qu'amplifier ma douleur. Et devant ma mère qui a fini par lâcher qu'après tout, c'était un Arabe, pas un Juif qu'on avait tué, j'ai hurlé, j'ai vociféré qu'un Arabe et un Juif, c'était pareil, qu'un pays qui tue ses Arabes est capable de tuer ses Juifs dans la minute qui suit. À mes oreilles, ça sonnait comme une vérité éternelle, je n'aurais jamais pu imaginer que l'éternité passerait comme une époque. Je suis certaine à présent qu'un pays peut tuer ses Juifs sans toucher à ses Arabes, que tous les métèques ne se valent pas.

Quand Malek est mort, j'ai eu une sensation dans le cœur, là, très précise, comme une artère coupée, un mouvement du corps qui va pour se pencher et qui s'arrête net, là, parce qu'on tranche en lui quelque chose de vital. Il reste un instant penché, de guingois, mais il va tomber l'instant d'après. On dit un coup de poignard en plein cœur mais ce n'est pas exactement ça, la sensation, ce n'est pas le poignard, c'est l'endroit précis où il se pose et surtout la seconde d'après. Moi, je ne vois pas le poignard, je ne vois que le bout de l'artère, comme un goulot de bouteille qu'on a sabrée. Une arête tranchante et dedans une cavité, un trou qui saigne. C'est ridicule de mettre ça en balance avec l'histoire de Malek, mais c'est la sensation qui m'intéresse, dont je voudrais me rapprocher parce qu'avec elle je me sens protégée contre la haine qui s'installe. Je peux alors considérer qu'elle n'est que circonstancielle, passagère, qu'elle ne me caractérise pas. Ma haine est un dépit, elle peut se retourner comme un gant, il suffit que je sente le bon vent revenir. J'ai compris ça en regardant ces femmes arabes à la télé. Ces femmes qui dansaient en riant, en s'émoustillant les unes les autres, dans les odeurs de thé et de miel, elles ont adouci un peu le choc de l'artère coupée, provisoirement, je ne me fais pas d'illusions, car je sais qu'à la prochaine attaque, ça me lancera, là. Devant ma télé, Virginie, la sensation a réapparu, voilée, très estompée, mais j'en ai entrevu les contours, cette tristesse brutale, cette confiance douchée, et j'aurais voulu que sur mon visage tu voies ce reflux, car, pour la première fois depuis longtemps, tu aurais reconnu l'amour, et non la haine. Tandis que toi, Virginie, tu n'aurais rien senti, rien éprouvé, tu aurais regardé ces femmes comme des créatures folkloriques et, comme tu es d'une nature curieuse, généreuse, ton regard aurait été bienveillant. Bienveillant mais totalement froid. Tu serais ensuite allée discuter avec ton mari, tu lui aurais dit combien c'était intéressant ce reportage, combien tu avais appris, comme la culture musulmane peut être douce, sensuelle, favorable aux femmes, comme c'est dommage qu'on n'en ait que la vision négative, les casseurs, les viols et le tchador, et Alain aurait approuvé, il aurait certainement incriminé la presse, toujours friande d'exagérations, et peut-être même aurait-il suggéré qu'un jour vous emmeniez les enfants au Maroc, mais là tu ne l'aurais pas cru puisqu'il n'aime pas les voyages. Et là-dessus, Virginie, que puis-je te reprocher ? Tu aurais réagi comme n'importe qui à ta place. Tu aurais réagi de la meilleure manière, la plus humaine, la plus digne, irréprochable comme toujours. Mais, pour autant, ça ne te donne pas le droit de juger, de t'immiscer dans un débat dont tu ignores la chair, de dire qu'on revient de là-bas comme d'Auschwitz ou de Treblinka, avec la charité... Je ne suis pas charitable, Virginie, car chaque fois que je vois des scènes de rues à Gaza, tous ces hommes qui hurlent en portant des cercueils, des cagoules, des drapeaux en flammes, j'ai le privilège de m'immiscer dans ce cortège où je suis la seule femme, où se chauffe une violence masculine à l'état brut, face caméra, des fauves lâchés ; or, je sais que j'ai beau être une femme, une Française, une blonde, une mère, ce ne sont là que des qualités accidentelles, l'essence dit autre chose, l'essence dit que dans ce cortège je suis une dépecée, une brûlée vive. Mais cette image tu ne l'as pas vue à la télévision, tu ne peux donc pas te l'imaginer, alors tu parles.

— Il n'y a pas eu de massacre à Jénine.

— Comment peux-tu dire une chose pareille ? C'était dans toute la presse !

— Dans quelle presse ?

— Partout, dans les magazines, les quotidiens...

— Mais toute la presse est partisane...

— Anne, tu peux accuser un journal, deux journaux, mais tous les journaux, ça commence à faire beaucoup, non ?

— Je te dis que Jénine, c'est une cinquantaine de morts dont plus de quarante terroristes, ce n'est pas ce qu'on appelle un massacre.

— Ce n'est pas du tout ce que j'ai lu. Les chiffres officiels, de toute façon, on ne les donnera jamais. C'est sûrement beaucoup plus que ça.

— Une cinquantaine, je te dis, c'est officiel.

— Non, personne ne saura jamais ce qui s'est réellement passé à Jénine.

Il n'y a aucun cynisme dans ta voix, Virginie. Tu es toute à ton indignation, tu souffres dans ta chair. Tu dis ça comme Duras l'aurait écrit. On ne saura jamais ce qui s'est réellement passé à Jénine. Ce mystère dont tu parles, et qui semble fondateur pour l'humanité tout entière, tu l'as déjà quelque peu entamé, toi, tu sais... On dirait que Jénine, c'est le pré devant ta maison. Avant les événements, tu ne connaissais même pas ce nom. Les noms de lieux palestiniens déboulent un matin dans ta vie, comme ça, aux infos, deviennent pendant des jours et des jours aussi familiers que des noms de villes françaises, on dit Jénine ou Rafah aussi facilement que Tours ou Poitiers, et puis, comme ils ont déboulé, ils s'en vont, on n'en entend plus jamais parler, mais le temps qu'ils ont été là, tout le monde les a répétés, s'en est gargarisé, soudain ils ont été le centre du monde, le cœur battant de l'injustice. Les gens ont même pris plus de plaisir à dire ces noms-là que ceux de Tours ou Poitiers, parce que ça faisait d'eux des gens au courant, ouverts au monde, des justes. Mais pour les Israéliens ces noms étaient là avant, avant que les radios en parlent, avant que l'Europe tourne la tête, ce sont des fiches et des dangers ; ce sont des noms repérés, quadrillés, pas des lubies criminelles qui auraient saisi Tsahal un beau matin, comme elles ont saisi ton cœur, Virginie. C'est confondant. Je me fais l'effet d'être impitoyable, avec mon quota de morts, ma tarification sinistre. Au-delà de combien de morts peut-on parler de massacre ?

— Anne, tu fais deux poids deux mesures. Imagine le contraire.

— Je n'ai pas à l'imaginer, ça se passe tous les quinze jours, seulement les journaux n'en parlent pas. Ils vont interroger les mères palestiniennes, jamais les autres, celles qui ont perdu leur gosse sur le chemin de l'école. Elles ont mis son goûter dans son cartable et le soir le gosse est à la morgue, en mille morceaux, ses cheveux, ses dents broyés au milieu de son goûter.

Jamais je n'aurais pu penser dire une chose pareille, que ce soit moi qui ose ça : comparer la souffrance de deux mères. J'ai honte, je me déteste, si j'étais en face de moi, je crois que je quitterais la pièce sur-le-champ. Mais Virginie ne quitte jamais aucune pièce, elle poursuit.

— C'est un conflit déséquilibré et tu le sais.

— Ah non… pas toi, Virginie, pas toi.

— Pourquoi pas moi ? C'est la vérité.

La raison n'opère plus. Qu'est-ce qui fait qu'une vérité se transforme en mensonge alors que les faits sont là, alors qu'il n'y a aucune place pour l'interprétation ? C'est sans doute là qu'on se trompe, il y a toujours la place pour l'interprétation, il n'y a d'ailleurs guère que cette place-là. Les faits de l'histoire sont à présent comme une mer dans laquelle on nous propose à toi et à moi d'entrer. Je vais y mettre le pied timidement, puis j'avance, avec appréhension, un certain effroi, avec l'envie peut-être de faire marche arrière, mais j'avance. Toi, tu entres dans cette mer comme on se prend les pieds dans un tapis, tu fais mille pas en arrière pour un pas en avant, et finalement tu pourras toujours décider de ne pas y aller.

— C'est la vérité à laquelle on peut se permettre de croire quand on n'a pas peur pour son fils. S'il arrive malheur un jour, Virginie, ce n'est pas aux cheveux d'Antoine qu'on s'en prendra, mais à ceux de Tom !

Et là, tu me regardes avec une sainte horreur. Parce que je brûle toutes les étapes, que je me permets des raccourcis tonitruants, parce que, de Jénine, je te ramène jusqu'à nos fils. L'argument que je viens de te donner, c'est un monstre que je pose devant toi. Tu es scandalisée, tu penses que je n'ai pas le droit de dire ce que j'ai dit. Ta stupeur, c'est que soudain, au-delà même du débat, je te range dans l'autre camp. Or tu sais pertinemment qu'à un moment, la différence, elle est là, dans ce point de bifurcation, cette manière de tordre le débat et de te ranger de l'autre côté.

Cet échange, nous ne l'avons pas eu et nous ne l'aurons jamais car ce n'est pas notre registre. Comme nous ne pouvons nous étreindre, nous ne pouvons nous affronter. Pourtant je l'imagine, devant ma télé, seule avec mon fils qui fait ses devoirs tandis que toi, tu ranges ta maison après la fête, que je te vois confortablement calée dans ta vie de famille. J'imagine ton visage doux, ta voix posée s'exaspérer devant mes comptes. C'est un dialogue improbable, les voix de mon ressassement, comme toutes celles qui m'assaillent désormais, ma raison en état de siège.

L'histoire me dit pourtant que tu ne te tais déjà plus, Virginie, que déjà tu commences à murmurer avec tes collègues, dans un coin de la salle des professeurs, puis autour de la table centrale. Et que tu t'abrites derrière le joli nom de Virginie Tessier, un nom qui te donne tous les droits, toutes les audaces. Et, bizarrement, je me sens presque plus proche de ces femmes arabes qui se rappellent un temps où la haine n'existait pas, où elles avaient le droit de danser et d'être des femmes sans qu'on brandisse le déshonneur. Elles aussi ont perdu quelque chose. En ce temps-là, nous dansions avec elles, tout le monde dansait ensemble. Enfin, j'aime à le croire. Je sais pourtant que l'histoire ne dit pas ça non plus, que dès qu'on cherche, on trouve la haine qui s'avance masquée, les dhimmis, les mots sanguinaires d'Anouar el-Sadate, très tôt dans l'histoire, on sent le mauvais vent qui souffle sur l'Orient. Les Arabes n'aiment pas les juifs, ils disent que c'est un cancer, qu'Israël est une souillure, ils ne cesseront jamais de le dire. Comme cet élève à qui tu mets de si bonnes notes. C'est pourtant Sadate qui a signé la paix, qu'on me laisse alors le droit de l'oublier.

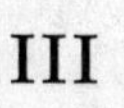
III

Mai 1990

Personne ne crie, personne ne s'égosille. C'est un kaddish qui ne dit pas son nom. Les gens ont la nuque raide, le menton qui plonge légèrement vers la poitrine, sans doute la peur de croiser d'autres yeux, d'apercevoir la même perplexité, vous en avez quelque chose à faire de ce Félix Germon, qui n'a même pas un vrai nom juif, qu'on a dû enterrer là parce qu'il restait de la place – dans une feuille de chou néonazie, on l'a certainement déformé ce nom, on en a fait un Germostein, un Germanovitch –, nous sommes tous des Félix Germon, ça sonne mal, on n'y croit pas, c'est incongru dans un manuel d'histoire, tout ce ramdam pour un nom si courant. On a juste préparé quelques banderoles, le langage est posé, presque châtié, pas de slogans, pas d'argot.

C'est une messe qui s'ébranle. Dans mon souvenir, il pleut. Toute la France est là, le bon peuple de gauche en tête. Il n'aime pas les atmosphères religieuses mais il passe outre, le judaïsme n'est pas seulement une religion. Virginie s'est habillée tout en noir, une vraie jeune fille de bonne famille partie enterrer la grand-tante. Quelque chose nous pousse sans nous bousculer jusqu'à la Bastille et bien au-delà, jusqu'à Carpentras, jusqu'aux cendres profanées de Félix Germon ; d'un pas lent et unanime, nous marchons pour que l'horreur recule.

Lorsque nous arrivons sur la place, j'attrape la main de Virginie. Je lui souris. Carpentras consacre ce que Copernic avait ouvert. Nous sommes deux petites Françaises innocentes. Je n'aurai plus jamais peur. L'horreur a reflué.

Sur la carte postale qu'elle m'avait envoyée au début de son séjour, elle avait inscrit le numéro du vol, l'heure d'arrivée, tout ce qu'il fallait pour que je comprenne qu'elle serait heureuse de me voir à l'aéroport. C'était un dimanche. J'avais pris soin de me lever tôt, de ne pas faire de bruit car je savais mes parents très hostiles à l'idée que je prenne un RER de si bonne heure pour aller la chercher. Ses parents peuvent bien y aller ! avait lancé ma mère qui ne se rendait pas compte que c'était précisément ça qui m'honorait. C'était moi qu'Anne voulait voir en arrivant, pas ses parents, ni Emmanuel. Nous étions en première, nous venions de nous rencontrer. Elle était partie deux semaines en Israël avec un mouvement sioniste et socialiste. Une cousine à elle le lui avait suggéré, elle avait voulu voir. Elle avait proposé à Emmanuel de venir avec elle mais ses parents avaient refusé, pas question qu'on te rince le cerveau, avait dit son père. Quant à moi, elle ne m'avait même pas posé la question, j'étais inéligible.

Derrière les portes vitrées, je remarque tout de suite qu'elle a les traits tirés, sans doute à cause du vol de nuit. Ses cheveux sont lâchés, pas très propres, mais elle rayonne. C'est la plus grande du groupe, elle est à dix coudées au-dessus des autres. Elle me fait penser à une star qui descend d'un avion, au temps des caravelles et des premiers festivals de Cannes. Elle m'a vue elle aussi. Elle sourit, s'avance vers moi. Un dimanche matin, avec ce temps gris, vraiment, comme tu es gentille. On rentre en taxi et tu viens prendre le petit déjeuner à la maison. D'accord ? D'accord. Dans le taxi, elle commence à parler. Malgré sa fatigue, ou à cause d'elle, son débit est rapide mais doux, un peu cotonneux, je n'écoute pas tout ce qu'elle dit, je regarde la pluie fine fouetter le carreau, c'est triste à pleurer mais je garde un sourire béat, c'est une musique qui me plaît, je ne veux pas qu'elle s'arrête. Elle a adoré son voyage, elle a découvert quelque chose, elle a vécu des moments intenses, la montagne de Massada à l'aube, tu sais, la forteresse où ils se sont suicidés, c'était grandiose, le désert, la vie au kibboutz, c'est un pays incroyable, il faudra y retourner ensemble, ça te plaira certainement. Oui, certainement...

Quand nous arrivons chez elle, j'apprends que ses parents sont partis en week-end, qu'ils ne rentreront que le soir. Je ne peux m'empêcher de penser que ma mère avait raison, qu'elle m'a utilisée, qu'elle voulait juste de la compagnie. Elle me plante là et court à la boulangerie. Je furète dans la cuisine, j'essaie de trouver des tasses, du café, les couverts. Je traîne en contemplant cette vaste cuisine de gens riches, j'y suis seule, personne ne me voit regarder, baver d'envie sur tout ce confort, ce marbre, ma mère trouverait ça froid et sans âme, elle a besoin de mettre des tissus fleuris partout, des babioles qui pendent.

Anne dépose sur la table toutes sortes de viennoiseries, les confitures, le chocolat, le café. Elle fait ça avec rudesse et générosité. Elle m'offre tout ce qu'elle a, mais sans délicatesse, sans ménagement, et c'est ce qui m'émeut le plus. Devant le café fumant, elle parle de ce que ça lui a fait d'être sur une terre juive, avec des juifs partout, le confinement chaud, la sécurité, la connivence. Des trucs de touristes, ajoute-t-elle, que tout le monde dit en revenant, sauf que c'est vrai. Elle mord dans un croissant et, en mâchant, elle la si bien élevée, elle qui ne parle jamais la bouche pleine, qui mange à peine, elle répète « sauf que c'est vrai ». Et brusquement, quelque chose m'agresse, elle parle trop vite, elle mâche trop lentement, elle me dégoûte à parler la bouche pleine de croissant, je ne vois plus que ses dents avec des miettes collées dessus. C'est d'un mal élevé. Comme ce jour où elle est revenue en classe, où le professeur de maths lui a demandé d'une voix aimable pourquoi elle avait été absente la veille alors que le contrôle avait été annoncé. Elle ne s'est pas troublée, n'a pas bafouillé, elle a dit « Kippour », juste ça, et le professeur l'a laissée tranquille. Une tranquillité royale, voilà ce que j'ai aussitôt pensé. Elle sèche les contrôles, elle n'est même pas malade mais elle n'a qu'un mot à dire, sans regret ni excuse, pour qu'on lui foute la paix. Elle ne prévient personne, seul Emmanuel est au courant, mais moi, elle néglige de me prévenir. Elle n'y pense même pas ou bien elle veut éviter d'avoir à m'expliquer, parce qu'à coup sûr je vais lui demander ce que c'est.

Quand je suis rentrée chez moi ce soir-là, j'ai posé la question à mes parents. Ils m'ont fait des réponses vagues, ils savaient tous deux que les juifs appelaient ça le jour du Grand Pardon, ils le savaient à cause du film, mais pas en quoi ça consistait vraiment, si on pouvait boire mais pas manger, si on pouvait travailler, si ça durait un jour ou plus, ça doit sûrement ressembler au Ramadan, m'avait dit mon père. Du coup, je suis allée en bibliothèque et je me suis renseignée toute seule, le lendemain, je leur ai expliqué mais j'ai bien vu que ça ne les intéressait pas beaucoup, qu'ils n'avaient pas envie de savoir, selon le principe que les histoires des juifs, moins on s'y intéresse et plus on est tranquille.

Anne continue à parler sans se douter que je la rends plus floue, plus lointaine. Anne revient d'Israël comme elle est revenue de Kippour.

Israël est une prison. Un poids qui m'encombre, un écheveau où je suis prise et blessée. Je suis piégée. Je voudrais avoir la désinvolture pleine de panache de ceux qui ne se réclament d'aucun sionisme, qui se sentent juifs en dehors de toute terre, pour qui la Shoah n'a rien changé. Je voudrais éprouver de la compassion pour les Palestiniens des territoires, goûter la confiance de ceux qui se joignent aux adversaires et qui n'ont pas peur de cette alliance. Parler d'Israël comme on parle du Portugal. Je voudrais que ma vénération se transmue en virulence acharnée, que ça me lave, que ça me débarrasse. Passer d'un extrême à l'autre, faire comme ces gens qui sont nés à Jérusalem mais qui ne manquent pas une occasion de crier au scandale ; faire comme ces éditeurs qui s'abritent derrière leur patronyme pour publier des pamphlets, en ayant ainsi le sentiment d'être plus libres-penseurs que les autres, plus dégagés, regardez-moi, tout juif que je suis, je critique, donc je suis libre, ni communautaire, ni apeuré comme vous autres... je voudrais avoir le centième de l'audace des dirigeants du *Monde diplomatique*, mais est-ce encore de l'audace... Je vois leurs noms juifs signer leurs articles et je me demande ce qui les anime. Je peux imaginer les haines de soi, du père, les plus féroces, les pires complexes d'abandon, rien ne m'éclaire, rien ne desserre l'étau. Je ne souffle un peu que lorsque je lis les critiques de patriotes avérés, le monde entier n'a pas perdu la raison, s'ils critiquent, c'est parce qu'il y a vraiment de quoi, que ce n'est pas une revanche, ni une hystérie, ni rien d'irréversible, juste une histoire politique de gouvernement à changer, rien qui ressemble à un destin ; bientôt, on aimera de nouveau Israël, ce bon petit pays qui ne demande qu'à vivre en paix au milieu de tous ses ennemis... Mais le soulagement ne dure pas, la culpabilité s'immisce ; seuls les Israéliens peuvent critiquer, il n'y a qu'eux pour savoir, moi, je ne peux pas, moi je vis ici, en France, en paix depuis toujours, mon père n'a pas fait l'armée, ni mes cousins, ni moi, je n'ai perdu aucun ami au combat, alors je dois me taire, en profondeur, je dois me taire et soutenir inconditionnellement, pour étancher ça, le fait que je suis française. C'est un soutien de dessous la peau et de dessous la raison, un ciment sans arguments et sans concessions. Mes pieds sont enlisés, je ne peux pas bouger. Je vire, je revire mais je ne peux pas bouger. Israël est un silence forcé.

J'ai rêvé bien des nuits que Sharon s'appelle autrement que Sharon pour qu'enfin on perçoive autre chose que cette odeur de chair pourrie, ou des vautours autour d'enfants sanguinolents. Je suis certaine que les gens entendent ça, la charogne, qu'avec un autre nom l'histoire eût été différente. C'est la même chose pour Bush. C'est une aubaine, ces deux noms horribles et qui s'accolent si bien. Je voudrais pouvoir me soucier de ce pays comme d'une guigne, je voudrais le lâcher. L'autre fois, à la manif, j'ai eu le sentiment très net que tous les juifs étaient là pour que la statue d'Israël ne s'effondre pas, que le cortège repoussait l'imminence de la chute, que tous les corps se pressaient dans le même effort, mais que cet effort serait vain. Car cette statue va tomber, nous n'en sommes plus loin. Et quand on a du mal à soutenir l'effort, quand il dure trop longtemps, quand le reste du monde s'acharne, on rêve de tout lâcher, de couper court aux sermons, aux invectives. Même les juifs vont lâcher, les plus faibles renonceront, renieront l'histoire, les efforts, la solidarité.

Tous les matins, je me réveille en craignant que la radio n'annonce un attentat inédit, du plutonium au cœur de Tel-Aviv, des millions de morts. Ce jour arrivera et ce sera l'autre Shoah. Israël est une souillure, disent les Arabes. Les nazis ne disaient pas autre chose. Tous les matins, je tends le bras vers la radio et ma respiration s'altère. Je ne connais pas Israël, mais c'est une pulsation que je surveille, que j'enregistre, comme on fait pendant un accouchement. Les exilés peuvent comprendre ce regard réflexe, cette vigilance au loin. Je vis ici, en France, mais, chaque jour, je porte mon regard au loin pour voir si la tempête ne menace pas, avec le souci de qui doit prendre la mer. Si un mauvais vent s'annonce, j'enfonce ma tête sous l'oreiller. Mais je finis par me lever. Je pars réveiller Tom en criant, je ressasse la mauvaise nouvelle, et l'idée qu'à son insu des millions de gens le considèrent comme une souillure, mon enfant comme une souillure. Je me cogne dans les portes et je renverse du lait sur la table. Tom me dit qu'il en a assez de me voir dans cet état dès le matin, qu'il va partir s'installer chez son père. Au moins, là-bas, tu seras tranquille, ai-je envie de lui répondre, personne ne t'insultera, personne ne viendra te chercher dans la nuit. Mais je ne lui dis rien. Jusque-là, j'ai toujours réussi à garder mes mauvais présages pour moi.

Avant de rencontrer Anne, je n'étais personne d'autre que la fille de mes parents, avec des désirs hérités, des habitudes, des goûts un peu usés par eux. Je n'étais que la courroie de transmission d'une famille, une sorte de passage que la vie empruntait, sans m'accorder plus d'importance que ça. Et puis, j'ai vu cette fille. J'ai passé des jours à l'observer. Jusqu'à ce dimanche, où je me retrouve à ses côtés dans le bois de Boulogne, à faire des tours de lac.

C'est une journée en rond, vaporeuse, une sorte de vertige doux, une spirale qui m'aspire sans me violenter, une fille qui me parle philosophie – nous ne sommes qu'en première, nous n'en avons jamais fait –, politique, volonté de comprendre le monde, de le *penser*. C'est la première fois que j'entends ce verbe utilisé de manière transitive, ça me fait tout drôle, j'attends des prépositions qui n'arrivent pas, puis je m'habitue à cette acuité nouvelle, penser le monde, comme on perce une paroi. Soudain l'emploi usuel me paraît lourd, empoté. Penser le monde. Je ne connais quasiment aucun des noms qu'elle cite, ni les auteurs ni les œuvres, je ne vais pas au cinéma, je n'ai jamais quitté la France, je parle juste un peu d'anglais scolaire. Le jour tombe. Je sais que je vais avoir peur de rentrer chez moi dès que je la quitterai, mais je chasse l'idée même de la quitter, je ne veux pas penser à ce que j'étais avant cet après-midi, mes peurs m'indiffèrent, mes parents morts d'inquiétude aussi.

À la maison, je les ai regardés d'un air neuf : je m'étais séparée d'eux, j'avais changé de place et pour toujours. C'est étrange lorsque ça vous arrive, la culture, et que rien ne vous y a préparée. Vous êtes déjà une bonne élève, vous avez des aptitudes en rédaction, vous écrivez de jolies lettres à votre marraine, et c'est tout. On peut remarquer aussi aux réunions de famille que vous n'êtes pas de plain-pied avec vos cousins et cousines, que vous vous tenez un peu à part, taciturne, mais c'est souvent l'adolescence qui veut ça, donc vous ne vous dites rien, vous ne sentez rien venir. Et puis un jour ça déboule, comme avec Anne, après ce dimanche au bois. Tout à coup, vous avez honte de ce que vos parents disent, de comment ils le disent. Au lycée, une fois tous les deux ou trois ans environ, je sais qu'un élève va changer de monde, que la petite fiche où il a inscrit la profession de ses parents en début d'année, eh bien, cette petite fiche va devenir sa croix, sa honte et sa force. Je connais le chemin qui l'attend, sa culpabilité et son orgueil.

Ce dimanche-là, j'aurais pu revenir épuisée, écœurée ; j'aurais pu revenir épatée, abattue ; j'aurais pu revenir amoureuse, transie, que sais-je. Mais je suis revenue avec le sentiment qu'il y avait chez moi une pièce de plus et que, dans cette pièce, je serais seule désormais. Mes parents ne pourraient jamais m'y rejoindre. Je me suis mise à lire les auteurs dont elle m'avait parlé, Bergson, Sartre, Simone Weil. Je fermais la porte de ma chambre comme on se bouche les oreilles. Je n'y comprenais pas grand-chose, je me concentrais, je voulais qu'aucun bruit ne filtre, que le son de leurs voix n'arrive plus jusqu'à moi, l'intonation rocailleuse de mon père, ses fautes de français, le robot Marie qui mixait la soupe. Je me suis mise à haïr les livres que ma mère recevait par abonnement, des livres reliés avec signet et tranchefile dorés, qui traînaient sur la table basse. Jusque-là, je lui posais des questions sincères sur les personnages, l'histoire, le style. Mais c'était une curiosité par défaut, je n'écoutais pas ses réponses, je ne cherchais qu'à me donner l'impression que je parlais à une femme de lettres, que ma mère à moi aimait la littérature. Or ce n'était que mon cinéma, mon théâtre, un jeu de rôles dont elle était dupe et où je jouais seule. Désormais, j'étais encore plus seule mais je n'avais plus besoin que ma mère me donne la réplique.

Avril 2002

Je regarde les banderoles et je les trouve justes. Puis je regarde les familles et je les trouve hideuses. Très vite, je n'ai d'yeux que pour elles, comme si je ne voulais pas voir le reste, comme si je cherchais des raisons de fuir. Les mères surtout sont affreuses. Mal maquillées, mal habillées, les gestes épais, baveux comme leur rouge à lèvres, que des mauvaises manières. Elles sont encore plus moches lorsqu'elles embrassent leurs enfants. Elles sont comme des putes avec leurs enfants à tellement montrer qu'elles les aiment, qu'elles savent mieux que personne ce qui est bon pour eux, qu'elles sont l'amour même, sans perversité ni faille. Elles sont comme des ventouses, des sangsues qui s'agrippent, on ne les retire pas comme ça. À tout bout de champ, elles disent « mon fils », « ma fille », leur salive est sucrée, leur bras se replie, se referme sur la créature qui inspire ce geste, c'est une possession. Les enfants en deviennent plus laids que jamais, comme jamais des enfants ne sont laids.

C'est une tache, une énorme tache qui se voit, d'où qu'on soit, quoi qu'on en pense ; la vulgarité est là, l'arrogance, le mauvais goût. C'est une vermine cette juiverie, une vraie vermine, une ignoble procession que n'importe quel esprit sain aurait envie de briser et de remplacer par une scène de train, pour qu'à l'arrivée cette fontaine d'amour filial soit enfin tarie. Les nazis ont perçu ça lorsqu'ils ont vu les familles arriver, les femmes pendues à leurs enfants ; ça n'a fait qu'augmenter leur envie de trancher dans le vif.

Heureusement que je suis venue seule, que personne n'assiste à ma honte. Ça pousse à l'intérieur, comme une stalactite, une chose coupante et retournée, ma judéité qui ne doit pas se voir, que j'enfonce comme un couteau dans la chair vive, à l'intérieur, à l'abri des regards. Je suis blonde aux yeux bleus, je vis, je marche, je baise et je bois comme une Française, mon fils porte un nom français, il aura des enfants qui enfin ne seront plus juifs, l'ombre finira par disparaître, avec lui, c'en sera fini.

Heureusement que je ne l'ai pas emmené ici, pourvu que personne ne m'ait prise en photo. Il y a toujours des photographes au-dessus des cortèges.

1986

Elle avait des chaussures vertes à lacets, d'un vert très vif, presque jaune. On ne pouvait pas la perdre de vue lorsqu'elle marchait. C'était mieux qu'un brassard, mieux qu'un chapeau ou une banderole. Elle devait les avoir achetées exprès. Pour qu'on la repère à ses pieds, qu'on ne relève pas la tête pour la chercher mais qu'on la baisse, qu'on scrute le sol. Ces chaussures vertes, c'était la preuve que, pour la trouver, il fallait chercher quelque chose de précieux et de perdu.

Elles étaient gaies, les manifestations contre la loi Devaquet. Nous virevoltions. Comme des tableaux de Delacroix ou de Géricault revisités par le Douanier Rousseau. Malgré l'hiver de décembre, malgré les cars de CRS postés dans toutes les rues du Quartier latin, les grilles du Luxembourg qu'une fois ils avaient même cadenassées, c'était une vaste promenade de santé. Tout le monde se battait pour que les enfants des classes défavorisées entrent à l'Université. Nous n'avions pas l'impression de donner l'aumône, nous qui savions que, quoi qu'il advînt, nos études étaient payées, garanties, sélection ou pas. Nous étions la République menant la Liberté.

Nous ne suivions pas les mêmes cursus. Emmanuel était entré à Sciences po, Virginie en lettres à la Sorbonne et moi en philo à Tolbiac, mais ça n'avait aucune importance, au contraire. Nous avions le sentiment de tout représenter, de tout fédérer, de donner à ce mouvement toute son amplitude, ça nous grisait. Malgré les distances, nous mettions un point d'honneur à nous coordonner parfaitement ; chacun savait exactement ce que faisaient les deux autres au même moment et, pour un oui, pour un non, nous nous donnions rendez-vous.

Dès le début du mouvement, nous avons fait la connaissance de Guillaume. Il était en droit à Assas, une fac où nous n'avions pas beaucoup d'entrées, alors Guillaume nous aidait. Il n'avait jamais pour nous la moindre réserve, il répondait à toutes les demandes d'Emmanuel qui n'avait pour s'expliquer une telle adhésion que deux hypothèses : soit c'est un facho qui nous manipule, soit le gars est amoureux de l'une de vous, disait-il en s'amusant. L'explication, nous l'avons eue peu de temps après. Guillaume a appelé un chat un chat : son père était un lepéniste avéré, à l'extrême droite depuis toujours. Je me souviens de cette manière claire, presque coupante, de dire les choses, comme s'il fallait rendre les mots plus incisifs, leur donner la violence d'un aveu.

C'était une famille bourgeoise, pleine de livres et de fauteuils en cuir. Cette histoire s'est mise aussitôt à nous fasciner, Emmanuel et moi, tandis que Virginie se récriait, prenait des mines scandalisées. Entre deux assemblées générales, nous ne rêvions que d'une chose : nous enfoncer dans les clubs et embarquer pour ce nouveau monde dont nous étions les vedettes. Guillaume a fini par nous faire visiter ce qu'il nommait *le musée*, c'est-à-dire la bibliothèque de son père. Nous n'en avons pas parlé à Virginie car nous savions qu'elle gâcherait notre plaisir. Avec elle, nous ne pourrions pas promener nos mains avides sur des rayons entièrement voués à la haine du youtre, mot que je répétais à l'envi parce qu'il sonnait comme foutre – l'ordure, le déchet, une trace sur le linge, une saleté, une giclée de l'histoire. Emmanuel, lui, se contentait de youpin, et encore, du bout des lèvres. Pour Guillaume, cette visite était douloureuse, mais on avait tellement insisté ; c'était son père, un chirurgien respecté, c'était l'enfer de sa famille, cette bibliothèque, les conversations au coin du feu qui susurraient le dégoût, la volonté d'éradication d'une génération à l'autre. Avec Emmanuel, nous jappions, tiens, regarde ! Tu as vu ça ! Et ça ! Je n'y crois pas, regarde... Une seule visite ne nous a d'ailleurs pas suffi. Nous y sommes retournés plusieurs fois ; entre deux rassemblements, à l'insu de Virginie, nous filions au *musée*, rue Lhomond. Et, à force, notre gaîté, notre absence totale de ressentiment, Guillaume s'en est fait des baumes. En nous laissant pénétrer dans l'enfer de sa maison, il aérait les pièces, éventant du même coup le secret et l'opprobre.

Un après-midi, en sortant de chez lui, nous sommes tombés sur son père qui rentrait à l'improviste. Guillaume n'était pas très à l'aise, il aurait préféré que ça n'arrive pas. Sur le trottoir, il nous a présentés, il n'aurait dû mentionner que nos prénoms mais il a insisté, il a dit nos noms très distinctement. Au milieu de ses gestes et de son débit brouillon, nos deux noms étaient les seules syllabes nettes, bien découpées, présentées avec une sorte de perversité délicieuse, comme on présente une friandise à quelqu'un qui n'y a pas droit.

— Papa, je te présente Anne To-le-da-no et Emmanuel Te-per.

Et son père a souri.

C'est la seule fois de ma vie où je me suis retrouvée devant un vrai militant, pas un type qui s'énerve de temps en temps et qui vote Le Pen, mais un homme construit, installé, reconnu, sans amertume manifeste, pour qui la haine du juif est un héritage, une constance identitaire. Et là, vous vous regardez dans les yeux de quelqu'un pour qui vous êtes sale d'emblée, à nettoyer, qui vous observe comme une raclure, mais dans ce désaveu vous ne pouvez pas ne pas percevoir – est-ce une défense contre le mal qu'on veut vous faire ? – l'œillade lubrique, d'autant qu'il était bel homme le père de Guillaume, le désir d'un type qui aimerait bien vous sauter, vous lécher dans les moindres recoins, sentir l'odeur de la juive à même son corps pour mieux la traquer ensuite.

Virginie aurait dû être là pour voir. Nous aurions mieux fait de la convier rue Lhomond. Peut-être n'aurait-elle pas eu besoin, des années plus tard, de complimenter des copies dignes de l'Action française.

Elles se détachent encore sur le mur blanc de ma chambre. On dirait des chaussures de clown, un accoutrement. Je ne vois que ses pieds, ses pieds que je cherche pendant les manifs, que je finis toujours par repérer, c'en est presque absurde cette façon que j'ai de regarder tout autour en ne fixant que les chaussures, en me calmant dès que je les aperçois. Je suis sous un grand escalier, des milliers de gens montent et descendent, martèlent le sol, et entre les marches, là où passe l'air, où s'encadrent des rectangles de ciel, où je n'ose pas monter avec elle, je me tiens en retrait, à la fois souffleuse et vigie, car je ne suis là que pour la reconnaître entre mille, la suivre et ne pas la perdre.

Nous sommes épuisées. Nous avons marché toute la journée, de comité de coordination en assemblée, avec chaque fois des heures d'attente, des cris, des sandwiches avalés en vitesse, le boulevard Saint-Michel dans les deux sens, plus de vingt fois, on aurait dû compter. Pendant toute cette période, dans une même journée, nos humeurs alternent avec beaucoup d'intensité : exaltation, découragement.

Anne ne dit rien. Elle a posé sa tête sur mes genoux, sans me demander, ça s'est fait comme ça, je me suis assise sur mon lit, elle s'est allongée, elle regarde le plafond, l'abat-jour en tissu. Elle n'a rien dit depuis de longues minutes, ses cheveux blonds coulent sur mon jean, on dirait une pochette de disque de rock, ça me plaît comme image. Chez moi, il n'y a personne, mes parents rentrent plus tard ce soir, ils avaient un pot d'adieu à la banque. Je lui propose de la brioche, du chocolat, elle dit rien, merci, je me repose, on est bien ici, c'est si tranquille chez toi. À sa manière de caler sa tête sur moi, j'ai l'impression d'avoir le ventre plus épais, plus moelleux, je n'aime pas la sensation mais elle a l'air si bien, si calme, un chat qui dort. Anne est dans le repos, Anne est dans le confort, Anne est dans ma maison, je me répète ces phrases en allant de ses chaussures vertes à ses yeux toujours fixés au plafond, rien ne bouge que mes yeux à moi, j'ai peur qu'elle trouve tout moche, qu'elle s'ennuie, que la conversation s'enlise. Mais il n'y a pas de conversation, elle n'en veut pas, elle ne me demande rien, elle n'attend rien de plus. Nous avons parlé, hurlé, toute la journée, nos voix sont légèrement cassées. Tu veux un thé avec du miel, il est très bon, il vient de chez ma grand-mère. Non, rien, ne bouge pas, si ça continue je vais m'endormir, il n'y a que chez toi que je me repose comme ça. Elle ne dit pas avec toi, elle dit *chez* toi. À sa manière de respirer, je vois qu'elle se détend, elle prend plus d'ampleur, son corps se dilate, s'alourdit, elle la si tendue, la si svelte, toujours en mouvement, à brûler sans cesse toute l'énergie, toujours en avance sur la suite. La tête sur mon ventre, elle prend du repos, je peux au moins lui donner ça, ça ne me flatte pas, je préférerais lui donner de la force, la stimuler, la remettre dans le désir, mais non, je lui donne du confort comme on donne l'absolution. Au bout d'un long moment elle demande, tu crois que ça sert à quelque chose toutes ces manifs ? Pendant ce temps-là, il y a des tas de gens qui ne bougent pas de chez eux, qui révisent leurs partiels tranquillement, préparent leurs vacances au ski, alors que nous, on est là à s'agiter... Un instant, je sens sa nuque se raidir sur mon ventre. C'est nous qui sommes dans le vrai, Anne, pas les autres. On ne va tout de même pas laisser la droite phagocyter tout le pays. Tu as raison. Et là, je vois ses paupières qui se ferment. La peau très fine, violacée, palpite un peu puis plus rien.

Quand le mouvement a commencé, je ne voulais plus rentrer chez moi. Je ne voulais plus faire partie d'une famille de droite, j'aurais voulu m'ouvrir le corps pour déloger tout ce qui pouvait encore me lier à ça. Je ne me suis jamais autant réfugiée chez les Teper.

Comme universitaire, Serge Teper était très engagé dans la contestation, tandis que mon père à moi regardait le journal télévisé d'un air affligé, en répétant qu'on devait s'inspirer du modèle américain, que l'Université française allait sombrer si on ne la réformait pas dare-dare. Je le regardais avec l'aplomb d'une fille qui n'a plus peur de considérer son père comme un misérable, je le méprisais, je ne lui répondais même plus. L'ennemi était dans la place, je fuyais la place.

On regardait les gens de droite comme des individus auxquels il aurait manqué le cœur et la raison, le souffle, l'âme, appelez ça comme vous voudrez. C'était une insulte, un bouillonnement, par en dessous, sous les mots froids, il y avait notre révulsion. C'était peut-être déjà de la haine, mais ça n'en avait pas les atours. Vingt ans plus tard, je rencontre encore des gens qui ont gardé ce regard. Ils sont de gauche comme on est blond ou hémophile, rien ne les fera changer, c'est une essence que l'histoire, quel que soit son cours, ne doit pas leur refuser. Mais c'est un privilège et ce privilège à moi m'est désormais refusé : je fluctue au gré des événements. Quand on m'interroge, je réponds que je ne me sens plus de gauche tout en sachant que mes mots dépassent mes intentions. Et je vois aussitôt s'allumer la méfiance dans l'œil qui me regarde. C'est une expérience morale inédite, comme un pas chassé sur les terres du mal, je ne m'installe pas, je vais juste voir ce que ça fait de tremper un pied dans cette eau-là, ensuite, n'ayez crainte, je reviens, mon cœur reste à gauche, je suis juste un peu perdue. Je veux seulement risquer quelque chose de moi dans le regard de l'autre. Descartes aurait pu raconter ça au même titre que l'histoire du morceau de cire.

Parfois je me rabats sur l'idée que c'est avec l'âge qu'on devient conservateur. À cause du désenchantement ? de tous les efforts qu'on a faits pour en arriver là, seulement là ? Car la déception d'une vie se terre, ne se montre pas, alors elle filtre malgré soi et on se met à ne plus supporter les bibliothèques municipales mal entretenues et la Sécurité sociale pour tous. On en oublie même les aides qu'on a reçues. C'est une méfiance, une terreur suspicieuse qui animent notre regard quand on nous parle des disparités sociales ou de la misère en Afrique, parce qu'on ne sait plus renouer avec la compassion, parce que, depuis si longtemps, on fait la sourde oreille.

Le 8 décembre 1986, Alain Devaquet présentait sa démission. Le soir même, j'ai vu tes chaussures vertes danser sur les parquets. Aujourd'hui, Anne, tu ne redescendrais plus pour contester une telle réforme, tu voterais pour la sélection, l'augmentation des droits d'inscription. Tu n'as pas besoin de me le dire, je le sais. Les manifestations de décembre 1986 tiennent une place particulière dans mon cœur parce que, contrairement à toi, je suis une enfant de la République, et parce que ce sont les seules où il n'était a priori question ni de judaïsme ni de racisme. Nous y allions tous les trois d'un pas égal, Emmanuel et toi n'y aviez ni antériorité ni prérogative. Nous nous battions pour que les plus défavorisés puissent entrer à l'Université. C'est du moins ce que je croyais. Mais celui que la police a tué le 6 décembre était un Marocain, un Arabe. On y revient toujours, on dirait que toutes les manifestations ont toujours quelque chose de ça à raconter, dès la toute première, celle qu'on avait organisée pour Habib, comme si sous le pavé de tous les cortèges courait le même fil rouge, le sang des minorités, un fil que tu as discerné très tôt et que tu m'as appris à reconnaître mais que tu ne vois plus, Anne. Et ne me dis surtout pas que c'est parce qu'ils sont plus nombreux, car tu sais que la minorité, ça n'a rien à voir avec le nombre.

Je suis en train de râper des carottes, doucement, en essayant de ne pas me râper le bout des doigts, en songeant que c'est pour mon fils, des vitamines A, B, tout l'alphabet de la santé pour mon enfant en pleine croissance. J'ai si peu l'occasion de m'occuper de lui ces temps-ci que je m'applique. Vas-y toi, Paul, à Capri, si tu veux… Quand Virginie épluche ses légumes, elle ne rêvasse pas, tient son esprit en laisse. Sa cadence intérieure n'est que domestique, non pas bridée, empêchée, mais naturellement centrée sur sa maison, les soucis de sa famille, le bien-être de ses enfants, leur confort, les lignes de leur avenir. Tandis que je râpe mes carottes, ce ne sont déjà plus mes carottes mais des cylindres orange plus ou moins tendres, je ne pense déjà plus ni aux yeux de Tom, ni à sa peau, ni aux vitamines que ça lui apportera. Les carottes, c'est juste une assise dans le temps, une manière de sentir les minutes, qu'elles se posent quelque part. Vas-y, toi, Paul, à Capri, si tu veux… Je n'ai plus confiance. Quelque chose s'est brisé à jamais comme l'amour sur les écueils de Capri. Camille s'en fiche désormais, Paul peut bien aller où il veut, sans elle, avec d'autres, avec une autre qui lui prendrait sa place, elle s'en fiche, depuis qu'elle n'a plus confiance. On ne sait pas très bien d'ailleurs pourquoi cette confiance est partie ou pourquoi ce mépris a surgi mais voilà, ça s'est brisé. Alors je râpe des carottes, en prenant soin de ne pas m'écorcher le bout des doigts, et je pense au *Mépris*.

La première fois qu'on a vu le film ensemble, Virginie et moi, c'était un soir de réveillon, un 31 décembre, je ne sais plus de quelle année. Nous avions préféré rester chez moi plutôt que d'aller à de vagues soirées auxquelles nous n'étions que vaguement invitées. Emmanuel nous avait traitées de recluses ; il devait être partagé entre son désir d'aller faire la fête – il était toujours partant – et une jalousie plus secrète ; ainsi les filles avaient-elles envie de se retrouver entre elles, sans lui, de transformer cette soirée de réveillon en une énorme messe basse où il n'était pas convié mais qui bourdonnerait à ses oreilles toute la nuit. Donc nous nous sommes installées dans le salon, très près l'une de l'autre, et quand la voix de Fritz Lang a finalement crié « *Silencio !* », ça a été comme un arrachement. Je me suis longuement étirée sur le canapé, je ne voulais pas sortir, je ne voulais pas quitter les rochers, le bleu du ciel, les statues si blanches, je voulais rester là avec ma Virginie dans ma tragédie grecque. Nous ne nous sommes pas beaucoup parlé ensuite, quelques mots à peine, mais nous étions comme enveloppées, quelque chose avait changé, et tandis que les gens fêtaient l'année nouvelle, nous, nous entrions dans une autre époque, celle où les choses peuvent se briser du jour au lendemain. Clac.

Toutes les conversations deviennent escarpées. Ce dîner encore l'autre soir, autour de la table, rien que du beau monde, des philosophes, des sociologues… Au début, les mécanismes sont en phase, les rouages coïncident, on a aimé les mêmes auteurs, les mêmes films, chacun connaissant la marge de désaccord autorisée. Le vin est parfait, puis ça déraille, je me raidis et je commence à avoir froid. « Tu comprends, ils confondent Anne Frank et Ariel Sharon ! » L'autre dit ça comme si c'était aberrant, mais je suis certaine, moi aussi, qu'il s'agit de la même chose, qu'ils ont raison de confondre, que la compassion qu'on a pour l'une est à la mesure de la haine qu'on a pour l'autre. Pourquoi ne pas l'avouer ? Pourquoi ne pas le lui dire clairement, à cette fille qui croit parler le même langage que moi aussi, moi, la première, majeure et diplômée, je confonds, comme n'importe quel gamin des cités ? Par peur de la voir détaler loin et pour toujours, de rompre définitivement avec tous mes amis d'avant, de ne plus avoir autour de moi que des juifs et des sionistes, me retrouver seule avec eux, n'avoir plus qu'eux pour m'entendre. Je ne peux plus convaincre personne. Du coup, je me tais, je stoppe net, divague, pense à tout autre chose. *A penny for your thoughts* qu'ils ne me proposent même pas tant ils parlent. C'est un sujet qui les inspire, les veines de leur cou se tendent, leurs doigts dansent sur la table, ils sont lancés. Alors, muette et souriante, je les regarde, les écoute et leur donne le sentiment que je suis d'accord, que rien ne nous sépare ; que je suis prête à fermer les yeux sur mes attachements, ma partialité, que je suis toujours apte à juger du bien et du mal en toute liberté de conscience, comme eux. N'est-ce pas la vocation d'une intellectuelle de gauche ? Je sais pourtant que dans mon silence, dans mon sourire, c'est sur autre chose que je ferme les yeux : cette revanche qu'ils prennent sans le savoir, cette liberté retrouvée, parce que ça fait cinquante ans qu'on ne pouvait rien dire sur ce pays, qu'il fallait être de toutes les manifs, de toutes les indignations, dès le moindre bourgeon, on n'était jamais tranquille, il fallait toujours leur prouver, leur dire qu'on était à leurs côtés, que plus jamais on ne les lâcherait ; et en même temps il fallait accepter que tout en y étant, en se battant pour eux, on n'en serait jamais, on ne serait jamais comme eux. C'est à cet endroit-là que, cinquante ans après, s'enkyste le ressentiment, mais une telle jalousie, c'est inavouable, une envie d'enfant brimé, rabaissé, c'est puéril et inavouable. Donc à la place de l'aveu, il y a l'amertume. Et plutôt que de se laisser lentement dévorer, les chiens se mettent à hurler comme des loups.

Elle a dit – et elle s'y connaît, c'est une spécialiste – que les gamins de banlieue confondaient Anne Frank et Ariel Sharon, la petite juive qui se cache, qui a peur, qui ne ferait pas de mal à une mouche, et le gros soldat. Cette distinction qu'elle brandit comme un miroir vers les gamins qu'elle excuse ne regarde d'abord que vers elle : en fait, elle déteste les juifs qui se lèvent et se battent ; elle les préfère en loques, rongés par le typhus et les poux, ceux qu'on vient chercher, qui n'ont plus que la peau sur les os et qui se rendent dignement parce que c'est dans leur rôle de se rendre, et si c'est leur partition millénaire, alors il est normal qu'ils le fassent dignement. Elle n'aime que les juifs rongés par les virus et les poux, des parasites qui redeviendront des parasites, un passé de vermine et un avenir de vermine. Elle n'en dira pas un mot, ne le saura pas elle-même, sans cesse elle parlera pour les gamins. J'ai de plus en plus froid, la conversation s'éternise, je rêve qu'on évite à présent la question des prochaines élections, que quelqu'un propose plutôt de parler des vacances, de Zanzibar ou de la Malaisie, d'un bel endroit pour aller plonger. Quelqu'un dira peut-être Eilat. Et là, je me mettrai à trembler de nouveau. Le venin court. Et tout en moi est devenu ce tremblement qui me tient comme une colonne vertébrale, un tuteur qui remplace désormais la confiance, celle qui s'est brisée contre un rocher. Est-ce le froid que l'on sent lorsqu'un poison commence à s'insinuer ? Je vais serrer les mâchoires pour parler au-delà du tremblement, dire au revoir, à bientôt, c'était bien agréable ce dîner avec vous, tandis qu'au fond je viens d'éprouver la terrible glaciation de la conversation. Le curseur est gelé. Je me suis râpé le bout des doigts. Il y a un peu de sang sur mes carottes.

Le rideau blanc tremble un peu. Ils ont laissé les portes ouvertes, il y a des courants d'air. Pour un peu, je fermerais les yeux et je me croirais à ma fenêtre. Mais non. En arrivant, comme d'habitude, je prends tous les bulletins, sans discernement ni intention, mon vote est secret. Dans l'isoloir, mes mains tremblent, comme le rideau. Je regarde longuement le tissu blanc, les taches, les effilochures. C'est un morceau de toile piteux, j'ai l'impression d'être prise dedans, tout comme dans les voix d'hier, sourde dedans. Je n'allume plus ni radio ni télé ; je ne lis plus les journaux, je ne veux plus rien entendre, tout est malveillance. Je passe devant les kiosques comme une femme en cavale en songeant que si ça continue, cette surdité, je vais devenir folle. Mais leurs voix, je les connais, je n'ai plus besoin de les entendre, jusque dans l'isoloir elles bourdonnent en moi.

Mes doigts n'arrêtent pas de trembler. Plus je déchire de bulletins et plus ils tremblent. Il ne m'en reste que deux. Droite et gauche. Comme mes bras, comme mes jambes, les deux côtés de mon corps. Ce pourrait être aussi simple que ça, une partition de l'espace, mais ce n'est pas l'espace qui se scinde, c'est le temps qui se fracasse.

Sitôt le seuil de l'école franchi, j'attrape mon portable. Je fais son numéro, je ne peux faire que ce numéro. Entre ma main qui glisse le bulletin dans l'urne et sa main qui décroche le téléphone, il n'y a rien, ce sont deux gestes collés.

— Virginie, c'est moi, j'ai voté à droite.

IV

I drank too much… I'm drunk, awfully drunk… People like it when I drink… They say it suits me, it makes me feel better, it helps me to enjoy the moments, the friendship, the laughters… I'm dizzy… and I just can't stop drinking though I know it is so bad for me… my parents would hate me for that… they would hate me so much… je ne veux plus m'arrêter de parler, me nimber dans les mots, entrer dans la nuit sans encombre. Mon corps avance brûlant, fumant, dans l'air froid. Ce sont des murmures doux, ouatés, comme exhalés, des petites vapeurs au-dessus de mes lèvres, je ne me connaissais pas ce son de voix, c'est une voix douce, des volutes… When I was young, I couldn't understand what was going on between people and alcohol, especially women. All these women who used to drink, I couldn't understand them, singers, actresses, writers… Ava Gardner… Marguerite Duras… They seemed to be so different, made of another flesh… I would never belong to their world… Ça se désosse à l'intérieur de ma bouche, mes dents se déchaussent comme des gouttes qui tombent, mon débit change, s'adoucit encore... ne rien brusquer, préserver ce qui tient... I was so different then, I felt so sure, so secure but life said something else, new decisions... destiny... Je joue, c'est une pièce de théâtre qui s'improvise là, dans mon lit, sans public, j'oscille entre deux accents, tantôt a drawl, rond, traînant... tantôt dental. Why did you leave me ? Why did you rather go out in the freezing night than stay in bed with me ? What makes it better outside ? My love... You could be my love but you'd rather walk away... Des sons très longs, diphtongués plus que nécessaire, chuintés, des voyelles sans fin, le tout sans intonation, comme une voix off infiniment sobre, coulée, qui ne marquerait aucun accent pour ne pas se faire entendre mais qui serait là, pour me nimber. Mon visage n'est presque plus mon visage, plutôt une sorte de masque duquel sortent les sons ; pourtant, les larmes, je les sens qui se forment... c'est dans mes yeux que ça vient, de l'intérieur de mon ventre... ça monte... et ça ne redescend plus, ça reste en suspension au-dessus de l'iris, sous ma paupière, comme une matière translucide qui hésiterait entre deux états, qui ne se déciderait pas à quitter l'un pour l'autre... mais je ne suis pas triste, juste un peu ivre... fatiguée... fatiguée de ces nuits, de tous ces hommes qui quittent mon lit avant le matin...

Virginie n'imaginerait jamais une scène pareille, elle me regarde depuis toujours comme une espèce de déesse, une statue intouchable ; ce serait inconcevable de m'imaginer saoule et perdue dans mon lit comme une pauvre fille, en train de parler toute seule, de dire des choses insensées, comme Ava Gardner a dû le faire alors qu'on croyait la terre entière à ses pieds, elle a dû se traîner devant des hommes plus laids, moins riches et moins célèbres qu'elle, elle a dû baver sur ses oreillers, oui, je fais mon Ava Gardner, il faut bien se grandir mais dans un anglais de cuisine, avec personne pour m'entendre que cette nuit froide et goulue.

Wasn't it lovely, Virginie ?

— Yes, it was.

Ma bouche continue à former les mots, à étirer complaisamment les syllabes comme dans une matière souple et caoutchouteuse, une sorte de chewing-gum. J'ai les yeux fermés et pourtant je me vois, ma tête de profil sur l'oreiller, mon corps en chien de fusil, ma main blanche sur ma cuisse blanche. Je ne me suis jamais si bien vue. Ma voix dispense une sorte de lumière intense et douce, ma voix me donne un accès, j'entre en douceur dans la nuit... On dit toujours sortir du coma mais c'est peut-être comme ça qu'on y entre, entrer dans le coma, ne pas y être encore, s'y couler... C'est une bonne idée cette façon de s'endormir, une berceuse pour adulte saoul, une chimie sans somnifère, je recommencerai... mais les femmes juives ne boivent pas... je suis juive et je bois... Céline se trompe lorsqu'il accuse Blum d'avoir réduit le temps de travail pour que les Français boivent plus, qu'ils se détruisent dans l'alcool... les femmes juives doivent boire pour arriver totalement saoules devant les trains de la mort, pour ne pas sentir la main de leur enfant partir, glisser, elles doivent s'enfoncer dans la torpeur de l'alcool pour ne pas entendre le choc métallique des portes qui s'ouvrent et qui se ferment.

Au matin, je ne me souviens pas de tout, je ne pourrai pas dire combien de temps j'ai parlé ; j'ai peut-être même continué, après, une fois dans le sommeil, je ne me rappelle pas. Je ne me souviens désormais des choses que si elles entrent dans mon corps. Je n'ai plus d'autre mémoire que celle-là, un ciel changeant. Une pensée passe en moi comme un nuage sur le soleil, un instant, fugace, rapide, le ciel s'obscurcit, mais l'ombre n'a déjà plus de cause. Ça monte et ça descend, le flot de nuages est incessant. Je me sens gaie, légère, le nuage est passé mais je ne peux rien dire d'autre que « je suis claire », « je suis légère » ou, l'instant d'après, « je suis sombre ».

Longtemps, les grands départs de l'histoire ont eu lieu dans des ports, face à la mer, devant des passerelles de paquebot, c'était triste mais large devant. Désormais, c'est sur le quai étroit d'une gare, dans un vent mauvais qui siffle le long des rails et qui s'engouffre, qui ne dissipe pas le nuage noir, je le sens là, une masse au creux de mon ventre. Je suis philosophe, je suis psychanalyste, mais ma mémoire est dans cet état-là.

J'y suis allée à reculons, je n'avais pas envie de la voir. Il faisait presque nuit, je n'avais qu'une envie, rester chez moi, avec Alain, les enfants, allumer la télé, boire une tisane, peut-être lire un peu. Je n'avais pas envie de parler politique, ou de revenir sur nos récents différends. Mais j'avais décidé d'y aller, j'avais dit oui au téléphone, encombrée, récalcitrante, mais j'avais dit oui. Alain, ça l'avait agacé, il n'est pas du genre à se forcer, moi si, en permanence. Et son agacement m'avait donné envie d'être brutale, de lui répondre que je n'allais quand même pas passer toute ma vie – j'avais pensé ma « putain » de vie – à m'asseoir sur ce canapé avec lui, en regardant le feu ou les revues de décoration, que je n'avais pas fait tout ce chemin pour rester cloîtrée dans mon pavillon de banlieue sous prétexte qu'on y était bien, que c'était notre nid ! Sauf que c'était vraiment, honnêtement, ce que je voulais, me nicher, me tenir au chaud contre les miens, renoncer à ce trajet jusqu'à Paris, dans la nuit, le froid, tout ça au nom d'une amitié qui ne m'apportait plus que frictions et désaccords.

Quand je suis arrivée, elle buvait déjà et, étrangement, on aurait dit aussi qu'elle parlait déjà. Elle m'a à peine dit bonjour, m'a tout juste laissé le temps d'enlever ma veste, de me caler sur la banquette.

— Je me suis jetée dans le sexe pour ne pas entendre la guerre approcher. Le truc de la pulsion de vie, baiser pour se sentir vivant, c'est peut-être ça, ce qu'on dit souvent. Et j'ai couché avec beaucoup d'hommes, Virginie, soir après soir. Chaque fois, je suis émue. Je suis émue quand un sexe d'homme me pénètre la première fois tandis que quelques secondes avant nous étions des étrangers, et tout d'un coup il est en moi, tout à coup je sens son odeur dans ma bouche, il coule dans mon ventre, son haleine se confond avec la mienne. Chaque fois, je me dis que c'est cela l'intimité, cette première pénétration, ou alors lorsque ses doigts caressent mon sexe, se mouillent dedans, qu'ensuite il les porte à sa bouche. Je me dis oui c'est ça l'intimité, il n'y en a pas d'autre, c'est là qu'on se rencontre, c'est là qu'on ne se ment plus, c'est ça qui va me sauver. Le lendemain matin, je me rends bien compte que c'est faux. Le désir n'a rien à voir avec l'intimité, toutes les femmes se trompent, s'abusent et souffrent de cette confusion. Le temps passe pour les hommes. Pour les femmes, non. Elles, elles restent souvent là, à l'endroit et au moment où on les a caressées, où on leur a murmuré des mots, où elles ont senti l'odeur du sexe monter depuis le bas du lit jusqu'à leurs narines, elles restent et elles attendent que ça recommence, que ça revienne, mais ça ne recommence jamais de la même manière, ça se décale un coup vers la gauche, un coup vers la droite, ça se dérègle, ça épouse un désir qui a changé d'inclinaison, qui regarde déjà ailleurs. Les femmes restent. Les femmes se plantent toujours là. Et c'est dans ce temps bloqué qu'elles se protègent, qu'elles n'entendent plus ni les coups de canon ni les menaces. C'est une enveloppe supplémentaire de temps, comme une seconde peau, qui s'épaissit de leurs rêveries, de fantasmes, de tout ce qui a eu lieu, de tout ce qui aurait pu avoir lieu, des mille espoirs fugaces qui traversent leur journée ; là où elles marinent longtemps après que les hommes sont partis, envolés vers d'autres affaires. Mais les femmes restent, appesanties, parfois accablées : quand serai-je enfin guérie, quand retrouverai-je le simple plaisir de vivre, le goût domestique, l'odeur agréable des choses qui m'appartiennent en propre et qui ne m'échappent pas ? Et pendant ce temps-là elles n'entendent pas, elles oublient que l'histoire continue de fourbir ses menaces et de battre comme le cœur d'un monstre tapi qui s'apprête à bondir. Il n'y a que dans le sexe, Virginie, qu'on se protège de l'histoire. Garçon, la même chose !

Je sursaute. Je ne l'ai jamais vue comme ça. Je vais de bribe en bribe dans le flot de ses paroles, ce n'est pas désagréable, juste déroutant, je ne sais pas depuis combien de temps elle boit, elle parle comme elle boit. Elle me dit qu'elle adore dire cette phrase « la même chose ! », qu'elle se croit dans un film de Sautet avec les amis de toujours, une bande choisie qui n'est pas la famille. En l'occurrence, ça me flatte puisque c'est moi, la bande choisie ce soir. Nous buvons des bières blanches. La tête me tourne et je bois très doucement, pas elle, ses gorgées sont longues, goulues, je vois le liquide bomber chaque fois sa gorge, comme la gorge d'un homme.

— J'aime tellement dire ça, « la même chose ! », c'est le désir qui s'exprime avec fougue et qui n'a pas besoin d'être précisé, le garçon sait d'emblée ce que nous voulons, il y a une antériorité, un savoir indubitable, impossible de se tromper. Le garçon ne peut nous apporter que ce qu'il sait déjà de nous et ce qu'il sait, c'est exactement ce que nous voulons. C'est idéal, tous les désirs devraient pouvoir s'énoncer et s'entendre aussi clairement, dit-elle, alors qu'on passe notre temps à chercher ses mots, à trouver ceux des autres, à risquer le malentendu.

Pendant qu'elle parle, elle regarde sans cesse le miroir derrière moi, les gens qui entrent, les visages des hommes surtout, leurs silhouettes entre les tables. Parfois, je me déplace légèrement pour couvrir les reflets dans la glace, pour que son regard ne m'enjambe pas entièrement, qu'il reste fixé sur mes lèvres, mes yeux à moi, mais je n'y arrive pas plus de quelques secondes. Nous avons de la chance, nous n'avons pas connu la guerre, c'est la seule phrase que je glisse. Elle me répond très calmement que je m'appelle Virginie Tessier et que je ne suis pas juive. Elle me dit ça sans émotion, comme elle demanderait l'heure ou des allumettes en reprenant une gorgée de bière. Et là, je ne peux rien répliquer. C'est peut-être l'alcool, je bois si peu, qui me rejette dans le silence, je ne suis pas vraiment gênée, mes yeux ne se sont même pas baissés. Anne est mon amie pour toujours, je l'aime, sans elle je ne suis pas ce que je suis, je ne lui souhaite aucun mal.

— La même chose !

C'est la troisième ou la quatrième tournée. Chaque fois, le garçon lui sourit et revient avec des verres bien pleins sur le plateau. Il les dépose doucement devant nous puis glisse un nouveau ticket sous le cendrier. Peu à peu, je comprends que par-delà l'ivresse dans laquelle Anne s'enfonce, c'est un continuum de temps qui s'écoule avec le flot des bières. Il n'y a aucune différence entre le temps extérieur et celui dans lequel nous nous retrouvons. Elle a réussi à m'y installer. Nous sommes dans un temps sans fêlure ni décalage, nous brassons le temps.

Nous nous sommes quittées tard. Elle a voulu payer toutes les consommations. Je n'ai pas protesté, je n'aurais pas pu, de même que je n'avais rien pu glisser entre ses paroles, je ne pouvais rien mettre de moi sur la table. Sur le trottoir, devant la brasserie, nous sommes restées longtemps sans pouvoir nous séparer. Anne devait craindre le retour chez elle, le froid qui allait lui reprendre son ivresse, la remettre en chemin, son appartement vide, Tom était chez son père. Elle ne l'exprimait pas mais je le voyais à la manière qu'elle avait de river son regard au mien, de ne pas vouloir tourner la tête, chercher un taxi. Je n'osais pas bouger, faire le premier pas pour m'éloigner. J'avais peur qu'au premier mouvement elle tombe. Je pensais pourtant à la demi-heure de route que j'avais à faire, seule au volant dans la nuit, je n'ai jamais aimé ça, mais je ravalais ma peur. Je me persuadais que ce serait agréable de filer sur l'autoroute en écoutant Mozart, de rentrer dans la maison endormie, avec rien d'autre à faire que de me déshabiller doucement, en décomposant chaque geste, portée par ma petite ivresse de l'année. Je pourrais rester devant ma glace à contempler mon visage sans qu'Alain me demande ce que j'étais en train de faire, pourquoi j'étais si longue à venir me coucher. Je pourrais regarder mes rides, presser mes doigts sur mes pommettes pour tirer la peau vers le haut, cacher le grain de beauté, la cicatrice, faire coïncider les deux photos. Et je resterais si longtemps devant la glace que je m'endormirais sur mon reflet, pas sur mon visage, sur la peau claire et tendue de mes vingt ans, nos bouches magnifiques et vociférantes. Elle me donnait encore ça, Anne, même dans la peur, même dans la nuit, sur l'autoroute, ce temps volé aux autres, elle avait toujours eu le pouvoir de me donner ça.

Quand je suis remontée dans ma voiture, je l'ai regardée s'éloigner sur le boulevard. Elle ne cherchait pas de taxi, elle marchait en titubant imperceptiblement. J'ai allumé le contact, l'autoradio, et j'ai attaché ma ceinture. Je me suis sentie bien, comme dans un lit, blottie contre mon mari. Tandis qu'Anne titubait dans l'obscurité, moi, j'étais déjà à l'abri et je rentrais chez moi.

La nuit est douce, c'est Paris la nuit, je vais rentrer à pied, je n'ai pas peur malgré la bière, ce côté roseau cassant que je dois avoir en marchant. Elle a bien dû le voir, Virginie, que mes jambes ployaient un peu plus que d'habitude. Ça me donne un petit air décadent toute cette bière, je suis à Berlin ou à Vienne, dans les années 30, les monstres frappent à nos portes et cassent nos vitrines mais nous continuons à profiter de la vie. Nous sommes des juifs nantis, nous avons de beaux cercles d'amis, juifs et non juifs, et l'Aufklärung nous protège, elle veille sur nous comme une madone. Ce sont les derniers mois, nous en avons une conviction intime mais nous ne voulons pas le savoir, nous ne nous le disons pas, sinon c'est la prostration. Je me demande combien de temps doit passer – est-ce seulement du temps ? – pour que les menaces s'infiltrent dans une vie quotidienne. Cette durée, un climat, une ambiance, une idéologie qui est en train de se constituer, de se ramasser pour se solidifier, et les incidents de la vie courante, familiale, domestique, c'est la matière même de l'histoire, sa chair marbrée, illisible sur le moment. Je marche dans Paris la nuit et, étrangement, c'est dans cette matière-là qu'il me semble avancer, j'y entre comme dans une mer chaude qui m'enveloppe, trouble ma vision, me cache certaines menaces pour me laisser profiter de ces plaisirs décadents, les seuls qui restent quand la fin s'approche, des plaisirs qui ressemblent au visage de Liza Minelli dans *Cabaret*, rayonnant sous le mascara qui coule. Dans les années 30, les riches se croient protégés, mais peu à peu les grands intellectuels sont aussi mal traités que les pauvres des pogromes. Ils quittent l'Allemagne, ils désertent l'Autriche.

Certains juifs français ont peut-être déjà fait un autre calcul. Le père d'Emmanuel, par exemple, a fait paraître une libre opinion dans *Le Monde*. Un long texte qui dénonçait les exactions de l'armée israélienne dans les territoires, les fondements du sionisme, l'esprit nationaliste. Un texte émouvant qui s'achevait sur sa honte grandissante à l'égard d'un pays qui perd son âme – si tant est qu'il en ait eu une, ajoutait-il, puisque c'est une âme volée – et d'une communauté qui perd la raison. C'était signé Serge Teper, celui qui m'appelait Annette, qui nous aidait à rédiger nos tracts, dispensait ses conseils de vétéran au beau milieu de la cuisine, sous les yeux de son fils qui le regardait comme la statue du commandeur… Eh bien, non, son article ne m'a pas agacée, au contraire. Je me suis dit c'est un lâcheur, c'est tout. Il est en train de se placer pour ne pas perdre son renom, son travail, que sa famille n'ait pas d'ennuis et qu'on ne lui enlève personne. Je ne dois plus condamner cet antisionisme, je ne dois plus rien dire contre ça, juste penser que ces malheureux sont, comme les autres, prêts à tout pour sauver leurs enfants. 1933-1939 : cette distance m'obsède, six années qui transforment les incidents particuliers en système implacable. Alors, dès qu'une mauvaise nouvelle tombe, trois questions se présentent : quand est-ce que Tom sera touché ? Quand est-ce qu'on viendra chez moi ? Quand serai-je sur les listes ?

J'ai parlé plus que Virginie. L'alcool m'a permis d'éviter tous les sujets qui fâchent et, finalement, c'était mieux ainsi. Régulièrement, j'aime croire que c'est moi qui les fabrique, qui cherche la petite bête, qu'il y a trop de bonté en Virginie pour que s'y loge la moindre malveillance. Voilà que je me mets à parler comme une grand-mère, cette idée de bonté, ce langage moral alors que je sais bien que l'être humain ne s'approche pas ainsi, que c'est mon métier de l'approcher autrement. Je change de langage, je sombre dans la pensée binaire, je donne tout pour un peu de manichéisme. Quelqu'un doit venir me sauver, je dois laisser quelqu'un me sauver. Emmanuel n'est pas là, alors ce sera Virginie. Sa vie tranquille, ses enfants bien élevés, sa maison tenue, je ferai tout pour qu'elle me sauve, je calerai mon regard sur le sien, je retrouverai cette sensation de confort et de répit qu'elle me donnait autrefois, qu'elle était la seule à me donner en me laissant penser que le monde ne tonnait pas à ma porte, que l'ambition pouvait se tenir coite. Ses parents n'étaient pas ambitieux, les miens si, j'aimais ce confort acquis, protégé, reconduit, cette absence totale de risque, ne jamais parier, ne jamais doubler la mise. Tenons ce que nous avons. Qui sommes-nous pour vouloir davantage ? Nous sommes ce que nous tenons, il n'y a pas de mal à ça.

Le lendemain au réveil, je n'ai que cette phrase en tête : caler mon regard sur le sien. Sur ma table de chevet, attend depuis des jours un journal. Dans ce journal, il y a un texte de Godard, que je repousse sans cesse. J'ai peur de ne pas savoir le lire. Caler mon regard sur le sien. Elle ou moi, ce doit être pareil à ce moment-là. C'est un exercice, une lente rééducation.

Elle doit être sur son joli canapé tabac, devant sa grande bibliothèque, Alain quelque part en train de jardiner, les enfants dans leur chambre à faire leurs devoirs. Et elle, elle lit les paroles de l'idole qui se dit clairement « palestinien de cœur », comme ça, d'entrée de jeu, c'est le titre de l'article, c'est une formule. Il raconte la souffrance palestinienne, ceux qui sont tombés à la mer au moment de la guerre de 1948, ce ne sont pas les juifs qu'on a jetés à la mer, non, ce sont les Palestiniens. Virginie est surprise mais elle est certaine que celui-là au moins n'est pas dans la haine, que moi aussi je pourrais l'entendre. Et je l'entends. Caler mon regard sur le sien. Elle se dit aussi qu'avec son âge et son talent, il ne peut pas s'égarer. Elle doit prier pour que je tombe sur cet article, pour qu'elle n'ait pas besoin de me le signaler. Et, par le miracle de nos affinités, je suis en train de le lire.

Assise dans un fauteuil, près de la fenêtre, un rayon de soleil me caresse la nuque, je pense que le monde pourrait retrouver une sorte de paix, que les passions retomberont, que je n'aurai plus peur. Je ferme les yeux un instant pour goûter la chaleur, le plaisir de ce moment-là. Je vais même appeler Virginie pour lui proposer qu'on se revoie bientôt, qu'on repasse une soirée toutes les deux, c'était si agréable hier. Je quitte enfin l'ornière, le froid recule. Vincent téléphone au même moment, il veut qu'on parle des prochaines vacances de Tom, je lui propose de venir dîner un soir de la semaine, il ne le dit pas mais mon amabilité le surprend, il doit penser que j'ai enfin rencontré un homme avec qui ça dure, que toute cette agressivité, ce devait être ma solitude ; je l'entends tellement penser ça que je vais même démentir, lui dire que ce n'est pas ça du tout, que j'ai juste passé un moment de lecture qui me réconcilie avec le reste du monde, et qu'en plus j'ai senti cette chaleur sur ma nuque. Mais je ne démens pas. Cette tricherie même est impromptue, les manigances du désir et du sentiment, un jeu auquel je ne joue plus depuis des mois.

Je raccroche, je reviens m'asseoir, je reprends le magazine. J'essaie de me remettre exactement dans les pas de Virginie, caler mon regard sur le sien puisque rien ne l'entrave ; dans son élan, rien ne le protège non plus ; rien en lui ne va tirer le fil de la peur. À n'importe quel moment, il peut virer, lâcher ce à quoi il tenait, ce à quoi il croyait la minute d'avant. Rien ne le leste, rien ne le raccroche à l'histoire, au souvenir, à la prémonition. Dans son regard, tout ça, ce sont des propos de manuels de terminale. Dans son regard qu'un mouvement dans le jardin a peut-être détourné quelques secondes, la silhouette de son mari devant les rosiers, celle d'un enfant qui court.

Enculé de sa race !

C'est moi qui viens de hurler cette injure, je ne dis jamais des mots pareils. C'est ma voix dans le silence de l'appartement vide, malgré le soleil qui inonde toute la pièce à présent. Soudain mes efforts ne servent à rien, soudain j'éructe au beau milieu de ma lecture posée, de ma tentative de conciliation. Je suis sortie du sillage. Je lis, je relis, soudain je me dis que tout est faussé, qu'il ne respecte aucune équité, qu'il est dans la partialité la plus crasse et qu'il s'en fout, parce qu'il est Jean-Luc Godard, un intellectuel de gauche au-dessus des autres, qu'ils sont tous palestiniens de cœur désormais et que ce n'est même plus un débat, c'est une religion. Il dit palestinien de cœur et moi, je redis enculé de sa race. J'ai dormi sous le soleil des Lumières et désormais je peux balayer toute une œuvre dans un instant de défiance. Entre Deleuze et Foucault, par exemple, je choisis vite. C'est une folie, une tempête qui arrache tout sur son passage et vous laisse aux portes du désert, là où il n'y a plus rien, ni dialectique ni relativité historique. Qu'est-ce qui chez les penseurs reste aux côtés des Palestiniens qui ne veut plus être aux côtés des juifs ? Ce n'est pas une question de philosophie, c'est une souffrance intime. C'est une initiation à la colère de laquelle on ne se remet pas. Une fois lancé, on ne revient jamais à aucune espèce de tempérance, on va de plus en plus loin, comment caler mon regard sur le sien... Enculée de ta race, Virginie ! Tu ne m'as jamais entendue parler comme ça. Ce n'est pas notre registre. Mon journal est par terre, déchiré, inondé de soleil. Le tien, tu l'as calmement reposé sur la table basse du salon, tu as rejoint Alain dans le jardin, tu lui as parlé de ce livre de Godard, l'article que tu viens de lire t'a vraiment donné envie d'en savoir plus. Il t'a suggéré d'aller l'acheter dans l'après-midi même.

Février 2003

Pour une fois, je n'aurai à appeler personne, ni Anne ni mes collègues. C'est décidé, nous y allons avec Alain et les enfants. Ils ne sont pas ravis, mais je leur ai longuement expliqué de quoi il s'agissait, comment cette guerre ne concernait pas que l'Irak mais le monde entier, même Alain s'y est mis. Pour les causes nationales il ne se déplace pas, mais là, il dit que ça en vaut franchement la peine. Les radios ne parlent que de ça, tout le pays se mobilise, on attend des milliers de gens dans toutes les grandes villes, c'est une ébullition. C'est bien la première fois que j'emmène mes enfants manifester, je suis un peu troublée. J'ai l'impression d'écarter un rideau, de les inviter à regarder un pan de ma vie qu'ils ne connaissent pas, un visage de moi qui n'est pas maternel. Je me dis même qu'à leurs yeux je suis trop vieille pour aller manifester, qu'ils vont le voir, que ça va les choquer, qu'ils auront peut-être honte de marcher à mes côtés. Je n'aimais pas croiser des gens de l'âge de mes parents autrefois, je trouvais ça incestueux, ridicule, comme si, pour des quinquagénaires, descendre dans la rue, c'était tout de suite exhiber son démon de midi, une envie de jeunesse à l'état brut. Oui, ça avait bien quelque chose de ça. Pour Anne comme pour moi, les manifs, c'était une manière de quitter la maison, d'occuper un autre territoire où, de toute façon, ni mes parents ni les siens ne nous auraient jamais rejointes. Parfois ceux d'Emmanuel étaient là, mais eux, c'était normal, c'étaient des intellectuels, des militants, ils avaient même un temps pris leur carte au PC.

Devant mes enfants, je ne vais ni crier ni tempêter, je vais rester calme, je les prendrai par la main, comme pour aller à l'école ou faire des courses, nous parlerons de ce que nous verrons autour de nous, mais peut-être aussi d'autre chose, je ne dois rien dramatiser.

Le cortège est bouillonnant. Il y a des sirènes, des haut-parleurs qui déversent des slogans mais aussi beaucoup de musique orientale, du raï, du rap. Alain est stoïque au milieu de la foule, cette perspective de guerre le révolte, donc il ne se plaint pas. Il est totalement remonté contre les Américains, je ne l'ai jamais vu comme ça, j'essaie de le raisonner, de lui dire qu'ils ne sont pas tous pour la guerre, que c'est dangereux de faire des généralités, mais il s'en fiche, il est en colère, il y a de quoi. Je sais pourtant que, d'ici peu, il me dira qu'il veut rentrer, que moi, j'aurai envie d'aller au bout du parcours mais que je céderai, les enfants aussi seront fatigués. L'ambiance est débonnaire, beaucoup de gens ont fait comme nous, ils sont venus en famille, il y a des poussettes, des gamins partout, avec des glaces, des sucettes. Les enfants, ça fait partie de cette contestation après tout, on refuse cette guerre parce que ce sont les enfants qui trinqueront, à commencer par ceux d'Irak, mais pas seulement, le monde entier va payer pour cette violence. C'est beau à voir tant d'unanimité, c'est grisant, toute cette foule dans le même bateau, les jeunes, les vieux, les bons Français, les Beurs, il doit même y avoir des gens d'extrême droite. On ne peut pas résister à des élans pareils. C'est là qu'un pays se retrouve, reconstitue ses forces, d'autant qu'un peu partout en Europe, c'est la même chose. En Italie, en Espagne, en Angleterre, quels que soient les partis au pouvoir, l'Europe entière veut la paix. Quelques voix dissidentes s'élèvent, des intellectuels. Je ne comprends pas, ça me dépasse, je ne peux tout simplement pas concevoir comment on peut vouloir une guerre, quelle que soit la cause, quel que soit l'ennemi.

Mon bonheur serait complet si, devant ou derrière moi, je reconnaissais les silhouettes d'Anne et d'Emmanuel. Je leur sauterais au cou, ensuite nous irions dîner tous ensemble au restaurant. Mais d'Emmanuel, je n'ai plus de nouvelles depuis longtemps. Quant à Anne, je ne sais pas quoi penser. Dans les longues amitiés, il y a parfois des blancs, nous sommes dans un blanc. C'est un blanc qui n'entame rien mais qui ne crée pas vraiment de manque non plus. Un blanc qui se contente de geler les sentiments, un blanc de givre.

Nous marchons depuis deux heures. Antoine pose des questions sur les slogans, les banderoles, Alain y répond, il aurait fait un bon professeur. Je tiens Laura par la main, je lui dis de ne pas me lâcher, puis, en approchant de la Bastille, Alain me dit qu'on peut s'arrêter là, que ça suffit, les enfants en ont plein les bottes. C'est exactement ce que j'avais prévu. Je proteste doucement, on pourrait s'asseoir sur un banc, attendre que tout le monde arrive, mais justement, la perspective de cette foule statique et massée, c'est ce qu'il redoute le plus. Je n'insiste pas. Nous repartons dans l'autre sens, vers la voiture qu'on a pris la précaution de garer dans une petite rue, loin du trajet.

En remontant le boulevard Richard-Lenoir, je pense déjà au repas du soir, je n'ai aucune envie de faire la cuisine, nous irons manger dehors et puis, brusquement, mes yeux s'accrochent, tels deux insectes, deux mouches collées. D'habitude, c'est dans les films, les livres, les photos qu'on voit ça. D'habitude, ce n'est pas devant mes yeux. Comme ça, au milieu d'une manifestation pacifiste et bon enfant. C'est écrit en bleu, un marqueur qui a bavé. Je n'arrive pas à voir qui brandit la banderole, je penche la tête, je me retourne mais un groupe de jeunes s'agite devant, me bouscule, je sens la main de Laura qui glisse, mes yeux sont toujours accrochés à la banderole, je fais un tour complet sur moi-même, la banderole n'a pas bougé et je ne vois plus ma fille. J'appelle Alain, je contourne le petit groupe, par la gauche, par la droite, il ne m'entend pas, je crie, j'ai l'impression de ne plus avancer, je n'avance plus. Je cherche partout les couettes aux élastiques bleus, j'avise plusieurs fillettes qui ne sont pas Laura, Alain a enfin compris. Il me jette Antoine dans les bras et disparaît à son tour. Je ne veux pas d'Antoine, je veux Laura. Antoine est grand, il connaît mon numéro de portable, il peut se débrouiller mais Laura ne peut pas, Laura n'a que six ans. Laura est un bébé, Laura est mon bébé, ma petite fille que je viens de perdre à cause d'une banderole, à cause de l'effroi que j'ai eu devant cette banderole, de cette compassion que j'ai toujours pour les juifs, de cette sale manie qu'on a d'appeler à leur mort, d'une manie plus sale encore que j'ai de me révolter contre ça. Je viens de perdre ma fille dans la foule à cause d'eux, quand ils sont là le malheur n'est jamais loin, ma mère me l'a toujours dit. Je ne vois plus rien, je suis paralysée, je vais mourir. Soudain Alain se plante devant moi, Laura est là. Je me précipite sur elle, je la serre fort, si fort que je vais la briser, je pleure sur son épaule, je la soulève et je l'emporte.

Quand nous arrivons près de la voiture, mes tremblements se calment à peine. Je vais d'une image à l'autre, la banderole, ma petite fille perdue dans la marée du boulevard. Comment ai-je fait pour me retrouver au milieu d'un cortège où on crie mort aux juifs ? Comment ai-je fait pour lâcher la main de ma fille ? Je m'en veux, je leur en veux, je ne sais plus à qui j'en veux.

Nous rentrons directement. J'écoute les messages du répondeur, Anne en a laissé un à 15 h 40, elle demande des nouvelles, rien de spécial. Comment a-t-elle pu imaginer que nous serions là alors que toute la France partait manifester ? Elle n'a pas dû y aller. Mais elle n'a pas pu ignorer que nous, nous irions. Peut-être a-t-elle voulu vérifier. J'ai aussitôt revu la banderole en songeant c'est bien fait. Elle n'avait qu'à être là, qu'à dire, elle aussi, qu'elle est contre cette guerre, que dans un cas pareil, juif ou pas juif, on ne peut pas rester chez soi à passer des coups de fil. J'efface aussitôt son message.

Tout le week-end, j'ai revu la banderole danser devant mes yeux, en préparant les repas, en rangeant la maison, en écoutant Laura qui répétait son piano, je lui ai même demandé de jouer du Ravel, d'habitude, je ne m'en mêle pas, je laisse ça à Alain qui m'a dit, tu es folle, Ravel, c'est trop difficile pour elle. Je m'en fichais, il n'avait qu'à trouver quelque chose de simple, alors il l'a prise sur ses genoux et ils ont joué ensemble. J'ai feuilleté des livres de Primo Levi, d'Albert Cohen, de Perec. Je me barricadais derrière tous mes auteurs juifs, en pensant j'aime cette culture, cette tragédie, plus que cette culture, j'aime cette tragédie, la littérature y a tellement gagné, quelle richesse, cette barbarie, ces enfants assassinés, c'est sûr ça nourrit l'écriture, c'est de l'or en barre. Ce n'était pas du cynisme, plutôt une lucidité sans complaisance que m'imposait la banderole : enfin, je pouvais me dire sans fard que les juifs, c'était ça. Je ne faisais plus la distinction entre la culture et la tragédie. Alain s'est même étonné de me voir prendre un livre de Zweig, moi qui clame toujours que je n'aime pas Zweig, que c'est de la littérature pour dames, j'ai dit que c'était pour le lycée, que peut-être, avec l'âge, j'allais mieux l'apprécier. Je me répétais, leur souffrance vient de là, c'est à cause de cette banderole que certains se sont suicidés, mais je ne pouvais pas parler. Impossible d'en dire un mot à mes enfants, moi qui n'en rate généralement pas une sur le devoir de mémoire. Cette fois, je ne pouvais pas, cette fois, j'étais là, dans le même cortège, je défilais contre la même chose. C'était la première fois que je traînais mes enfants à une manifestation et cette manifestation criait que les juifs devaient mourir.

Le lundi matin, dans la salle des profs, ils ne parlaient que de ça. Le nombre de participants, un record, une victoire, une leçon pour l'Amérique, Bush n'avait qu'à bien se tenir ! Tout le monde se réjouissait, la guerre n'aurait peut-être pas lieu. Françoise a mentionné le problème de certains dérapages antisémites. Tu parles ! C'est de la propagande sioniste ! Le Bétar est derrière tout ça ! Moi, je les connais ces types, de vrais fachos ! a dit Jean-Paul, qui les a vus, ces slogans, à part eux ? Françoise a dit qu'elle n'avait rien vu. J'ai attendu un peu puis j'ai ajouté : Moi, je les ai vus... enfin... j'ai vu une banderole. J'ai dit ça sèchement. Jean-Paul a rétorqué que dans toutes les manifs il y avait des tordus, qu'on n'y pouvait rien, qu'est-ce que ça pouvait faire une banderole au milieu de 150 000 personnes ? C'était donc ça pour lui, un nœud marginal dans l'unanime ruban de la contestation pacifiste. Et moi qui avais failli en perdre ma fille… J'ai repensé à l'instant précis où la main de Laura a lâché la mienne, ma paume serrée sur du vent ; je me suis revue hagarde dans les clameurs de joie. L'idée d'avoir à payer pour y être allée sans Anne m'a effleurée une seconde. Tout mon corps s'est raidi contre ce tribut.

Le regard de Jean-Paul était clair, assuré, il continuait à boire son café sans se troubler. Il était mieux placé que moi pour savoir, il militait depuis des lustres, toujours au courant de l'actualité, toujours sur la brèche. Il ne pouvait pas ne pas voir le mal si le mal y était. Je m'en voulais de lui avoir répondu brusquement, car dans ma réponse il y avait du soupçon, une minuscule volonté d'en découdre. J'ai repensé au message qu'Anne avait laissé sur le répondeur, je l'ai trouvée encore plus lâche. Cette lâcheté aussi, c'était une torsion qui se dénouerait. Ensuite je suis allée vers la machine à café, mais je n'avais pas assez de monnaie. J'ai fouillé dans mon sac, mes poches. Jean-Paul a gentiment proposé de m'offrir mon café mais je ne sais pas pourquoi, encore sèchement, j'ai dit non, je vais aller faire un tour, j'ai besoin de marcher un peu. Et je suis partie vers le centre-ville.

Il pleuvait mais ça m'était égal, je n'avais pas cours avant midi. L'averse me laverait de ces pancartes. J'ai repensé à la gentillesse de Jean-

Paul, toujours aimable, serviable, à tout ce qu'il avait fait pour m'aider quand j'avais débarqué au lycée, à sa passion pour Kafka, c'était un type bien. Quand je suis entrée dans le café, je suis allée directement au comptoir, ce qui ne m'arrive jamais. J'ai commandé un express et je l'ai bu cul sec, comme un cognac. À ma droite, il y avait un type qui lisait le journal. De temps en temps, il relevait la tête vers moi mais je ne savais pas s'il me regardait ou s'il était perdu dans ses pensées.

Tu sais que je ne suis pas allée à la manifestation contre la guerre en Irak, tu ne m'as pas appelée car tu en as eu l'intime conviction. Tu penses que c'est contradictoire, que lorsqu'on a si peur de la guerre, on se bat contre, mais ce que je vois derrière cette guerre, qu'elle ait lieu ou pas, toi, tu ne peux pas le voir. Tu ne vois pas dans les yeux de tous ces gens qui ont défilé avec toi qu'ils me détestent, que c'est au-delà de la raison, une haine qui ne réclame ni paix ni négociation, juste une extinction, une éradication, ça devient comme un corps malade dont on a identifié le germe responsable ; les Arabes ont identifié les Juifs, ils ne peuvent plus vouloir que leur destruction, tu penses que j'exagère mais ces bandes de jeunes, c'est comme les hordes de jeunes nazis qui défilent dans Vienne ou Berlin, tout sourires, si vaillants, si semblables à ce qu'ils étaient quelques mois auparavant, lorsqu'ils s'asseyaient encore à côté des juifs sur les bancs de l'école. Comment aurais-je pu vouloir la même chose qu'eux, m'en prendre aux mêmes responsables, puisque tout est biaisé ? Donc à la place, Virginie, je me suis fait baiser.

•

C'est elle qui m'a rappelée au bout de quelques jours. Elle m'a parlé en baissant la tête et les yeux comme un animal venu se faire battre et se faire pardonner. Même au téléphone, je pouvais le voir. Elle n'avait plus ce ton de voix si fier, si sûr, elle venait se faire battre. Et j'en ai profité. Je lui ai dit ce que j'avais sur le cœur, qu'elle était issue d'une famille libérale, une famille de droite, qu'après ses détours de jeunesse, elle y revenait, que c'était naturel, dans l'ordre des choses, qu'elle devenait comme son cousin. Que toutes ces manifestations qu'elle boycottait avaient eu des motifs bien distincts mais que toutes, elles étaient populaires, et que c'était ça qu'elle avait perdu, le sens du peuple. Que, comme tous les gens de droite, elle se plaçait du côté du pouvoir et non du peuple. La preuve, son vote aux dernières élections. Elle n'a pas protesté, elle a juste dit que j'étais à côté, qu'on ne se comprenait plus parce que je n'avais accès qu'à l'écume des choses et qu'elle, elle était tout en bas, près de la racine. J'ai failli lui raccrocher au nez mais je me suis retenue. À cause de sa voix trop blanche, lâchée au-dessus des mots. Subitement, j'ai eu envie qu'Emmanuel soit là avec moi pour qu'on la porte, qu'on la calme, qu'on la fasse revenir parmi nous.

Son sermon ne m'a pas surprise. Depuis quelque temps, nous quittons notre registre. Jusqu'à cette soirée à la brasserie, je n'avais jamais parlé de sexe avec elle. Quand nous nous sommes rencontrées, j'étais anorexique, ça ne se voyait pas, mais je ne mangeais rien, je sautais des repas, je mentais, parfois, je me faisais vomir. Je ne croyais qu'à la pensée, je ne voulais tenir dans le monde que par ça. Que mon corps soit comme un cristal, dense et mince, pour qu'on voie l'esprit au travers, qu'il ne m'entrave jamais, que moi aussi je voie à travers. J'ai gardé ce goût terrible pour la maigreur, je ne m'en débarrasserai plus. J'ai cette idée folle qu'on ne peut être dans la sexualité qu'en maigrissant, qu'en comptant sur cette combustion qui, à bas bruit, signale que l'énergie est là, que la pulsion travaille le corps comme un acide.

Elle était là devant moi, douce et attentive, je la violentais. Je lui parlais des hommes avec qui je couchais. J'ai bien vu dans ses yeux qu'en m'écoutant elle masquait quelque chose. Son écoute était pourtant aiguë, tendue, mais elle devait d'abord faire avec sa répulsion, la tenir derrière, discrète, invisible ; et je voyais sur son visage comme un brouillage de traits, un voile de confusion, excuse-moi, je t'écoute, non, je ne pensais pas à autre chose, j'ai juste un peu mal à la tête, ou bien, j'ai une rage de dents, ça me lance quelquefois ; je voyais, mais ça me réjouissait, le léger scandale intérieur que mes mots soulevaient. Petite Virginie, j'ai vu que mes mots te choquaient, que mon corps t'effarouchait, qu'il était envahissant, amaigri mais de plus en plus envahissant, qu'il provoquait le tien, que tes épaules graciles se raidissaient, tu te tenais encore plus droite, comme pour te retenir, t'accrocher à cette tenue que, moi, je n'avais plus devant toi.

Avant, je ne parlais pas de sexe avec mes amis, juste en analyse et encore, difficilement, c'étaient des peaux qu'on m'arrachait. Je pensais qu'on en parlait par compensation, par défaut. C'est une idée commune, tout dépend de la manière qu'on a d'en parler. Désormais, j'ai très souvent envie d'en parler, d'en mettre partout comme un assaisonnement et ce n'est pas faute que ça se passe, plus ça se passe et plus j'en parle, plus j'en parle et plus ça se passe, ça va dans les deux sens, disons que ça me traverse, comme l'air que je respire. Avec toi moins qu'avec personne je n'en aurais parlé, c'eût été presque incestueux, je ne sais pas. Mais c'est fini, j'ai admis ça en moi, j'ai admis ça de moi, j'ai regardé ce visage-là, j'ai accepté qu'il ne ressemble ni à celui de ma mère ni à celui des autres femmes autour de moi, j'ai accepté d'être la première. La première qui mettrait sa jouissance en priorité, qui ferait passer son fils derrière, sa réputation, sa tendresse. Je suis devenue une femme dure, endurcie par cette exigence. J'ai accepté d'être la première. J'ai accepté de parler de mes amants, de mon clitoris et de mon vagin, comme on parle de ses jambes ou de ses yeux. J'ai mis du temps, j'ai eu du mal, mais aujourd'hui je les prononce comme n'importe quels mots. J'ai accepté de parler de mon goût pour le sexe des hommes, certaines fellations m'ont rendue folle, du velours dans ma bouche, un miel épais, une volupté que je n'ai jamais éprouvée, ce n'est pas de la jouissance, moi, je ne jouis pas, c'est de la volupté, être dans l'espace de la jouissance, tout autour, dans cette sphère dont on ne veut plus sortir quand on donne du plaisir à quelqu'un qui vous plaît, qu'on est dans cette image de soi, je suis en train de donner du plaisir à quelqu'un, d'arracher tout ce qui est mortel en lui, de le faire accéder un instant à l'illusion du bonheur et de l'éternité, d'avoir été élue pour ça. Le travail est chose facile, mais la volupté, Virginie, ce tremblement de l'air si ténu, deux souffles qui s'éprennent, s'épaulent et caracolent à la même vitesse, c'est si rare, Virginie, il y a tant de vies qui s'écoulent sans avoir connu ça, tant de femmes qui pensent que ça leur arrivera un jour, que c'est comme les enfants, que ça finit toujours par arriver aux femmes, mais qui se trompent et qui ne comprennent pas que ça, justement, il faut aller le chercher, mouiller sa chemise, sa culotte, accepter d'affronter un autre visage de soi, un visage si souvent coupé des autres visages de femmes, un visage buté, solitaire, impopulaire, un visage qu'on porte parfois comme un masque, alors qu'il est le contraire, pour être dans le sexe. Je suis allée le chercher, te dire si je l'ai trouvé, je ne sais pas, mais j'ai accepté que dans ma vie il y ait cette recherche-là. Que veut une femme ? demande Freud, je n'ai pas la réponse, mais je ne veux pas m'arrêter de chercher, sinon je retombe dans la guerre, sinon je l'entends qui s'approche. Même cette question de Freud parfois sonne à mes oreilles comme l'entrée des nazis dans Vienne, tout se mélange. Mais toi, tu t'appelles Virginie Tessier et tu n'es pas juive. Tu n'as besoin de brûler tes ailes au feu de rien ni de personne, tu continueras à voler, même sous les bombes. Cette manifestation, à laquelle une fois encore tu es allée sans moi, peuple la ville, ma ville, d'une manière unanime et claironnante qui m'empêchera peut-être bientôt de marcher dans les rues, le jour ; je ne pourrai plus guère sortir que la nuit, hanter les lieux sans débat, sans opinion, les lieux de plaisir et de vanité. Ainsi vont les noctambules et les fêtards, tous ces rôdeurs qui ont fini de livrer bataille et de courir les manifestations. Mais je ne me fais plus de mouron derrière mes fenêtres, je ne reste plus prostrée, je suis au-delà car l'histoire brûle les étapes – cette banderole, je l'ai vue à la télé – et je dois faire vite. Nous glissons, Virginie, tout le monde glisse et pendant que toi, tu défiles, que tu me sermonnes, Virginie, moi, je baise.

Au début, avec Alain, on a trouvé ça particulièrement incongru, déplacé, presque indécent. On s'est même dit, elle ne fête pas ses quarante ans, ce n'est pas si grave de ne pas y aller, on pourrait passer notre tour ; l'an prochain, on ne pourra pas, mais cette année, on pourrait encore trouver une excuse. Mais je ne m'y résolvais pas, alors nous y sommes allés sans rechigner. On aurait dit deux adolescents, on ne savait pas comment se tenir, quoi faire de nos bras, de nos regards qui tournaient, pour nous maintenir à peu près droits et présents. J'ai mis mon sac sur mes genoux, j'ai eu l'impression d'être une tante de province qui attendait son train ; je l'ai reposé à mes pieds, dans le noir j'ai eu peur qu'on me le vole, je me suis baissée vingt fois pour vérifier qu'il était toujours là et, chaque fois, mes yeux butaient sur mes chaussures. Les semelles portaient encore la trace de la boue qu'il y a dans les allées du lycée, j'aurais dû en changer, je n'ai pas eu le temps, je n'ai pas pensé que dans cet endroit toutes les filles porteraient des talons noirs et effilés, même Anne qui m'avait fait part un jour du plaisir qu'elle avait pris à s'acheter des bottes pointues, à talons aiguilles, un plaisir de femme enfin sûre qu'elle a des hanches et du pouvoir, tu comprends ça, Virginie ? J'avais acquiescé en baissant mes paupières de sœur aînée qui n'a pas besoin qu'on lui explique, qui fait croire qu'elle est déjà passée par toutes les routes et tous les états dont on lui parle.

Mes chaussures devenaient de plus en plus hideuses. J'ai essayé de coincer mes pieds entre le socle de la table basse et le fauteuil, mais comme la table était en verre, on les voyait quand même.

Dans les boîtes de nuit, les gens s'ennuient à peu près tous, boivent des verres et allument des cigarettes inutiles, se regardent en se disant que c'est toujours ça, regarder les autres pour observer la nature humaine de plus près, dans ce qu'elle a de plus primaire, la drague, qu'on a si peu l'occasion de le faire dans la vie courante, qu'au moins, c'est une chance d'être là pour ça, entièrement disponible pour observer son prochain. Il y a d'ailleurs un moment où on passe outre l'ennui, où on l'accepte, il fait partie des murs, c'est tacite, il est juste le temps qu'on va passer ici, un morceau de temps concédé. Étant donné le volume sonore, c'était assez dur de se parler et de s'entendre, alors, avec Alain, on échangeait des regards vides, sans enjeu, puisqu'il n'était question ni d'avouer l'ennui ni encore moins de déclarer l'envie de partir qui nous tenaillait. On ne pouvait pas faire ça à Anne, enfin, moi je ne pouvais pas, surtout pas après ce que je lui avais dit l'autre jour, et Alain ne m'aurait jamais laissée seule dans un endroit pareil.

Elle avait invité une vingtaine de personnes. Hormis ses cousins, tous les autres étaient des inconnus, des confrères, ai-je pensé, des psychanalystes en goguette, c'était vache de ma part, des gens avec lesquels de toute façon elle parlait peu, elle n'avait pas l'air d'être venue pour ça, un bellâtre qui lui tournait autour et qu'elle repoussait régulièrement, en souriant. Elle portait un chemisier noir transparent, très moulant, qui s'ouvrait sur sa gorge un peu maigre mais très bien dessinée, les salières saillantes et douces, la naissance des seins légèrement bombée. Sous les manches, quand les jeux de lumière le permettaient, j'apercevais ses épaules musclées, toutes ces années de natation, il fallait bien que ça se voie, que ça lui forme les biceps, elle, la philosophe, l'intellectuelle, elle avait désormais un corps de sportive, ça m'a fait drôle. Sa force était là désormais, sur ses bras, à la jonction des épaules. Et elle dansait. Sans arrêt, elle dansait, le sourire parallèle à la ligne de ses salières.

Autrefois, ça la prenait comme ça. Nous étions dans sa chambre, chez ses parents, elle mettait un disque de variétés et, tout en discutant des derniers cours, elle se mettait à danser comme une adolescente qui n'aurait fait que ça, qui n'aurait pas eu d'autre aspiration que d'être belle et de s'amuser. Je m'asseyais sur son lit et je la regardais sans jamais la rejoindre. Ça m'aurait fait honte, je ne pouvais pas mélanger l'esprit de sérieux et ce goût pour la futilité. Elle, elle pouvait passer la ligne, revenir, sans rien perdre de sa superbe, de sa tenue, quelque chose la couvrait qui ne me couvrait pas. Allez viens, tu verras, c'est délicieux, lâche-toi, ça dérouille les méninges, puis au fil des mois elle a cessé de me le dire ; elle me laissait m'asseoir, la regarder et se mettait à danser seule, devant moi. Je crois qu'elle y prenait un certain plaisir. Mais ce soir-là, dans la boîte de nuit, Anne ne dansait pas pour moi, à peine si elle m'avait vue, deux minutes au début pour nous accueillir, nous remercier d'être venus et puis plus rien. Ce soir-là, Anne regardait les hommes, les inconnus, les danseurs, les buveurs, ceux qui savent se déplacer un verre à la main, mine de rien, en chassant les filles. Seuls leurs yeux sont tendus, tout en haut, tandis que le corps reste souple, mobile et désinvolte. À un moment, j'ai intercepté un regard entre un grand brun et elle. C'était magnétique, fugace, quelques secondes à peine, mais on n'aurait rien pu glisser entre. Le gars s'est éloigné puis il est revenu danser près d'elle, mais déjà les yeux d'Anne avaient filé sur un autre, un autre brun, plus trapu, puis encore un autre. Une véritable ronde au centre de laquelle elle dansait haute et sûre d'elle, sachant pertinemment que, si elle le décidait, quelqu'un viendrait. Et ils sont tous venus ce soir-là pas à cause de son chemisier transparent, de ses talons ou de ses cheveux lâchés mais de cette énergie qui émanait d'elle et qui irradiait jusqu'aux gens qu'elle ne voyait même pas. J'ai compris en la scrutant qu'elle était dans le sexe, que c'était un état physique, global, comme on est dans l'ivresse, dans la maternité ou dans la boulimie, jusqu'à la démarche qui change, se chaloupe, s'incurve, je ne sais pas, même la sueur n'est plus la même. Le corps s'ouvre, il appelle et va chercher ce qu'il imagine pouvoir l'apaiser quand rien ne peut l'apaiser, sinon Anne serait venue, elle nous aurait rejoints un instant, elle aurait bu un verre avec nous, nous aurait demandé des nouvelles, mais nous étions comme des fantômes autour de sa transe. On ne doit pas pouvoir décider d'arrêter comme ça... La dernière fois, à la brasserie, j'avais remarqué l'espèce de frénésie dans laquelle elle était, cette manière de faire passer le temps avant qu'il ne passe, de devancer tous les moments, d'enchaîner, cette façon de répéter « la même chose ! » pour ne pas laisser choir le désir, être dans cette tension galopante de l'assouvissement ; ça se sentait à son débit, ses regards, aux mouvements de son poignet, de ses bras, elle se touchait sans arrêt, elle palpait la paume de ses mains. Comme une démangeaison, une vérification permanente. Je me suis dit, elle est dans l'alcool, peut-être dans la drogue, mais je me trompais, elle était dans le sexe, l'alcool n'était que sa parade. À un moment, une femme plane au-dessus des autres, de toutes les autres, elle ramasse tous les regards comme une mise, elle gagne, elle rejoue, elle n'a pas peur de perdre et se fiche de la peur qu'elle provoque. C'est l'effet que font les belles et grandes actrices, c'est peut-être même pour ça qu'elles existent, pour absorber ce sexe en suspens, dont personne ne veut, toute cette sexualité diffuse, éparse, celle qui plane sur la tête des hommes et des femmes ordinaires. Ensuite, je crois qu'Alain m'a parlé. Elle a changé ton amie, a-t-il dit froidement. J'aurais préféré qu'il me dise qu'il la trouvait belle, qu'il ne l'avait jamais vue aussi resplendissante ; j'aurais préféré deviner le trouble en lui, entendre qu'il était comme moi, qu'il se sentait certes protégé mais timoré. Je ne lui ai pas répondu, j'ai continué à regarder Anne. Pour finir, un type est resté danser avec elle plus longtemps que les autres, celui qu'elle avait décidé de garder pour la nuit, le beau brun que j'avais repéré en arrivant. Anne s'est rapprochée de lui, son sourire s'est élargi, ses yeux sont devenus plus vagues, comme des fenêtres grandes ouvertes devant lui, il n'avait qu'à se pencher. Il s'est penché et ils ont quitté la piste.

Nous sommes rentrés peu de temps après. Dans la voiture, mes yeux restaient fixés sur le bouton de la boîte à gants. Je n'arrivais même pas à regarder la route. Il me fallait un point fixe. J'imaginais Anne dans les bras du beau brun, leurs baisers mouillés, leurs soupirs, leur désir qui montait. À l'heure qu'il était, ils devaient déjà être chez elle ou chez lui, devant la porte fermée, les vêtements à leurs pieds, leurs mains comme des griffes sur leurs corps pour arracher ce qui restait. Je ne me disais pas, Anne file un mauvais coton, elle baise avec n'importe qui, même son cousin, elle aurait pu. J'aurais voulu me dire ça, fixer cette image-là comme mes yeux le bouton de la boîte à gants, mais à la place je voyais les seins d'Anne, le torse du type, leurs entrejambes avides. J'avais même peur de bouger, j'étais certaine qu'en déplaçant mon regard ou en tournant la tête vers Alain il me démasquerait, il verrait cette vision obscène au fond de mes yeux. Alors j'ai parlé.

— Je ne sais pas ce qui lui prend, c'est un démon de midi avant l'heure, on dirait, c'est pathétique. C'est sans doute typique de ces juives de bonne famille qui attendent la quarantaine pour se lâcher.

Alain a brusquement tourné la tête vers moi. Je crois que je l'ai choqué. Mais j'avais chassé les visions comme on chasse les mouches et, enfin, j'ai pu regarder la route.

La sueur est en train de sécher doucement sur nos peaux. Sur son avant-bras, ça fait comme des paillettes autour du bracelet de sa montre en métal. Son torse est imberbe mais pas ses avant-bras. J'aime chez les hommes que leurs bras se détachent comme des pattes de fauve. Il ne bouge pas, il n'a pas l'air de vouloir tout de suite reprendre ses activités, ouvrir les rideaux, faire du café ; il a l'air d'aimer me tenir contre lui, respirer mes cheveux, sentir mon pied caresser son mollet. Je me laisse faire, je n'essaie pas d'échapper à ce moment mais ma tête se tourne légèrement vers le bord du lit, puis vers le sol où j'avise un journal. C'est en une. C'est toujours en une depuis des semaines. Mes yeux sont comme des aimants qui attirent les ombres, je détourne la tête. Je reviens me caler contre son torse, je hume sa peau, je ferme les yeux. Je ne dois penser qu'à ce moment que j'adore, quand l'odeur monte comme une chaleur, où l'air tout entier sent les sexes mêlés, oublier le journal. Les rapports humains sont devenus des fourches, le moment où ça s'écarte commence de plus en plus tôt. Je ne le connais pas bien, il m'a seulement dit deux ou trois choses de lui, mais je sais ce que je trouverai.

Je ne lui ai pas encore dit que j'étais juive. Jadis, ça venait très vite dans la conversation, je m'arrangeais pour que ça vienne, à la fois par orgueil et par prudence, ne pas risquer de m'entendre dire des choses désagréables, je lançais la corde et, sur l'autre rive, j'attendais de voir comment les hommes accostaient. Désormais, je garde ça pour moi, parce que l'actualité me fatigue, qu'aujourd'hui ça veut tout de suite dire parler de ça. Donc je me tais. J'enfouis ça comme une mauvaise pensée. Je préfère humer l'odeur sur la ligne douce entre les pectoraux, glisser jusqu'à la lisière des aisselles, continuer à me taire dans l'odeur et ne pas risquer de l'entendre parler. Je n'envisage même pas qu'il puisse me parler d'autre chose, non, s'il se mettait à parler, ce ne serait que de ça. Il finit par se lever, va aux toilettes et quand il revient, il attrape le journal, comme s'il devait finir de lire son article, qu'il s'était juste interrompu pour me faire l'amour. Il me demande si j'ai lu, hier soir, cet éditorial, il a commencé, c'est intéressant. Je bredouille non... pas entendu parler... pose ça, reviens... Non, regarde, je t'explique, et le voilà qui commence à me raconter ce que je sais déjà, avec feu, avec fougue, avec tout ce qu'il a manifesté tout à l'heure lorsqu'il me caressait... Pose ça... Non, attends... Et j'égrène des baisers sur son torse, ses épaules, son cou. J'évite les lèvres parce que j'ai vu que ça le gênait, qu'il fallait que je le laisse parler ; j'ai même glissé ma langue pour le faire taire, mais ça n'a pas marché. Il dit des choses énormes, violentes, il va sans doute bien au-delà de ce qu'il a lu. Mes baisers s'espacent davantage, je tends l'oreille, je déteste sa manière de pérorer sur la question, de s'en servir lui aussi comme d'un panache, je le méprise mais je ne m'écarte pas. Je me détends et je continue de l'embrasser quand même. Je lèche une cicatrice sur son ventre, la peau nacrée est plus lisse sous ma langue, je m'en délecte, il parle avec hargne mais je l'embrasse encore, sans me forcer, je n'éprouve aucune crispation. C'est un miracle. J'ai naturellement envie de le lécher, de l'embrasser, je pourrais même le sucer, je suis d'ailleurs en train de glisser vers le bas-ventre. Comme je glisse vers le bas, je m'éloigne de sa bouche, de ce qu'il dit, je n'ai pas d'oreille pour ça. Il y a quelque temps encore, je me serais immédiatement redressée. Je me serais mise sur le flanc, le coude replié, ma tête dans ma main et, en le regardant droit dans les yeux, je lui aurais répondu, calmement d'abord, puis en m'échauffant, mutine et inflexible. J'aurais argué de tout ce que je savais, j'aurais même été capable de mauvaise foi et, s'il avait été plus fort que moi, j'aurais peut-être fini par le traiter de salaud, pas plus, je lui aurais dit que je ne pouvais pas coucher avec un type dans son genre, que nous étions incompatibles, je me serais rhabillée et je ne l'aurais plus jamais revu. Ç'aurait été ainsi quelques mois auparavant. Je n'aurais jamais pu dire enculé de sa race, avec toute la frustration. Je me serais comportée en nice jewish girl, en Katie Morosky, comme Barbra Streisand dans *The way we were*. J'aurais été la digne fille de mon père en quittant aussitôt la couche de ce fourbe, je n'aurais pas laissé mon histoire s'entacher, je n'aurais pas laissé entrer en moi le sperme d'un antisémite, jamais. J'aurais senti le danger avant et j'aurais tenu bon. Désormais je plonge, je m'abreuve à la source qui me malmène. Je rampe sur lui comme un serpent, je m'enroule autour de sa verve, de cette manière de faire sonner le *s* de Israéliens comme les antidreyfusards devaient faire sonner celui d'Israélites, en accolant à ce mot toute l'acidité, toute la rancœur. Et ce son vrillé, sonore, pénètre en moi avec délice. Comme lorsque Guillaume l'a dit lui aussi, Guillaume que je n'avais pas revu depuis plus de quinze ans. Nous n'avions jamais flirté à l'époque et, pourtant, dans l'heure qui a suivi, j'ai baisé avec lui. Nous nous sommes jetés l'un sur l'autre comme si nous avions secrètement partagé la même faim depuis tout ce temps. Il n'a eu qu'une phrase à dire lorsque nous nous sommes croisés dans ce magasin, son visage penché vers le mien, « Anne Toledano, c'est bien toi ? ». Un moment après, nous sommes dans une chambre d'hôtel en plein centre de Paris, à baiser comme des amants de toujours. Et j'y prends un plaisir intense, je sais pourtant que ce n'est pas de l'amour, que ce n'est même pas parce que Guillaume me plaît – il ne m'a jamais vraiment plu –, mais désormais je connais le visage du mal et, un instant, je veux en prendre possession. Je regarde Guillaume et c'est son père que je vois. Je m'approprie la haine ancestrale, j'en fais mon jouet, je me la rentre dans le corps comme quelque chose de plus petit que moi, de plus faible, un instrument sans nocivité, quelque chose que mon corps peut avaler, évacuer sans problème, c'est moi qui décide, la haine est prise dans mon vagin, je fais ce que je veux d'elle... Sous les yeux de Guillaume, je me caresse puis je prends sa main pour qu'il m'aide, je suis mouillée comme jamais de sentir les doigts de Guillaume me malaxer, et quand je jouis j'attrape à pleines paumes les os de mon sexe, avec les doigts de Guillaume pris dedans. Je mets dans ce geste toute la brusquerie bonhomme qu'on met à attraper la gueule d'un chien familier, en emprisonnant ses mâchoires ou, au contraire, en glissant sa main à l'intérieur. Ainsi mon sexe est une gueule que je saisis bravement, mon sexe est un animal capable de tenir la haine comme un os à ronger, il va la ronger, la broyer. C'est une découverte inouïe ce sentiment carnassier, de domination totale, de prédation, je peux donc ne faire qu'une bouchée de toutes les calomnies antisémites, ils n'ont qu'à bien se tenir parce que si je les mets dans mon lit je les dévore, je sais faire et j'adore ça, je n'ai jamais connu plus grande jouissance que celle-là... Guillaume me fait jouir et, par-delà Guillaume, le père de Guillaume, sa prestance, son œil salace, un veuf qui n'a pas dû assez baiser dans sa vie, dont le sperme retenu écume à la commissure des lèvres lorsqu'il vous parle, lorsque vous êtes juive et qu'il vous parle. Par cette seule jouissance, j'ai le dessus.

Ensuite, nous discutons un peu, revenons à ces douces retrouvailles, tout à l'heure, dans le magasin, je vois bien qu'il est ému, il était trop timide à l'époque, il n'en revient toujours pas que j'aie posé mes yeux sur lui, que je me sois offerte. Avec ces retrouvailles, nous tenons chacun notre petit miracle. Guillaume me raconte qu'il est devenu diplomate, qu'il a vécu à l'étranger longtemps ; il n'est de retour en France que depuis peu ; il a une femme, quatre enfants. Il aimerait bien repartir à l'étranger en fait, il attend des propositions...

— Et tu irais où ?

— Au Moyen-Orient.

— Ah... et où ?

— Je ne sais pas, en Égypte, en Jordanie, ça m'intéresserait beaucoup de vivre un peu là-bas.

— Et en Israël ?

— Ah non, Israël, jamais de la vie ! On me ferait un pont d'or que je n'irais pas là-bas en ce moment !

Il a éructé, il a dit ça comme on rejette une chose coincée au fond de la gorge, tout son visage s'est contracté autour de ce *s* qui a vrillé, toute sa morale est revenue à la surface de sa peau, de tous les endroits de son corps, y compris les plus enfouis, c'est un afflux capillaire jusqu'à la surface, une montée de morale pleine et impérieuse comme une montée de lait. Il a dit ça en laissant affleurer toute l'histoire paternelle, certes c'est abject l'antisémitisme d'extrême droite, jamais je n'en serai, mais tout de même, en se comportant comme ils se comportent encore dans les territoires, les Israéliens prouvent bien qu'ils sont les ennemis du genre humain... Et pendant que Guillaume s'explique – il ne peut pas juste lâcher ça sans expliquer –, je le revois qui se démène pour organiser avec nous les manifs de décembre 86, venir à toutes les AG, faire du zèle pour entamer l'hostilité des étudiants d'Assas, tout ce zèle, toute cette débauche de solidarité, de compassion après la mort d'un jeune Arabe, ce compagnonnage intense, réduit en bouillie dans ce crachat, un pont d'or que je n'irais pas, je lui souris, je ne m'offusque pas le moins du monde, je lui souris mais il ne sait pas à quel point je suis satisfaite : en l'espace d'une phrase, il vient de m'offrir la relecture totale de l'histoire, une confirmation en bonne et due forme, le rideau enfin levé sur les alibis, les faux-semblants, les enjeux qu'on déplace comme des meubles, lourdement, grossièrement, rien de fin ni de subtil dans de tels déménagements, la conscience ne fait rien dans la dentelle. Voilà que le temps a passé, que la filiation a repris ses droits, que l'honnêteté entre dans la maison et arrache les housses blanches qui recouvraient les meubles, voilà que les masques tombent parce que, entre-temps, les enfants sont arrivés et que, comme tous les fils, Guillaume se rapproche de son père lorsqu'il devient père et, comme tous les pères, rêve du meilleur avenir pour ses enfants, un monde sans guerre et sans juifs pour la provoquer, dans la pureté de la foi catholique, l'innocence d'une aube de communion que ses quatre enfants revêtent les uns après les autres devant son sourire content, ce regard depuis le premier rang de l'église où se lisent l'émotion, la fierté et, dessous, les regrets, une certaine incompréhension pour la violente rébellion de sa jeunesse alors que cette religion, cette foi, cette communauté où ses enfants sont en train d'entrer, ont décidément quelque chose de si beau. C'est un élan qui doit rattraper le temps perdu et qui ne souffre plus aucune entrave, un élan crescendo dont l'exact pendant est cette tolérance decrescendo, cette lassitude agacée à l'égard de tout ce qui menace cette beauté, cette paix. D'autant qu'il y a eu les opportunités de l'histoire, l'Intifada, la première, la seconde, comme on numérote des empires. Il y a surtout eu tout le fatras de la vie pour qu'un fils rebelle se calme et rejoigne le sillage de son père.

Quand il répond à ma question, Guillaume ne voit rien d'autre dans mon sourire qu'un assentiment discret, l'approbation timide d'une juive qui ne peut tout de même pas nier l'horreur des faits. Mais, parce que mon sourire est narquois, je peux continuer à croire, à la fin de cet échange, que je le domine encore, même si c'est moins que lorsque je le tenais dans ma gueule et que je voyais combien il était ravi de baiser enfin sa juive après toutes ces années, comme ses yeux brillaient de me faire mouiller autant, comme il s'inféodait volontiers à ma jouissance de juive impériale qui a enfin consenti, une reine de Saba jambes écartées devant lui qui l'avait attendue si longtemps.

Il me baisait pour deux, pour lui et pour son père. Et Dieu que j'avais aimé ça.

Je ne suis plus du tout une nice jewish girl. Je bois trop d'alcool et je couche avec trop d'hommes. Je délaisse mon fils, ma famille, mon travail. Je ne pense qu'à moi, mes nuits, mes amants de passage. J'ai trente-neuf ans et je me comporte comme une gamine écervelée. Je rattrape les élans d'une jeunesse que je n'ai pas eus. J'étais une fille trop sérieuse alors. Je sais que le temps qui reste est compté et qu'il risque d'être douloureux. Je ne veux être que dans l'ivresse et le plaisir avant de mourir, avant qu'on m'arrache mon fils, je préfère peut-être même m'en détacher avant, toute seule, à travers les hommes qui me baisent et me font tourner la tête, ainsi je quitte déjà un peu mon rôle de mère, ma douleur ; stabat mater, je me mets debout, sur la route, j'anesthésie mon corps dans le sexe pour qu'il souffre moins dans le deuil, je me prépare, ça peut mal tourner. Je n'ai plus la foi de Katie Morosky. Pendant que mes amants pérorent et lancent de cinglants avertissements à Israël tout entier, je glisse vers leur bas-ventre, rien ne me retient, je ne sens pas d'autre torsion que celle du désir, c'est lui qui m'entraîne, qui me maintient en contact avec le reste du monde sinon je m'enferme, je me coupe, je n'ai plus d'yeux ni d'oreilles pour personne. C'est dans ce torrent-là que des femmes respectables ont couché avec des collabos, des Juives avec des Allemands, non pour sauver leur peau mais pour sauver la vie, le lien entre les vivants.

Dans la boîte de nuit, j'ai bien vu qu'elle voyait ça, Virginie, que je n'étais plus une nice jewish girl, que ça aussi, c'était le passé et qu'entre nous ça s'inversait, que c'était elle, Virginie Tessier, qui restait sur cette voie-là tandis que j'en ouvrais une autre, mais elle s'appelle Virginie Tessier et Virginie Tessier n'est pas juive.

Wasn't it lovely, Virginie ?

— Yes, it was.

Je suis revenue plusieurs fois prendre un café au centre-ville. Sans prévenir personne, je disparaissais entre deux cours ou je passais avant de rentrer à la maison, je me postais au comptoir, nous échangions quelques regards, rien de plus. Puis un jour il arrive après moi, il est essoufflé, il dit qu'il a eu peur de me rater. Il est en double file, il doit aller garer sa voiture, il n'en a que pour cinq minutes, surtout que je ne m'en aille pas. À l'instant où je dis d'accord, je vous attends, le sol s'ouvre sous mes jambes. Je ne bouge pas, ne regarde pas en bas, mais si je regardais je verrais la crevasse et l'abîme. C'est un vertige qui fait monter une sorte de chaleur intense depuis mes pieds jusqu'à la racine de mes cheveux mais je ne tangue pas, je ne vacille pas. C'est juste une chaleur inouïe. À partir de cette seconde, je sais que j'entre dans un état où le temps ne sera plus le même, où toutes les visions changeront, où tout sera pris dans une espèce de vibration que je serai seule à voir mais qui sera comme une toile jetée sur le reste du monde, un prisme intime, qui n'appartiendra qu'à moi et qui pourra me rendre folle, qui m'affole déjà.

Je pense très vite, allez, je m'en vais, je ne l'attends pas, les enfants doivent se demander où je suis, j'ai promis à Alain de rentrer tôt, oui, je rentre. Mais aussi : il me plaît, aucun homme ne m'a jamais plu comme ça, sa bouche est une merveille, je n'ai pas envie de rentrer, rentrer ce soir, c'est comme la mort, je veux juste être dans ses bras, une fois, ensuite je m'en vais, je ne reste pas, je m'en vais, je ne reste pas.

Emmanuel est rentré ce matin. Il vient de m'appeler. Il se réinstalle à Paris, il ne renouvelle pas son contrat de correspondant qui l'a mené en Amérique du Sud, puis aux États-Unis. Ça me réjouit, il m'a manqué. Des années qu'on attend ça, qu'il revienne, et pourtant la foule est dispersée, les veuves se sont remariées, personne n'est venu l'attendre derrière les portes coulissantes à envisager quels mots se dire, quels gestes faire après tout ce temps. Peut-être est-ce pour cela qu'il ne nous a pas demandé de venir à l'aéroport.

Il organise une soirée pour fêter son retour. On ne sait pas très bien quelle vie il a menée pendant toutes ces années. Il n'a fait que des séjours éclairs, n'a jamais donné que de brèves nouvelles, de loin en loin, jamais plus, mais il arrive, il est là, et il m'appelle aussitôt, ça se fait naturellement. Il vit tout seul ; bien sûr, il n'a pas d'enfants. On sait juste qu'il a eu quelques histoires d'amour avec des hommes, rien de plus, qu'enfin il ne jouera plus la comédie. Pour lui, ça doit être énorme d'être un homosexuel qui n'a plus peur ni honte mais nous, on le savait, avec Virginie, on le savait depuis longtemps sauf qu'on gardait ça pour nous, qu'en n'en parlait même pas entre nous car c'eût été trahir son secret. Quand il parlait vaguement, toujours vaguement, de ses conquêtes, on ne posait aucune question, on l'écoutait en souriant. À son palmarès, il y eut souvent des Gaëlle et des Frédérique. Il jouait au play-boy, on le laissait jouer, comme des mères attendries qui ferment les yeux sur ce qui fâche. Et puis nous aimions bien cette zone de flou entre nous, l'éventualité qu'un jour il nous plaque, Virginie ou moi, contre un mur et nous déclare sa flamme. La probabilité n'a rien à faire là-dedans, c'est juste une question de surprise que peut ménager le réel.

Il revient. Je ne suis pas partie, je l'ai attendu. En regardant sa bouche me sourire, je ne regrette pas un seul instant de l'avoir attendu mais la chaleur est toujours là. Elle nimbe chaque mouvement, chaque doigt que je bouge, dès que j'ouvre la main, que j'incline le bras. S'il s'approche, il va sentir cette chaleur, s'y brûler, j'aurai honte, je rougirai, je m'en irai. « Les paumes humides de la femme adultère », « les talons tendres d'une jeune fille ». Je ne sais plus très bien d'où viennent ces phrases, d'un livre ou de mes propres rêveries... Pour un peu, je les fredonnerais presque, comme les paroles d'une chanson, *les paumes humides de la femme adultère*... Et mes mains sont moites. Que me dit-il ? Je n'écoute rien, ne vois que sa bouche, ses lèvres comme une pulpe offerte, je reviens à l'image de mes paumes, comme deux plaines avec des rigoles, les sillons d'une minuscule rivière, la pulsation d'une eau qui court sous la terre, cette humidité le long des lignes, ma ligne de chance, ma ligne de vie. Je referme mes mains, derrière mon dos, très loin de sa vue, qu'il ne perçoive rien surtout, que l'humidité de cette peur ne monte pas jusqu'à ses narines, je crispe mes poings comme si j'avais volé quelque chose. J'ai volé quelque chose. Je suis en train de le voler, là, précisément depuis que j'ai accepté de l'attendre, qu'il est revenu, qu'il me sourit et que je fonds devant ses lèvres, qu'il va me proposer d'aller boire un verre ailleurs. Je ne suis ni au lycée ni chez moi, je ne suis pas devant mon bureau ou mon plan de travail, je ne corrige pas de copies, n'épluche pas les légumes du soir en écoutant les enfants me raconter leur journée d'école, les informations à la radio. Ou peut-être y suis-je, peut-être suis-je en train d'éplucher les navets, de frotter la peau des courgettes avant de la peler superficiellement pour qu'elles soient d'un vert moins dense, les enfants aiment qu'elles soient d'un vert pâle. C'est un délire, une divagation, une rêverie de ménagère qui s'égare loin des fourneaux. Mes mains sont de plus en plus chaudes, l'inflammation s'étale, se répand au-delà des lignes, sur toute la largeur de la paume. Comme lorsque ma mère me demandait de l'aider à préparer les légumes du dîner. Tiens, Virginie, au lieu de te planter là, pèle-moi ces pommes de terre, ensuite coupe-les en cubes, attention au couteau… Et je m'y mettais, sans rechigner, avec une sorte d'avidité même, car dès que mes doigts commençaient à peler, à découper, à bouger minutieusement au-dessus de la planche en bois, mes mains devenaient plus chaudes, les idées venaient s'y masser ; c'était une avalanche douce, un afflux sans violence où se précipitaient des idées de toutes sortes, comme des fourmis qui sortaient de mon corps, comme si ce corps se dégourdissait soudain entre mes doigts de jeune fille. Juste après, mes mains étaient brûlantes. Je devais les laisser longtemps sous l'eau froide avant de retrouver un contact normal avec les choses. Ma mère ne remarquait rien, ne cillait pas, tout entière à son foyer attachée, cet univers sans fuite ni passion… Mais que savent les enfants des lubies qui passent dans l'esprit des mères lorsqu'elles épluchent des légumes ? Je ne prêtais à la mienne que des idées très terre à terre, comme d'appeler le plombier ou de commander un nouveau rideau de douche ; je n'imaginais pas d'autres décors ou d'autres silhouettes animer ses yeux vagues, ni prince charmant, ni gloire, ni fortune. Je l'ancrais, je la domestiquais. Moi seule, j'avais le droit de faire scintiller entre mes doigts les pépites que ses rêves ne lui rapportaient plus.

Allons boire un verre ailleurs…

Je ne divague pas, il est là, qui parle, qui propose, les yeux plantés sur moi, retournant le couteau dans la plaie, temps volé, ce temps que je ne passe ni avec mon mari ni avec mes enfants, ni avec mes élèves ou mes livres. Mais rentrer ce soir, ce serait comme la mort.

L'appartement est déjà bondé. Emmanuel a dressé des tables qui regorgent de plats commandés chez le traiteur, tout est joliment présenté, du meilleur goût, comme à son habitude. Certains visages me disent quelque chose, des amis de fac, des cousins. J'entends des gens parler portugais, anglais, beaucoup de garçons évidemment. Avant je ne savais pas me comporter dans ce genre de soirées mais j'ai appris, je glisse, je regarde loin, de temps en temps, je fixe un visage, on me parle, je bois régulièrement, je reste en hauteur, tout se passe bien. Emmanuel n'a pas beaucoup changé physiquement, peut-être un peu plus dégarni, plus athlétique aussi, sans doute a-t-il fréquenté des clubs de sport toutes ces années.

Quand j'arrive, il m'enlace longtemps, c'est bon, c'est chaud de le retrouver, il murmure « petite sœur », les images défilent, j'ai les larmes aux yeux. Il me dit tu resplendis. Ensuite il est happé par plusieurs couples qui déboulent ensemble, ils rient fort, lui avec, je ne les ai jamais vus. Emmanuel revient vers moi quelques minutes plus tard, précise ce sont tous des gens du journal, après toutes ces années, certains sont devenus de vrais amis. L'amitié crée des cercles autour d'une même personne dont les amis ne se connaissent pas forcément entre eux, des amis qui se la partagent en somme, qui en prennent un morceau chacun, un morceau qui n'a rien à voir avec celui d'à côté, qui s'ancre dans une autre couche de temps, et rien ne communique, on ne mange pas le gâteau ensemble. Plus ça va, plus l'amitié devient un mystère pour moi, une autre manière d'aborder le temps, les amitiés marquent quelqu'un comme les années, tantôt avec suivi, tantôt dans l'anarchie la plus totale. Je regarde les amis d'Emmanuel et ce sont des étrangers, de parfaits étrangers... Il ajoute ce n'est pas ce soir qu'on pourra bien se retrouver, se raconter nos vies dans le détail, mais on prendra un moment dans la semaine, c'est juré. Un type du groupe l'interpelle, il va les rejoindre, tout le monde s'esclaffe. Je n'aime pas les journalistes et je n'aime pas leurs rires. Quelqu'un m'offre une coupe de champagne. Ce doit être la sixième. Emmanuel ne me connaît pas dans l'alcool, je dois peut-être y aller doucement, et puis ma crainte passe comme une phrase dans la conversation.

Je retrouve Hélène, sa grande sœur, nous nous embrassons chaleureusement. Ils n'ont jamais été très proches. Elle a toujours un peu jalousé notre amitié. Elle me parle aussitôt de ses trois fils, de leur adolescence, de leur scolarité brillante.

Je souris mais je ne l'écoute pas. Devant elle, j'ai l'impression de ne plus avoir d'enfant, de ne rien comprendre à sa fierté de mère. Je crois que je me fiche désormais de la réussite scolaire, ça ne compte plus, tous ces espoirs, toute cette tension que l'histoire ne fera de toute façon que briser. Ça fait d'ailleurs longtemps que je ne me soucie plus des résultats de Tom, que je ne surveille plus rien. Dernièrement, Vincent m'en a fait le reproche, s'est énervé en disant qu'il ne comprenait pas que moi, je lâche ça, moi qui mettais les études plus haut que tout, que t'arrive-t-il ? Tu laisses traîner ton fils, il sèche les cours, il se plante en maths, et toi, tu t'en fous ! Je sais que j'oscille entre une confiance aveugle pour mon fils – il a ça dans le sang – et un désintérêt brutal. Les diplômes ne protègent pas des rafles. J'ai répondu ça à Vincent, qui m'a traitée de folle.

Mes yeux se fixent un instant sur les petites rides qu'Hélène a au-dessus des lèvres, elle me parle encore mais je ne vois que les petites plissures de la peau, je me demande si j'ai les mêmes lorsque je parle. Je me déplace légèrement vers la gauche. Je regarde un grand brun derrière elle, les épaules larges et voûtées, une allure de nageur, je les repère dans la seconde, j'imagine sa taille plus mince, le torse en triangle, les corps des nageurs sont comme des centaures, mi-hommes mi-enfants, trop vite élargis, trop vite étirés. Souvent, à la piscine, je m'arrête et je les regarde avec attendrissement, ces hommes forts que je vois brasser le vent des cauchemars, quel que soit leur âge, ils redeviennent des enfants dans l'eau bleue de la piscine, la mousse de leur crawl. Sans cesse j'alterne entre deux visions, le gamin tout fou dans son lit et le baiseur anxieux, ces pauvres hommes si forts, si rompus à la bagarre, qui doivent mobiliser toutes leurs forces pour nager le crawl, aller plus vite, ne pas céder à la fatigue, épater la fille dessous, ne pas jouir avant elle… J'essaie de revenir dans l'axe d'Hélène, de me dire que je suis chez Emmanuel, pas dans un bar, que ça fait plus de huit ans qu'on ne s'est pas revues, elle et moi, je m'accroche à ses paroles comme à une rampe pour ne pas tomber, je me vois qui acquiesce à tout ce qu'elle est en train de raconter au sujet du taux de réussite au bac du lycée Victor-Duruy, mais je ne pense déjà qu'à la carrure du nageur, aux muscles roulant sous la chair des épaules. Je ne suis plus capable d'aucune constance, je saute d'une idée fixe à l'autre, et la plupart du temps je file le long des plinthes, comme un animal traqué. Mais une voix soulève mon regard, me réveille. Hélène continue à déblatérer sur l'Éducation nationale tandis qu'à l'autre bout du salon, sur l'un des canapés en cuir, on vient de crier le nom de Sharon. Je tourne la tête et je vois la bouche d'Emmanuel. Emmanuel entouré de ses amis journalistes, têtes dodelinantes, sourires satisfaits, l'air content de ne pas se mouiller, que ce soit le juif qui vitupère, qu'on ne vienne pas ensuite les taxer de je ne sais quoi. C'est sa maison, personne ne l'a poussé, ça se passe sans débat ni dispute, le nom de Sharon coule comme un crachat de la bouche même d'Emmanuel. Hélène me dit que je suis pâle tout à coup, oui, j'ai trop bu, elle a l'air navré, avant tu ne buvais pas, non, c'est l'âge, elle masque un léger mépris. Assieds-toi, me dit-elle, je vais te chercher de l'eau fraîche. Merci. Dès qu'elle s'éloigne, le grand brun vient s'asseoir près de moi, commence à me parler, il me dévore des yeux, je n'ai rien à faire qu'à oublier d'être pâle, à laisser tomber Israël pour une nuit, c'est facile, je sais faire. Quand Hélène revient, elle me lance un regard gêné, je vois son bras qui tremble un peu lorsqu'elle me tend le verre d'eau mais je fais comme si je ne voyais rien, je dis juste merci et je bois, je me tourne vers le type, il pose discrètement une main sur ma main. Hélène tourne les talons, l'air de dire, espèce de salope, alcoolique avec ça, tu peux crever pour que je t'adresse de nouveau la parole ! Non, tu te trompes, gentille Hélène, en nice jewish girl que tu as toujours été et que toi, tu es restée, la salope, ce soir, ce n'est pas moi, c'est ton frère, Emmanuel, là-bas au bout du salon, qui pérore avec ses amis journalistes. Il a voyagé, il a couvert des guerres, la misère ne lui fait plus peur, c'est un homosexuel de jour, il rentre au pays, il croit qu'il triomphe. Mais malgré le champagne, malgré ma pâleur, malgré le type qui me drague, qui colle déjà sa cuisse contre la mienne et avec lequel je vais sûrement finir la nuit, moi, je vois juste et clair. Mon intuition est un radar imparable, rien ne m'égare, rien ne m'abuse.

Je rentre et je la regarde, mais ça ne me calme même pas. J'ai devant moi des rayons qui flanchent, des livres qui ne sont plus les miens, qui ne me rappellent plus aucun moment, aucune joie. Je ne pense qu'à la peau que je viens de quitter, à laquelle je me suis arrachée pour rentrer. Ma bibliothèque est un paquebot qui s'en va. Mes premiers livres, je prenais un malin plaisir à les ouvrir bien larges, surtout les gros, les monstres sacrés, comme *Crime et Châtiment* ou *La Chartreuse de Parme*, je cassais les dos et je regardais longuement les plis que ça laissait sur la reliure, ensuite, je refermais le livre et je me disais, c'est mon livre, c'est moi qui suis en train de lire Dostoïevski ou Stendhal, je vais en faire un livre lu par moi, ce ne sera plus une référence, ce sera un livre que j'aurai lu, un moment dans ma vie. Je pourrai le ranger dans la bibliothèque comme une chose passée mais vivante, pas comme les bouquins que ma mère planquait au fond d'un placard et qui restaient là dans le noir, sous les yeux de personne, reliure intacte, dos rond. C'est d'ailleurs une habitude que j'ai gardée, comme si je n'en revenais toujours pas que ce soit moi qui lise. Moi, toute Virginie Tessier que je suis, eh bien oui, j'ai lu *La Montagne magique, Les Frères Karamazov, Oblomov*. Moi, la fille de mes parents sans livres et sans culture. Aujourd'hui, je suis redevenue inculte, non pas ébahie, avec le sens du défi et la promesse ouverte, mais hagarde, sans recours, devant une bibliothèque qui n'a plus aucun sens. Je regarde les photos de mes enfants et je suis comme anesthésiée, il pourrait leur arriver le pire que je resterais là, à contempler leur joli visage, en me languissant de la peau que je viens de quitter. Je ne sais pas pourquoi mais je pense à Hitchcock, à *Notorious*, aux amants qui n'arrivent pas à se décoller. Il parle au téléphone pendant qu'elle l'embrasse, qu'elle lui demande de l'aimer, elle pense alors qu'elle est seule à l'aimer mais elle est dans l'étreinte, comme ivre, au point de presque négliger le fait que peut-être il puisse ne pas l'aimer comme elle l'aime. Leurs joues ne s'éloignent jamais longtemps, leurs bouches se cherchent, enfin, ce sont ses lèvres à elle qui cherchent les siennes ; si elle arrêtait de le dévorer, on se demande ce qu'il ferait, s'il aurait suffisamment d'élan pour prendre le relais, ou si l'inertie gagnerait, les laissant à distance, refoulant les baisers, le tout ravalé comme on rembobine une pellicule. Tout ça est d'un banal, le cinéma en est plein, les romans d'amour aussi, je ne vis rien qu'une histoire banale dont on a déjà tout dit, dont il n'y a rien de plus à dire sauf à se demander pourquoi un jour cette ivresse vous tombe dessus. Pourquoi, alors que votre vie est amarrée, solide et pleine de satisfactions, que vous avez l'amour des vôtres, le confort, les projets, pourquoi est-ce que vous voyez tout ça partir comme un bateau vers le large ? Et vous êtes là sur le quai, impuissante, défaite devant ce départ que vous n'auriez même pas imaginé en rêve, en train de penser que la seule chose qui puisse vous calmer et vous remettre dans le monde, ce sont les bras d'un homme que vous ne connaissez qu'à peine, qui vous fait déjà vivre le cauchemar de l'attente, vous affame, ses bras et seulement ses bras pour vous étreindre, héberger des murmures idiots, des sourires béats ou mutins, des choses fausses et éphémères que vous prenez alors pour la pure vérité, la seule vérité, tous les accès impromptus qui vous cisaillent le ventre, l'intérieur des cuisses, et pour lesquels vous êtes prête à regarder le bateau partir sans bouger, sans même faire un signe de la main à ceux qui vous sont si chers.

Les gens se sont mis à danser. On a baissé les lumières. Je passe mes mains sur son dos, je palpe les muscles, sa chemise est un peu humide. La voix de Michael Stipe inonde la pièce, je suis contente qu'Emmanuel soit un homosexuel affiché, ça fait un mensonge de moins, la vie ne réserve pas que de mauvaises surprises. Un temps, il me plaisait, je me voyais bien me marier avec lui, former un couple socialement parfait, un beau couple soudé par les espoirs de la jeunesse, nos deux familles si différentes mais tellement complémentaires, ses parents historiens, des juifs cultivés, maniant les codes avec dextérité, tous les ouvrages de Marx qui nous cueillaient dès l'entrée, ses lettres, ses manuscrits, les gros pavés de chez Maspero, ma tête penchée quand j'attendais Emmanuel, toute une culture qui n'existait pas chez moi, cette bibliothèque qui bruisse toujours sous celle de Virginie, dans sa maison de banlieue, avec Alain qui ne le sait pas, elle a dû présenter ça comme sa conquête à elle, une chose sans modèle, la sienne, si personnelle, elle n'a jamais dû lui avouer qu'elle reproduisait quelque chose, qu'elle érigeait une copie conforme et certifiée parce qu'elle en crevait depuis toujours que ses enfants ne grandissent pas devant un mur de livres, qu'ils ne soient pas cernés de toutes parts, qu'ils puissent échapper à la culture académique, parce qu'elle avait assez souffert de vivre avec deux parents ignares. J'ai flairé ça tout de suite, dès que j'ai mis le pied dans son salon ; elle ne pouvait pas penser que je ne le verrais pas. Devant les rayonnages des Teper, je ne tremblais pas comme elle, je me disais que je rattraperais tout mon retard sans m'épuiser comme elle qui pensait que sa vie n'y suffirait pas. Alors je lui jetais des regards noirs quand je la voyais perdre ses moyens, intimidée, incapable de répondre sans bredouiller à la moindre question que lui posait Serge Teper et, dans l'ascenseur, je la sermonnais affectueusement, arrête de penser que tu n'es rien, ils sont universitaires de père en fils dans cette famille, c'est normal qu'ils aient tous ces bouquins ; toi, tu es juste au début de la chaîne, tu commences quelque chose mais tu verras...

Le type bande contre mon ventre, tiens, certains journalistes se sont mis à danser. Israël s'éloigne à nouveau. Je suis dans la paix. La guerre ne ramène plus aucun bruit inopportun. Je ne recule pas, au contraire, je fais tout pour que rien ne passe entre son ventre et le mien, je me colle. Une bretelle de ma robe tombe sur mon épaule, je ne la remets pas en place, il défait mon chignon. Dans un coin, j'aperçois le visage d'Hélène qui se fixe sur moi, sur l'autre bretelle de ma robe qui vient de tomber elle aussi. Mes hanches bougent toutes seules. Les musiques s'enchaînent. Certains danseurs quittent la piste mais avec le type, nous, nous restons. Hélène danse à présent, son mari a dû l'inviter, ou bien son cousin, je ne sais plus. Je la vois juste dans les bras de quelqu'un puis, l'instant d'après, sa main sur mon épaule qui remet ma bretelle en place, comme si elle avait peur que je prenne froid. C'est le geste d'une grande sœur, d'une mère, ce n'est pas le geste d'une fille que je n'ai pas revue depuis des années. Son geste me hérisse pourtant je ne lui dis rien, je fais comme si je ne m'en rendais pas compte tout en lui souriant, mais dans mon sourire rien ne change ; c'est le même sourire pour elle et pour mon cavalier, le même sourire aveugle, je ne fais aucun effort pour mettre une touche de gratitude dans celui que je lui adresse, au contraire, je veux qu'il soit encore plus langoureux, plus lascif et plus irrespectueux. Je veux qu'il la provoque, qu'il effarouche son attitude maternelle, sa bienveillance, je veux que ce sourire, ce soit comme la porte claquée à son visage de mère par son fils si brillant qui ne la supporterait plus, je veux qu'elle comprenne que le temps des nice jewish girls est terminé. Et la bretelle de ma robe retombe aussi sec.

À la fin de cette danse, mon cavalier murmure qu'il a soif, il m'entraîne jusqu'au bar, à l'autre bout du salon. Emmanuel est encore assis là avec sa bande d'amis ; sa sœur, ses cousins l'ont rejoint. Les mêmes mots sonnent à mes oreilles, les territoires, Sharon, ce connard de Bush. Je me demande pourquoi ils discutent encore de ça, puisqu'ils ont l'air tous d'accord. Ce n'est même pas un débat, c'est un dodelinement. Les intellectuels de gauche aiment ça, discuter pendant des heures sur le reste du monde en se targuant d'avoir inventé la Révolution et les Droits de l'homme. J'ai aimé ça aussi. Ils aiment trouver l'Amérique grossière et débile, ça leur donne une assise, une place dans le monde. J'ai aimé ça aussi mais, désormais, je prie pour que l'Amérique reste ce qu'elle est, avec ses parcs d'attractions, ses femmes trop blondes et ses films sentimentaux, parce que ça nous élève et que ça nous protège.

Une coupe à la main, je n'écoute pas ce qu'est en train de dire Pierre, il s'appelle Pierre, car très vite c'est noyé, absorbé dans le brouhaha que fait la bande des causeurs. Emmanuel et ses cousins s'acharnent, avec des dates, des chiffres, des pourcentages, des statistiques, le tout ponctué par un refrain, toujours le même, le temps de la diaspora, de la diaspora seule, quand l'État juif n'existait pas, cet État qui est une aberration historique, on le voit bien, la diaspora, c'est la vraie vocation du peuple juif, la seule. Oui, disent les autres en opinant, avec de larges sourires pleins de gratitude pour ces juifs si avisés, si chevaleresques. Et toi, ma chérie ? Tu en penses quoi ? C'est à moi qu'il parle. Je regarde à droite et à gauche, derrière moi, mais c'est à moi qu'il parle, sa chérie. Je prie pour que le type m'enlace brusquement, que son baiser m'empêche de répondre, mais il a bien vu que ça ne m'intéressait plus, il a disparu. Hein, Annette, qu'est-ce que tu dis, toi, de tout ce bordel ? Annette, ça fait dix ans qu'on ne m'appelle plus comme ça. Annette, mon joli nom de nice jewish girl, chez les Teper on m'appelait Annette, ça me flattait, ça faisait fille de la maison et héroïne de conte, Annette... Son père m'avait surnommée comme ça un soir, c'était resté. On dirait que ma psychanalyste préférée a un peu trop fêté mon retour ? Je me redresse, je remets mes deux bretelles en place.

— Tu veux vraiment savoir ce qu'elle en pense, ta petite Annette chérie ?

— Bien sûr, petite sœur, viens t'asseoir près de moi, viens...

Mais je ne bouge pas. Je cale bien mes reins contre le bord de la table, je prends mon élan.

— Vous êtes dans la mouvance, vous voulez nager dans ce courant-là, mais sans cesse un autre courant vous emporte ailleurs, vous maintient à distance du banc, de tous ces autres que vous voulez rejoindre, parmi lesquels vous voulez vous fondre à tout prix. Vous êtes juifs et ce courant s'appelle Israël mais personne ne le sait, personne ne veut le savoir. Comme il y a eu la solution finale de Hitler, il y aura la solution finale contre Israël, ce pays ne peut pas durer, il s'épuisera. Rien n'y fera, pour les Européens, c'est le Palestinien le juste, seulement lui. Alors vous vous faites les bons juifs de gauche mais vous serez comme tous les autres, sur les mêmes listes, raflés comme les autres, dénoncés comme les autres, rien ne vous sauvera, surtout pas votre esprit critique, encore moins votre bonne conscience progressiste. Et que ferez-vous si, au journal du matin, on vous annonce qu'Israël est détruit ? Vous applaudirez ? Vive la diaspora ! C'est ça que vous direz ? Emmanuel, tu ne connais plus l'Europe, tu ne sais pas ce que la France est en train de penser de ses juifs, ça court depuis des mois et même quand ça se calme c'est encore là, ça ne passera plus. Tu ressers les idées de ton père, mais l'époque a changé. Et ton panache n'y peut rien. Arrêtez votre cirque, toi et tes cousins, arrêtez de vous prendre pour des juifs supérieurs, des juifs universels ça n'existe pas, ça ne sert qu'à masquer une chose, à ne pas vous avouer que vous êtes des juifs planqués. C'est sûr, ça doit arranger tes copains de t'entendre parler comme ça, ils boivent tes paroles, tes *vrais* amis, comme tu dis, c'est mieux si c'est toi qui vomis Israël, au moins ça leur laisse les mains blanches, si Israël disparaît, pas vu pas pris, moi j'ai rien dit.

Pendant que je parlais, mes mots dispensaient une sorte de brume qui m'enveloppait, mais à présent je discerne le visage d'Emmanuel, je ne vois plus que lui, il est plus dur, je vois ses traits qui se crispent et ses yeux qui me toisent. Il a honte de ce que je viens de dire d'une traite, cul sec, il pense que j'ai parlé comme j'ai bu, honteusement, devant ses nouveaux vrais amis. Alors c'est lui qui se lève et qui s'approche de moi. Il attrape mes mains, m'entraîne à l'écart du groupe, loin des canapés, mais je résiste, je veux qu'ils entendent, que ça circule dans tout Paris, qu'ils l'écrivent dans leurs articles.

— Il fallait bien que je fête en grande pompe le grand retour de mon grand ami Emmanuel Teper !

— Tais-toi ! Et tu ferais bien d'arrêter de boire, ça ne te va pas du tout ! Si tu t'étais vue tout à l'heure te trémousser sur la piste comme une poule en chaleur !

Je marche jusqu'à l'entrée. Je cherche mes affaires, mes mains tremblent un peu sur les manteaux.

Il n'y a plus guère que sa couche qui soit ma maison, je pense à Phèdre. Je pense à Phèdre en écoutant Nicole Croisille. Je ne sens pas la honte, la honte qui me cuisait quand Anne me faisait écouter ses disques de variétés. C'est une chanson sentimentale avec des violons, des trémolos, des paroles de supermarché, une femme amoureuse qui hurle pour qu'il lui téléphone, que son cœur lâche, qu'elle veut juste entendre sa voix. Mes yeux vont de la route à l'écran de mon portable qui reste sombre, que je vois s'allumer même quand il est noir, que je sens vibrer quand ce ne sont que les cahots de la route qui font grincer les essieux de la voiture ; je suis devenue cette vibration, elle est entrée dans mon cœur, elle est devenue mon cœur, la seule pulsation qui me fasse respirer, si Verlaine avait connu les portables, ce serait dans ses poèmes ; l'autre jour Laura était sur mes genoux et un moment, je l'ai sentie qui vibrait elle aussi. J'attends qu'il m'appelle à l'heure dite mais cette heure est passée, il est en retard, moi je ne suis jamais en retard quand je dois l'appeler, je suis d'une ponctualité diabolique, harassante pour qui a le temps, pour qui ne va pas mourir dans la minute, je l'appelle toujours à l'heure dite, à l'heure promise, jurée, crachée. Il n'y a guère que moi qui crache et qui jure à cause d'une heure ; pour lui, le temps coule encore, pour moi, il se coagule toujours autour de ces moments où nous devons nous parler, ne rien nous dire de spécial, juste retendre le fil entre nous. Mon regard tourne en vrille entre le macadam et l'écran du téléphone qui ne sonne pas et qui reste posé là, sur le siège avant, comme un organe moribond, desséché, décroché du reste du corps et de ma vie, mon cœur mort sur le siège du passager. Je pense à Phèdre mais je ne me rappelle aucun vers de Racine, je ne chante que Nicole Croisille, je ne suis que l'héroïne de sa chanson pathétique. Je ne suis dans l'élaboration d'aucune souffrance, je suis juste une chair qui attend, qui suinte et palpite, on dirait que seules les chansons d'amour savent rendre ça, les vers de Racine viennent après, plus tard, ils ne rendent pas le son de ces corps si longtemps tenus qui d'un seul coup se lâchent, se traînent, rampent plus bas que terre. Quand Anne chantait dans sa chambre je restais pétrifiée, je voulais lui crier d'arrêter, j'écoutais ça comme une torture alors qu'elle était si gaie, si confiante. Comment aurais-je pu lui dire qu'elle me rappelait ma mère qui fredonnait les tubes dans sa cuisine alors que je sortais de ma chambre, de mes bouquins et que ça me révulsait de la retrouver là, égale à elle-même, inculte et sentimentale ? Je ne pouvais pas lui dire ça, je ne disais rien de peur que ma honte me trahisse, que des mots sortent de ma bouche et aillent à l'encontre de tout ce que j'essayais d'être à ses yeux, de peur que tout s'en aille, que tout s'écroule. Mais Anne ne se contentait pas de fredonner, elle connaissait toutes les paroles par cœur, elle se trémoussait ; hilare, elle se faisait clodette, groupie, starlette écervelée. Et j'étais sûre qu'on ne pouvait pas être aux deux endroits à la fois, que Claude François n'était pas compatible avec Sartre, qu'il fallait choisir son camp, que cette opposition-là, c'était comme une guerre. Et devant mes yeux, narquoise et sereine, Anne allait d'un monde à l'autre sans se sentir menacée, souple comme un chat. Comment aurais-je pu la regarder faire sans la maudire, sans lui envier cette agilité, ce don d'ubiquité ? Et je disais que c'était la honte qui raidissait ma nuque quand c'était peut-être plus enragé. Heureusement, Alain est arrivé avec son abonnement au Châtelet, ses concerts du dimanche matin, sa passion pour Bach et Glenn Gould. Quand il a tout déposé devant moi, il m'a lavée. C'en était fini : ma culture d'élite ne s'accommoderait plus d'aucun mélange.

Mais j'écoute Nicole Croisille s'égosiller sur un amour sans retour et ma maison va s'écrouler... Tout ce que j'ai construit depuis vingt ans, avec mes études, mes livres, mon métier ; tout ce que j'ai échafaudé autour de mes enfants, leurs goûts, leurs loisirs, les valeurs que j'ai enfoncées dans leurs existences comme des clous, pour que ça tienne, que ça aille bien en profondeur, que ça ne menace jamais de sortir, de lâcher. Je n'aime pas les paillettes, je n'aime pas le succès, ma culture est servile, elle a besoin d'autorité, elle ne se sent bien que dans l'ombre et l'austérité ; la vie est une longue histoire, il faut construire pour l'éternité, ne pas se soucier des plaisirs éphémères et ne pas se laisser abuser par les fausses urgences. Anne me disait ça parfois, tu sais, tout peut toujours s'arrêter... Je serrais les lèvres pour ne pas lui dire que, moi, je m'appelais Virginie Tessier et que je n'étais pas juive. Aujourd'hui, à cause de cet homme qui ne me téléphone pas, je suis propulsée dans un autre temps, un autre rythme, totalement blasée, usée par les choses qui durent, qui seront là demain, qui ne sont sujettes ni à l'attente ni à la faim. Je voudrais le retirer de ma chair comme une écharde, mais il n'est pas sorti. Tout ce que je fais pour l'arracher ne le sort qu'à demi, il en reste toujours un morceau qui menace de tout infecter.

Dès le lendemain de la soirée d'Emmanuel, j'ai filé à la piscine. Et, tête baissée, j'y suis retournée tous les autres matins de la semaine. J'ai même annulé des séances pour y aller. Avant, la natation, c'était seulement pour me détendre. Désormais je nage comme je baise, pour ne pas les entendre, essayer de renouer avec le son d'une voix nocturne, une voix sans parole et sans interlocuteur, un reflet dans un miroir. J'arrive au guichet, le type me dit bonjour, je réponds d'un sourire, je prends mon ticket, le jeton de vestiaire et je descends l'escalier, c'est le début de l'apnée, je m'enfonce dans le silence. Ma voix désormais ne gît plus que dans les profondeurs de l'ivresse ou de l'eau, c'est une circulation d'air, un mouvement qui tournoie à l'intérieur mais qui ne sort plus, qui n'ose plus se montrer en pleine lumière. Je voudrais que, jour après jour, la vie devienne une série de longueurs de natation, aller et venir dans la ligne, bordée, sans la moindre possibilité de parler ou de pleurer, toucher le bord et repartir, le corps comme une machine adoucie par le massage de l'eau.

Avec Tom aussi, les échanges s'amenuisent. Il n'en réclame pas, trop occupé par sa bande d'amis et ses activités, ça ne me gêne pas de n'avoir qu'à lui dire de venir dîner ou de ranger ses affaires. Avec mes patients, quelques mots de temps en temps, le minimum. Alors qu'est-ce qui m'a pris à la soirée ? J'aurais pu me taire, continuer à faire la belle, rire avec les journalistes et partir baiser avec le brun, mais j'ai parlé. Un énorme lapsus, des mots qui n'auraient jamais dû sortir, que je m'étais juré de garder pour moi sauf que je devais bien cet accueil à Emmanuel : j'avais espéré l'allié fidèle et je retrouvais l'expatrié claironnant, le citoyen du monde. Et puis Virginie n'était pas là. Un problème d'organisation, a-t-elle invoqué. Emmanuel s'est étonné, moi, non. Mais si elle était venue, je me serais peut-être tenue. C'est une laisse, sa présence.

Mai 2004

Je suis sur l'estrade, avec les yeux d'Omar fichés dans les miens, mais aujourd'hui son regard noir ne me fait ni vaciller ni reculer. Il m'écoute mais il fait non de la tête, tout doucement, comme une mesure qu'il bat. Puis, quand j'ai fini, il prend la parole pour dire qu'il n'ira pas à la manif, qu'avec tous ces enfants palestiniens tués tous les jours, c'est deux poids deux mesures, il ne suit pas, il est indigné. Je réponds immédiatement sur les confusions à ne pas faire, sur le fait qu'ici, c'est la France, pas le Moyen-Orient, que les juifs français ne sont pas des Israéliens, qu'en république on ne profane pas les tombes, que, bien sûr, toutes les formes de racisme sont scandaleuses. Quelques élèves me renvoient des regards vides. Ils sont perdus, ils ne savent plus où se situer et j'ai besoin qu'ils soient nombreux à vouloir venir, j'en ai besoin pour y aller, *le* voir, marcher près de lui dans la ville. Je guette leurs mouvements, leurs yeux qui cherchent, leurs mains qui triturent un stylo, je récolte les moindres signes comme des suffrages. Jusque-là, nous n'avons eu que des rendez-vous furtifs, des rencontres dans la pénombre, l'espace confiné de son studio. Je pressens qu'être dehors avec lui, ce serait renouer avec l'avenir, retrouver l'envie de tracer un sillon neuf, une même foulée. Être enfin sous le regard des autres avec lui, que ça valide quelque chose, que nous sortions de la virtualité des amours clandestines.

Pendant plusieurs jours, en classe, je lis des textes de Primo Levi, Semprun, je prends tout ce que je trouve, je ravive des cendres, je fais parler les morts, je suis professeur, j'ai ce pouvoir-là, j'en abuse. Jamais ma voix n'a été plus chaude, plus vibrante que lors de ces lectures-là. C'est lui qui me donne la force d'être un professeur missionnaire. À la prochaine copie d'Omar, c'est sûr, j'aurai le courage de mettre un zéro.

La plupart de mes collègues ne veulent pas suivre, c'est une manifestation douteuse, le contexte est trop complexe, il faut laisser passer l'orage. Par amitié, Françoise m'accompagnera, nous réussissons à convaincre un collègue d'histoire qui présente à ses classes l'histoire de SOS Racisme. Quand il me dit ça, je n'y crois pas. J'assiste pour la première fois à l'entrée dans l'histoire d'un épisode de ma jeunesse, l'histoire d'Harlem Désir comme on raconte celle de Blum.

Le dimanche matin, je quitte la maison comme si je n'allais pas revenir. Je dis au revoir aux enfants qui se réveillent à peine, j'ai envie de pleurer comme si je les abandonnais pour toujours, mais c'est sur l'abandon que je pleure, pas sur eux que je quitte, je ne sens pas leur chair, je ne respire plus leur odeur, leurs baisers ne me touchent pas, je reste de marbre. Chaque mot que je dis à Alain mousse sur mes lèvres, je ne suis plus qu'une écume de mensonges, mais entre chaque chose que j'invente, que je maquille, il n'y a pas de retombée, je vais trop vite, j'ai l'impression de découvrir les lois physiques de la vitesse. Cette énergie qui me porte m'évite toute confrontation avec la vérité, je n'ai pas le temps de la vérité, la transparence a besoin de lenteur pour se déposer, cimenter les moments d'une vie. Je monte dans ma voiture et, en quelques minutes à peine, je dépasse les limitations d'autoroute. Mais je n'ai pas peur. D'ici quelques heures je marcherai lentement à ses côtés dans les rues de Paris, et pourtant nous irons à la vitesse de la lumière, au-dessus des masses, de tous les corps désertés par l'intensité que nous serons seuls à sentir.

Je retrouve Françoise, place de la République. Une dizaine d'élèves sont déjà là, les autres doivent prendre le RER de 12 h 05. La place est calme, à peine quelques banderoles qui frétillent le long des poteaux, des abribus, des familles qui mangent des sandwiches sur les carrés de pelouse pelée. On ne se croirait pas à quelques heures d'une manifestation citoyenne, plutôt à un pauvre défilé corporatiste. Mais je ne dis rien, je ne veux décourager personne, je ne veux rien ternir de cette merveilleuse journée. Je me déplace avec allant, j'ai l'impression d'être la jeune fille de la photo, en route vers son nouveau monde. J'ai cette hauteur, le même étirement de la colonne vertébrale, la démarche aussi souple. Je m'appelle Virginie Tessier et, aujourd'hui, je suis comme juive et fière de l'être. Sans Anne et sans Emmanuel, sans personne à suivre ni imiter, au plus près d'une nouvelle pulsation qui a dû sourdre en ce temps-là avec eux, mais que les années ont étouffée, que je n'ai pas laissé battre par atavisme et par peur. Voici venu le jour de la première manifestation qui ne me verra être la doublure de personne.

Je quitte un instant le groupe, je vais le rejoindre dans la petite rue où il m'a donné rendez-vous. Quand nous revenons sur la place, une heure après, je ne vois plus rien ni personne, je marche dans son ombre, dans son odeur, je le dévore des yeux, mais je dois faire attention aux collègues, aux élèves, que rien ne filtre. Mon corps tout entier est en inclinaison, appuyé au sien.

La foule a grossi, le cortège s'ébranle et j'ai dix-huit ans. Je ne peux rien dire d'autre que ça, le feu de la jeunesse dans tout le corps, la terre qui n'est plus ronde mais qui s'évase au loin, un pan de l'espace que je n'ai jamais parcouru et qu'on déploie sous mes pas. À dix-huit ans, je n'ai pas eu dix-huit ans comme aujourd'hui, je n'avais rien derrière moi pour savoir, les illusions flétries, les concessions, l'air raréfié. Ces dix-huit ans-là, on ne les gagne qu'à la force des années, parce qu'on en a plus du double. Je m'éloigne un moment pour aller voir Françoise, elle me dit que les élèves se plaignent d'être si peu nombreux, que beaucoup ont finalement renoncé, que c'est une manifestation en ordre dispersé, des mots d'ordre devant qui jurent avec ceux de derrière, ça sent la dissension à plein nez, ce n'est pas motivant pour les gosses, ils auraient mieux fait de rester chez eux à réviser. J'ai envie de la gifler. Elle me demande qui est cet homme à côté de qui je marche, je lui dis que c'est le frère d'une amie et, de nouveau, je la laisse.

Quand je rentre le soir, il est près de dix heures. Les enfants sont couchés. Je dis à Alain que nous avons dîné en ville avec Françoise et un autre collègue. L'air désolé, il m'apprend qu'au journal ils ont avancé de faibles chiffres, que la manifestation n'a pas mobilisé grand monde. Ah oui ? Je ne regrette quand même pas d'y être allée. Évidemment, j'ai mal aux jambes, je suis fatiguée, je monte me coucher, cuver mon bonheur seule et dans le noir. Tu ne demandes pas comment vont les enfants ? s'étonne Alain. Si, bien sûr, je demande.

Il y a quelques mois, j'aurais pris la nouvelle en plein cœur, je me serais rongée, lamentée. La manifestation est un fiasco. Devant ma télé, je sens que je passe des étapes. Je suis même assise en tailleur, presque détendue. Désormais, je parie sur le pire ; l'histoire est en marche et ça ne dépend plus de personne. On est déjà au-delà. À quelle vitesse le compte à rebours va-t-il défiler ? Ça pourra prendre des années, des mois peut-être. Quand vais-je me retrouver derrière les guichets d'une administration qui me refusera mes papiers ? Non, mademoiselle, je suis désolée, mais nous ne pouvons pas, vous êtes… ce sont les nouvelles directives… Et moi, debout, je me tords les mains, je répète mes répliques, pour répondre si on m'attaque, sans m'énerver, comme une fille polie, une bonne petite Française. Et je regarde les autres si calmes, ce ne sont que des papiers, si ça ne va pas on reviendra, tandis que je danse d'un pied sur l'autre, que rien ne me calme, que je n'en ai pas dormi de la nuit, car aujourd'hui, c'est jour d'expulsion. Tout avocat qu'il est, c'est mon père qui m'a refilé ses tremblements devant les guichets et avant lui, ma grand-mère, apatride toute sa vie. À la maison, on parlait régulièrement de ça, les titres de séjour, de transport, toute cette paperasse qu'il fallait réunir, renouveler sans cesse, parce que aucun pays n'en voulait comme citoyenne. Ma grand-mère paternelle avec son titre de transport en toile bleu jean, un faux titre, un passeport de pacotille. Elle est là, et ses mains noueuses, toutes tachées, toutes ridées, tiennent le petit livret à la couverture denim que je veux toujours lui chiper pour l'assortir à la nouvelle trousse que ma mère vient de m'acheter.

Apatride. Adolescente, le mot me fait rêver. Il y a dedans de l'Apache et de l'Atride, rien que de l'exotique et de la tragédie, de la peuplade sauvage et disparue. Je m'en régale d'autant plus que les grands-mères de mes amis sont auvergnates, lorraines, tandis que ma grand-mère, à elle toute seule, c'est l'Empire austro-hongrois et le Moyen-Orient réunis. Mais cela ne dure qu'un temps. Car les vieilles mains tremblent sur le petit livret qui ne sera déjà plus valable le mois prochain. Elle a plus de quatre-vingts ans, elle a vécu dans quatre pays différents, des enfants dispersés sur trois continents, mais rien de tout cela ne fait d'elle une citoyenne du monde, juste une vieille dame anxieuse, assise près du téléphone. Comme on a besoin d'enterrer ses morts, les vivants ont besoin d'un trou pour vivre, minuscule sillon, enclave, niche, petit abri dans lequel se cacher quand on leur veut du mal. J'ai fini par comprendre que ça sert à ça un passeport, à caresser l'illusion de cette niche. Désormais, je ne supporte même plus qu'on se pâme sur le faste de mes origines et je n'ai qu'une envie : envoyer le livret en toile bleu jean au visage de mes admirateurs.

Quelques jours plus tard, je trouve un message d'Emmanuel sur mon répondeur. Il dit ce n'est pas possible cette dispute, qu'on doit se parler, il répète, ce n'est pas possible. J'opine de la tête, je dis si, c'est possible, Emmanuel, notre jeunesse est derrière nous. Nous n'avons plus qu'à parier sur l'ivresse, à rester dedans le plus longtemps possible avant qu'on nous tire de là et qu'on nous force à être des juifs sobres, des juifs à jeun. Mes yeux avisent ma bouche dans le miroir, je suis en train de parler seule. Je le rappelle immédiatement, je dois parler à quelqu'un. C'est expéditif : nous prenons juste rendez-vous le lendemain pour dîner.

Il est assis à une table avec deux autres types que je n'ai pas vus à la soirée. Ils rentrent à peine de Chine, précise Emmanuel. Tant mieux. Je n'ai pas envie qu'on me voie arriver en pensant, tiens c'est la nympho de l'autre soir, la psy qui prophétise. J'ai les jambes un peu molles, mais je les rejoins. Emmanuel me présente, avec cette courtoisie, cette élégance dans les gestes qu'il a toujours eues. Je m'installe au milieu d'une conversation assez vive autour d'un film, ils sortent du cinéma. Ils sont d'accord, pas d'accord, peu importe. Sous chaque phrase, il y a une référence commune. C'est un échange si familier que je n'ai aucun mal à suivre, au contraire. Soudain, je voudrais avoir vu le même film qu'eux, pouvoir répondre, parler de cette scène fabuleuse, de ces dialogues si ridicules, retrouver le goût des désaccords sans tragédie. C'est Paris, des intellectuels de gauche, c'est ma famille et elle me manque.

Je me rapproche d'Emmanuel, j'ai besoin qu'il sente comme je suis heureuse, un instant je penche ma tête sur son épaule, je reconnais son parfum, je devine son sourire. En quelques secondes, je me suis calée dans le nid, j'ai retrouvé la chaleur, la confiance. La conversation est moelleuse comme un édredon, rien de mal ne peut arriver, nous sommes entre amis... Passé la jeunesse, c'est aussi ça être de gauche. Quand on n'a rien espéré, cru en rien d'autre qu'un bonheur individuel, un bonheur au mérite, où est l'émotion ? où est le partage ? De quoi se nourrit la mémoire ? Les intellectuels de droite ont la conversation vive et spirituelle, mais autour de leurs tables personne ne console personne puisque personne n'a jamais cru en rien. Les Canadiens de Denys Arcand ne peuvent pas être de droite ; les Italiens de Scola non plus. Le désenchantement tient les amis ensemble aussi fort que les illusions. Peut-être plus fort encore. Tous les films sur l'amitié racontent ça. C'est un signe. C'est un cliché. C'est un signe et un cliché.

Les amis d'Emmanuel se lèvent. Nous nous embrassons, nous nous reverrons bientôt, forcément. Puis Emmanuel me demande si je veux boire autre chose, je dis juste pas d'alcool, je ne veux pas déclamer, je ne suis pas une pythie. Subitement j'ai le ventre noué, j'ai peur parce qu'on va parler de ça, qu'on est là pour ça, pas pour évoquer ses voyages, ni mon travail ni nos vies sentimentales. Nous sommes deux amis de vingt ans, nous étions comme frère et sœur, nous ne nous sommes pas revus depuis des années et notre intimité aujourd'hui, c'est la situation géopolitique du monde. Je me dis que c'est ça le début de la guerre, quand les rapports entre les êtres proches font entrer les États, les traités d'alliance, les réformes administratives.

Je t'appelle « petite sœur » depuis toujours, dit Emmanuel, mais tu sais que la grande, ici, ça a toujours été toi. Tu le sais ? Oui, je le sais, sauf que je ne me sens plus la grande sœur de personne, je n'ai aucun talent pour la protection. Même à l'égard de mon fils, je laisse tout ça à son père. Tu ne sais pas dans quel pays tu es revenu, Emmanuel. Il s'énerve, dit qu'il n'était pas en Papouasie, qu'il a tout vu, tout suivi, qu'il faut que j'arrête avec ça, que c'est ridicule.

— Je n'arrive tout simplement pas à comprendre comment des juifs font pour ne pas soutenir Israël, même si c'est inconditionnel, même s'il y a de l'aveuglement. Quand ton père ou ta mère se conduisent mal, tu le leur dis, mais en public et devant les autres, tu les soutiens, non ?

— Tu ne connais pas la situation des Palestiniens, tu ne veux pas la connaître…

— Le problème n'est pas là…

— Si, justement, le problème est là, laisse-moi parler ! J'ai vu les gosses des territoires, la misère, les bouclages… J'ai vu les gens des collines, bientôt ils seront capables de tirer sur leurs propres soldats, ils les traitent de nazis quand ils les voient passer… Et puis tu ne connais rien à l'humiliation arabe, aucun juif ne se rend compte de ça, tu n'as qu'à aller un matin devant un consulat arabe, n'importe lequel, et là, tu comprends tout en une seconde, les files de gens qui mendient des papiers, pour avoir le droit de rester loin de leur pays et quand ils les ont, les papiers, s'ils les ont, on les regarde encore comme de la vermine. Israël, c'est devenu ça aussi, cette arrogance, ce mépris ! Les juifs sont devenus ça.

— Dans les manuels d'histoire, il y avait toujours un chapitre qui s'appelait « La montée des dangers ». À l'époque, je ne comprenais pas, pour moi, il n'y avait pas de montée, il y avait les années d'avant et puis un fossé, un truc inexplicable, un tour de passe-passe. Maintenant je comprends, maintenant nous y sommes, le terrain est préparé. Il n'y a jamais aucun mystère, c'est juste l'affaire d'une dizaine d'années, une affaire de temps, les dangers montent comme les eaux.

— Anne, de quoi tu parles ? Tu es en plein délire...

— Le monde veut changer de cycle, et les juifs servent à ça. Avec une nouvelle catastrophe, on ouvre une nouvelle ère, c'est aussi simple que ça. Au bout de cinquante ans, les modèles et les références s'éculent, s'éventent. Il faut tout renouveler sinon l'histoire n'avance pas et c'est insupportable, relancer les cycles, tu sais, l'antique malédiction. La disparition d'Israël, ça fera de bonnes discussions et de bons livres pour le siècle qui commence, de nouveaux prix Nobel et des commémorations rafraîchies.

Je ne lui parlais plus de lui, je cherchais à toucher autre chose, je n'avais plus rien à perdre.

— Tu es folle.

Il a dit ça sans bouger un cil. C'était cinglant.

— Emmanuel, de quelle chair tu es fait pour ne pas avoir peur ?

— Il m'arrive d'avoir peur…

Après un silence, c'est sorti, comme s'il voulait jeter un pont. J'aurais pu me ruer dessus, me rapprocher.

— Non, tu n'as pas peur… Tu n'as pas d'enfant, alors la vraie peur, tu ne sais pas ce que c'est. Et tu ne sauras jamais.

L'échange s'est cassé comme un bois sec et j'ai vu la rage dans ses yeux. C'était comme une injure à son homosexualité, de la plus basse espèce, je suis sûre que c'est ce qu'il a pensé, que c'était vil et mesquin. Nous avons fini nos verres, mais nous ne pouvions plus dîner ensemble.

Nous nous sommes levés. Emmanuel est parti payer pour qu'on n'ait pas à attendre le garçon et, quand il est revenu, il m'a serrée dans ses bras, avec une tendresse roide, des muscles froids. Il m'a étreinte pour que ce froid me gagne. Comme on réchauffe quelqu'un, on peut le refroidir.

Alain vient de couper l'herbe. Dans tous les jardins alentour, on vient de couper l'herbe. J'aime cette odeur du printemps qui va vers l'été, les promesses de cette odeur. Autrefois, avec les enfants, on s'y rassemblait et on tentait de chercher d'autres senteurs sous cette odeur. Ils criaient dès qu'ils en tenaient une et moi, j'arbitrais. Désormais le printemps ne mène plus vers aucun été. Il devait m'appeler hier, il ne m'a appelée que ce matin, et je dois combler ma faim avec ce seul coup de fil, sa voix pendant de très brèves minutes, je dois m'en nourrir, m'en contenter pendant les jours qui vont suivre alors que j'ai déjà l'impression d'être le jour suivant, que ses mots s'amenuisent, que la faim affleure immédiatement sous les mots, qu'elle est insatiable. J'ai besoin d'un autre coup de fil pour tenir, puis d'un autre encore. Je marche dans mon jardin comme dans une plantation qui meurt de sa douce mort, la vie n'est plus qu'apparente. De l'extérieur, c'est un joli jardin où vit une famille tranquille. De l'extérieur, personne ne voit que la mère est une femme affamée, qui marche avec cette faim comme un filet d'air qui s'échappe et la vide, elle est en train de se vider.

Entre les Tuileries et le musée d'Orsay, il y a une passerelle avec des marches en bois qui n'ont pas de jointure. Alors, entre les marches, on voit couler la Seine. Quand on monte on a le vertige, car les yeux ne se portent que sur les rectangles de matière liquide, ce qui devrait être fixe ne l'est pas, c'est un fleuve qui s'écoule à contre-courant pendant qu'on gravit des marches, on a vraiment l'impression de marcher sur l'eau, c'est étrange. Il faut être très fort pour traverser cette passerelle sans vaciller. Après notre dernier rendez-vous, j'ai traversé la passerelle, je regardais vers le haut et je voyais le bas, la Seine qui me prenait, défaisait mes visions, les rendait mouvantes. Un vertige s'est emparé de ma vie. Je n'aime pas l'amour.

Ce matin, Tom est parti s'installer chez son père. Il a mis ses affaires pêle-mêle dans un gros sac, a choisi quelques disques sur son étagère, des livres de classe, des bandes dessinées. J'étais dans l'encadrement de la porte et je le regardais sans un mot. Je ne lui ai pas proposé de l'aider à plier son linge comme une bonne mère l'aurait fait, je n'ai pas suggéré, prends ton shampooing, Tom a le cuir chevelu très fragile, il utilise un produit spécial, je savais que chez Vincent il n'y en aurait pas, je n'ai rien dit d'attentionné. Son père l'attendait en bas. Il est parti sans m'embrasser, je ne lui ai pas réclamé de baiser. Je ne l'ai pas embrassé depuis des semaines, j'ai oublié la douceur de sa joue, son odeur, je ne veux pas me rappeler que mon fils est encore un garçon tendre, l'enfant dont je connais tous les recoins de peau. Je l'ai laissé faire sa valise comme un adulte responsable et résolu, vaguement ingrat, c'était plus facile à supporter. Et quand il est sorti de l'appartement je me suis assise sur son lit, j'ai regardé tout ce qu'il avait laissé comme s'il m'avait quittée. Puis j'ai pensé que pour mes consultations ce serait plus simple, que je n'aurais plus à me préoccuper du bruit, de son sac dans l'entrée, de la porte des toilettes qu'il ne referme jamais complètement.

Tom vient de s'en aller et je ne pleure pas. Je vois Tom faire sa valise et je ne chavire pas. Je me tiens peut-être même un peu plus droite parce que je sais justement qu'on attend que je ploie. J'en ai fait le truc de la juive, son jugement de Salomon, sa lettre écarlate ; j'en ai privé les autres mères, Virginie, ton fils à toi, on ne te le prendra pas, tu n'auras pas à choisir entre ton fils et ta fille, on te les laissera tous les deux et, quand ils seront grands, ils se rappelleront cette période comme une parenthèse bienheureuse, nous n'allions plus à l'école, nous étions avec maman, tout le temps, cachés, hors la loi mais vivants et si heureux. Tu seras toujours là pour tes enfants, Virginie, tandis qu'on me demandera de sortir, alors je préfère sortir avant qu'on me le demande. Je sexue l'histoire, je la filialise, je lui injecte des doses de filiation, qui, par capillarité, vont faire son tissu, ses déchirements, son nerf ultime ; je la familialise, je la maternise comme du lait. Une patiente à qui l'on apprenait son cancer incurable a eu cette phrase : je veux cinq ans pour mes enfants. Ce n'était pas une supplication, c'était un ordre. Devant la mort, une femme ne pense qu'à ses enfants, où qu'ils soient, dans la même pièce ou au bout du monde, qui qu'ils soient, elle ne pense qu'à eux. C'est un fil qui la tire, qu'elle ne perd jamais ni dans le noir ni dans la brume. Est-ce seulement de l'amour, d'une personne à une autre personne ? Non, c'est autre chose, c'est un maillage organique, une intrication de tissus vivants qui ne peuvent se départir sans flétrir aussitôt, ce n'est pas seulement de l'amour, c'est de la chair, c'est ce qui fait la différence entre la viande et la chair. Ce n'est pas seulement un enfant qu'on m'arrache, alors qu'est-ce qu'on m'arrache ? Je me soupçonne d'inventer une zone de douleur ultime, une souffrance inégalable, antique, hollywoodienne, pour qu'une chair insensible et travaillée par le froid s'étale tout autour, que rien ne fasse plus jamais mal, qu'on me laisse jouir de mon indifférence. Sans Tom à la maison, ce sera bien plus pratique pour les consultations et les amants de passage...

Il est plus de minuit, Virginie est assise en équerre contre le mur du palier, son portable dans une main, le dos droit. Je ne dis rien, je l'aide à se relever et j'ouvre ma porte. Machinalement, elle part s'asseoir dans le fauteuil comme si elle avait besoin d'une coquille pour ne pas se briser davantage, éparpiller ses morceaux. Je n'ai pas à demander ce qu'elle a, d'elle-même elle dit, j'ai vécu une passion, et ce soir, il m'a plaquée, il y a une heure. Tu imagines ? Oui, j'imagine...

Ses yeux se rivent à la menora qui se trouve sur la cheminée. Et elle parle. Elle revient sur tous les détails, leur rencontre, la tentation qui la pince dans le ventre, les yeux qui s'ouvrent, le vertige. Elle revient sur tous les méandres du dilemme, le mensonge, la vérité, l'illusion de transparence qui les soudait jusque-là, Alain et elle, elle dit leur couple, on dit toujours couple quand les dangers menacent parce que ça sent l'agglomérat le couple, la réunion de deux choses qui vont se disjoindre, dans notre couple il y a cette exigence de transparence, elle ne bouge pas, pas un orteil, pas un doigt, à peine si ses yeux cillent lentement, rarement, elle parle comme elle n'a jamais parlé, comme pétrifiée, son débit lui prend tous ses mouvements, toute sa souplesse, elle parle comme on chante, chaque syllabe posée sur une note, pas une note, pas un espace de mélodie sans un mot, un chant continu dans lequel elle s'enveloppe, se coule, les notes poussent sur son corps de partout, de tous les côtés, comme des bourgeons qui l'envahissent à toute vitesse. Elle revient sur sa rencontre avec Alain, leur entente, son sentiment de sécurité. Jamais elle n'avait connu ça, cette confiance, cet avenir creusé pour elle, les enfants, ce sillage en avant d'eux, pas en arrière, tranquille, lent, certain ; j'aurais dû me méfier, eh oui ma belle, tu aurais dû, il faut toujours se méfier, on ne se méfie jamais assez. Pourtant j'étais heureuse, je ne manquais de rien… Je veille à ne pas l'écouter comme une patiente mais comme une amie, je m'assois près d'elle, je vais chercher de l'eau, je fais une tisane, je tamise la lumière. Elle ne suit aucun de mes mouvements, elle ne me voit pas, j'ai l'impression d'être derrière elle même quand je suis devant, de toute façon elle regarde la menora, c'est tout ce qu'elle voit, sa vie qui défile entre les branches de la menora. Elle dit il m'a plaquée, je dois retrouver la vie normale, comment retrouve-t-on la vie normale après tant d'intensité ? Pauvre Virginie, tu as juste compris que tu avais un corps et que ton mari ne te donnait plus assez de plaisir pour le sentir, et tu appelles ça l'intensité, c'est classique, toutes les femmes mariées passent par là, j'en ai tant parmi mes patientes... Les enfants, les courses, les repas, les vacances, comment vais-je faire, Anne, pour retrouver ça sans devenir folle ? Pourquoi il m'a plaquée ? Et là, j'entends que tu pleures, c'est la seule intrusion possible, tes larmes dans ta bouche, sur tes syllabes. Je sers la tisane, j'y verse un peu de miel. Je pourrais encore me rapprocher de toi, poser une main sur ton épaule, mais je préfère enliser mon regard dans la coulée brune, élastique du miel autour de la cuillère, avec cette idée que la douceur, ce soir, reste à l'extérieur de moi, ce miel si suave qui s'enroule autour de mes gestes si secs.

Tu envisages toutes les raisons pour lesquelles il a pu te quitter, tu ne lui as jamais mis la pression, tu ne l'as obligé à rien, c'est lui qui est venu te chercher, alors pourquoi te laisser à présent ?

— Parce que les hommes sont comme ça.

— Non, pas lui... lui, il n'est pas comme ça.

Si, lui aussi, surtout qu'il a senti la femme frustrée, celle qu'on repère à dix kilomètres, celle qui vit dans le confort, la tiédeur, qui a tout misé sur une chose sans risque, il l'a reniflée tout de suite, c'est d'ailleurs sans doute ça qui lui a plu chez toi, te sortir du nid pour te mettre aux abois. Et tu l'es. Il te faudra certes un peu de temps pour retrouver le plaisir d'être en famille mais il est dans tes gènes, tu le retrouveras, il te siéra de nouveau, comme si tu ne l'avais jamais quitté, comme si rien n'avait bougé... Au début, tu te sentiras un fantôme dans ton lit, ton jardin, ta cuisine, même les étreintes de tes enfants seront blanches et blêmes, elles ne laisseront rien sur ta peau, elles ne seront que les caresses en creux de celui qui t'a donné faim, tu seras trop au large. Un mauvais moment à passer, mais seulement un moment. Ensuite, tu rouvriras les yeux sur cette vie tranquille qui est la tienne ; en voyant Alain rester si égal devant ta stupeur, tes yeux de morte, tu le trouveras merveilleux, si constant, si courageux, toujours prêt à te soutenir par amour et fidélité ; ta maison te paraîtra belle, si belle, tous ces camaïeux de beige et de brun, du meilleur goût, tu n'en reviendras pas que toi, Virginie Tessier, élevée par des parents petits-bourgeois, dans un décor de canapés en faux cuir, d'abat-jour fleuris et de napperons sur les guéridons, tu aies pu réussir à si bien épouser le bon goût, sans te forcer, naturellement, parce que tu t'es élevée dans l'échelle sociale, que la culture s'est ouverte à toi, que tu as pris la distance de ceux qui savent, de ceux qui sont un peu au-dessus, oh, pas énormément, juste un peu parce qu'au fond ils restent humbles et conscients de leurs origines, toi tu n'oublies jamais que c'est une providence qui t'a fait bifurquer, que la logique aurait voulu que tu aies la même vie que ta mère, elle te l'a assez répété d'ailleurs que sur sa route, elle, elle n'avait pas croisé la providence ; elle est suffisamment fine, tu es sa fille après tout, pour savoir que tu as bougé, que vous n'êtes plus exactement du même monde grâce à ces longues études que tu as faites, tu savais qu'elles devaient être longues pour t'éloigner d'eux le plus possible, qu'il te fallait au moins ce temps-là, que, plus courtes, tu aurais dû t'y reprendre à deux fois et encore, sans garantie, tu aurais certes été plus savante, mais le monde autour de toi n'aurait pas bougé ; souvent tu constates que ce qui vous sépare, c'est que toi tu connais son monde, tandis qu'elle ne connaît pas le tien, elle ne fait que le rêver, le grandir, vous les intellectuels, dit-elle... Oui, ta mère, lorsqu'elle parle de toi, elle dit, vous les intellectuels, elle qui t'a portée, nourrie, lavée, qui enferme dans sa mémoire l'image de ton corps d'enfant, elle en connaît tous les contours, toutes les proportions, malgré les années, cette image ne la quittera jamais car elle est ta mère, eh bien, désormais, malgré cette image devant ses yeux, dès qu'elle prononce ton prénom, elle te désigne dans cette distance, cette déférence, ma fille, c'est une intellectuelle...

Tu retrouveras ça avec bonheur et sérénité, parce que ce temps qu'il t'a fallu pour le construire est sans commune mesure avec ces quelques instants d'éternité que ton amant t'a fait miroiter... Enfin ça, au début, je sais que tu le dédaigneras, que tu cracheras dessus, que tu te préféreras caissière, inculte, mais dans ses bras, plutôt que confortablement calée contre le flanc de ton mari mélomane.

J'aimerais déplacer la menora pour voir si tes yeux bougent avec mais je n'ose pas, je dois t'écouter, être l'amie qui te console alors que tu touches le fond du désespoir, c'est mon rôle ce soir, et je te dois bien ça, toi qui m'as si souvent offert le repos, ton ventre sur lequel je posais ma tête, le jardin de ta grand-mère, tes souvenirs d'enfance, juste le frottement des ailes d'une libellule pour troubler le silence des montagnes. D'habitude, les grandes rencontres d'une vie sont celles qui repoussent la ligne de l'horizon, mais quand toi, tu es entrée dans mon champ de vision, j'ai vu le contraire, une surface qui s'approche et vous empêche de voir au-delà, un point de clôture, une invitation à se poser là, à se contenter de la portée d'une main. Comme le soir du Seder où tu as débarqué avec ta robe du dimanche, où dès le seuil j'ai vu ton air godiche, tes grands yeux qui regardaient partout sans oser se poser, j'ai vu ma mère te dévisager comme la dernière des gourdes et se demander où je t'avais dénichée et surtout pourquoi tu m'intéressais, mais j'ai bravé son regard parce qu'au fond de ton air godiche je devinais tout le repos que tu allais me donner ou en tout cas me permettre d'approcher, ce monde tranquille et posé depuis des siècles, ces familles que personne ne délogerait jamais, ces vacances à la montagne que tu pouvais prévoir pour les années à venir sans que rien, aucun événement de l'histoire, n'y contrevienne. Dans le couloir de l'entrée, j'ai immédiatement répondu à l'étonnement de ma mère, je lui ai décoché un regard fier et démonstratif qui déclarait c'est mon amie, elle n'est pas de notre monde mais c'est ce qui me plaît parce que le monde qu'elle m'apporte est un cadeau qui ne s'achète pas, un immense cadeau que vous, mes parents, vous ne pourrez jamais m'offrir. Alors ma mère si snob, si attachée aux apparences, a fermé les yeux sur ta robe mal coupée et les fanfreluches qui étaient cousues dessus, elle a fait semblant de ne rien voir et elle a ravalé l'once de mépris que j'avais vue affleurer, elle t'a placée à côté d'elle à table et n'a plus eu à ton égard que sourires et mots gentils.

Mais ce soir ton hébétude ne m'est d'aucun secours, que ferais-je d'une Virginie Tessier en proie aux grands tourments ? Ta prostration me donne envie de bouger, je n'arrête pas d'aller et venir, je tourne autour de toi, mille fois, je repars vers la cuisine chercher du sucre, d'autres cuillères, des serviettes. Tu reviens sur les détails de cette étreinte que tu as connue, l'alchimie des corps, l'appétit vorace et, outre ces mots qui ne te vont pas, qui jurent sur tes lèvres, quelque chose dans ta voix me pique, je ne sais pas vraiment quoi… Tu me rappelles cette conversation devant les bières, en ajoutant que désormais tu comprends chacune des phrases que j'ai dites alors, que nous parlons d'une même voix, d'une seule voix, tu comprends tout ce que je te confiais ce soir-là, rien ne t'est étranger si ce n'est que, toi, tu as connu la passion. Je ne m'étais pas trompée, j'avais bien senti la nuance poindre, la minuscule touche qui fait toute la différence entre mes coucheries et ton histoire d'amour ; mais tu continues à dire que tu te sens proche de moi, tu ne l'as jamais été à ce point, tous nos différends, dis-tu, se consument dans ce rapprochement, ils n'importent plus, ils n'ont jamais importé, ces choses-là n'importent jamais autant qu'on l'imagine lorsqu'on se dispute, la preuve, ce soir ça n'existe plus à côté de ce que tu me confies, de l'attention que je te porte, c'est bien que je sois là, tu n'aurais jamais pu aller dire ça à quelqu'un d'autre qu'à moi, il n'y a que moi pour comprendre ça... Je te soupçonne d'avoir vécu ça pour me rejoindre, colmater la brèche, continuer à m'emboîter le pas, et je pourrais me laisser prendre à ta sollicitude, à tant d'admiration, mais je connais la suite, cette suite que tu n'envisages pas parce que tu es au cœur de la souffrance et que la convalescence ne s'envisage jamais lorsqu'on souffre autant.

Une nuit, j'ai eu une horrible crise de vomissements, je n'avais jamais connu ça, un virus étrange, on n'a jamais su ce que c'était. J'ai vraiment cru que je vivais mes dernières heures, j'étais seule avec Tom qui cherchait à joindre son père, mes parents, mais ce soir-là personne n'était joignable. Je lui ai dit d'appeler SOS médecins. Le docteur m'a fait une piqûre et les vomissements se sont calmés ; je suis revenue à la vie au bout de quelques minutes. Ce soulagement que j'ai connu là, je me suis dit alors qu'il était le comble du soulagement, de la santé retrouvée, j'avais suivi tous les mouvements par lesquels je passais, la douleur était cuisante mais je ne perdais pas connaissance, et quand le produit a commencé à circuler ça a été le bonheur, je l'ai dit à Tom qui n'a pas bien saisi, je souriais comme une illuminée, une camée, je le regardais assis à mon chevet comme un enfant qu'on croit mort et qui revit, je m'étais sentie mourir et c'était lui qui revenait à la vie, la vie nous reprenait par en dessous, charriant tout sur son passage, autour de moi rien n'avait changé, tout semblait aussi tranquille que d'habitude, mais dessous, un courant puissant nous empoignait, un courant qu'on avait endigué un moment et qui, reprenant de plus belle, se déchaînait. Souvent j'ai cherché ça ensuite, ce calme qui ne revient pas comme une tranquillité mais comme une extase puissante, tellement la douleur a été puissante. Sans doute au lendemain d'un armistice on doit connaître ça, quand la paix revient, elle revient comme une intense tranquillité… Depuis cet épisode, j'ai senti dans mon corps que si la tranquillité s'installait enfin dans ma vie ce ne serait pas comme une chose tiède ou molle, mais comme une force souterraine qui me saisirait si puissamment par en dessous qu'elle serait capable de tenir ensemble tous les morceaux de ma vie.

Donc je connais la suite, ta convalescence est fléchée, Virginie, après l'urgence, après la solitude, l'abandon, l'humiliation, tu vas te relever, reprendre le gai chemin de ta maison, des cours de piano et d'équitation, l'éducation parfaite de tes enfants, des dîners entre amis qui ne perturberont en rien l'écoulement des jours parce qu'il ne s'y passera rien de différent, que les amis pensent comme toi, ont la même vie que toi, les mêmes projets, les mêmes ambitions, que ces dîners entre amis sont des dîners pour rien comme tous les moments d'une vie qui s'y emboîtent si bien, que la plupart des vies sont faites ainsi… Et ce sera le comble du soulagement, le retour d'une intense tranquillité. Tu viens de vivre quelque chose qui a dérangé le long cours mais ce long cours est si long qu'on ne le dérange jamais bien longtemps, il revient, redépose son grand corps doux et sinueux au milieu de la plaine, dans le sillage un moment quitté mais si brièvement que la trace ne s'est pas effacée complètement… Et sitôt que tu auras retrouvé ta plaine, nos différends resurgiront, reprendront de leur importance, referont les fiers devant nos années d'amitié qui, de nouveau, n'en mèneront pas large, et nous aurons d'autres mots, d'autres silences, d'autres regards fuyants. Ainsi, une fois de plus, je t'aurai ouvert la voie. Je finis par penser que ce que je t'ai raconté l'autre soir en buvant des bières t'a donné envie d'aller y voir par toi-même, qu'à mon insu c'était une invitation. Tu y seras allée et ton bénéfice sera plus grand que le mien, parce que pour finir tu tiens toutes les cartes entre tes mains tandis que mes mains à moi ne tiennent plus rien, à cause des tremblements, je perds aussi vite que je gagne, je ne tiens rien. C'est ça que j'ai entendu et qui m'a piquée, Virginie, cette pointe de compétition faussée, nous ne sommes pas égales, pas égales du tout, nous ne l'avons jamais été et, comme j'ai vieilli, je ne supporte plus d'ouvrir des voies pour d'autres, surtout quand ces autres-là s'y engouffrent, montent au septième ciel et me toisent comme une roulure pour qui le sexe n'a certes plus de secrets, mais qui n'a pas de sentiments. Et tu vois, même du sexe je suis sortie, j'ai cru que j'y resterais mais non, j'en suis sortie.

Tu vis là un tout petit malheur, Virginie, qui te semble vertigineux tellement tu n'en vois pas le bout, mais de là où je suis moi, je t'assure qu'il est minuscule, qu'il ne menace rien, il te ramène tout droit chez toi, vers les êtres et les choses qui ne t'abandonneront jamais. Sans doute tes rêves seront-ils plus sauvages, un peu plus défroqués, des rêves qui te diront qu'il faut vivre pour soi, mais avec le temps, ça aussi, tu verras, ça passera.

Tu détournes enfin les yeux, Virginie, et là, tu me vois. Tu as beau être ensevelie sous ton chagrin, tu vois bien que, tout contre tes paroles, j'ai déroulé un autre fil, que je n'ai aucune sympathie pour toi à cet instant, vraiment pas l'once d'une compassion. Tu te relèves brusquement, tu fais tomber la tisane posée devant toi. On dirait que tu as vu un mort. Tu empoignes ton sac, ton manteau, puis tu claques la porte. Tu t'en vas, tu me laisses comme mon fils m'a laissée ce matin. Un courant d'air me signale encore ton départ puis très vite l'air ne bouge plus, tout est étale, tout est égal.

Sa cruauté m'a réveillée. Elle aurait réveillé un mort. Voilà, notre amitié se finit là. Je pense à cette fin depuis le début, ça fait vingt ans que je la redoute. Mais ça y est, c'est fait. Quand j'arrive à la maison, je traîne au salon, je pleure longtemps. Je ne sais pas sur quoi je pleure, mon amant, mon amie. Alain m'a entendue rentrer. Il descend aussitôt.

— Qu'est-ce qui se passe ?

Sa voix n'est pas tendre.

— Je ne sais pas… je suis dans un creux… les choses m'échappent…

Je mens comme je respire, je viens de tuer quelqu'un, le corps se trouve à nos pieds et je répète ce n'est pas moi. Mes larmes me protègent. Alain me prend dans ses bras. Son étreinte me dérange, je me raidis, je préfère encore la froideur d'Anne, ses mains qui n'ont même pas cherché à serrer les miennes, qui n'ont rien singé du réconfort. Je sais qu'Alain, lui, ne singe rien, qu'il est meurtri, qu'il fait de son mieux pour enrouler le tapis autour du cadavre, mais que malgré lui le corps dépasse un peu. J'évite tous ses regards, je prie pour qu'il ne cherche aucune vérité, aucun abcès à crever. Il me demande si je viens me coucher, oui, dans un moment, vas-y toi, monte, il est tard, tu dois être fatigué. Il monte lentement, il se retourne, je ferme les yeux, je ne veux même pas deviner sa silhouette dans le noir.

Lors de notre premier rendez-vous, malgré la douceur, la gentillesse, le désir qu'il avait pour moi, j'ai tout de suite détesté quelque chose en lui. Sa montre plate sur son poignet glabre. Je revois sa main qui s'avance vers la mienne, c'est la première fois, le premier geste qui s'égare, se risque, je ne devrais sentir que des frissons, une fébrilité intense dans tout le corps, de la joie, mais à la place mes yeux se collent à cette montre, à cette peau blanche et rose qui me révulse. C'est une sorte de zone froide qui vient barrer l'ardeur. Je ne peux pas lier ma vie à un poignet pareil. Tout comme cette réflexion d'Emmanuel lorsqu'il a rencontré Alain, tu mérites mieux, a-t-il tranché, un verdict que j'ai aussitôt enseveli pour qu'il me revienne dans ce jaillissement froid, glacial, sur cette montre en métal plate et efféminée, je mérite mieux que cette montre, mieux que ce poignet qui ne soulèvera rien, n'enflammera personne, mieux que ce type minutieux qui se réfugie dans la matière et les vocalises parce qu'il a peur du monde extérieur. Je ne monte pas le rejoindre dans la chambre, je me dis que c'est dans ces impressions premières et ravalées que gît souvent le nerf de la guerre. Et, comme s'il l'avait perçu, Alain redescend aussi sec.

— Quand est-ce que tu arrêteras de me prendre pour un con ? Tu me racontes des salades depuis des semaines et tu as pu penser que je te croyais !

— Tais-toi, tu vas réveiller les enfants.

— Les enfants ! Depuis quand tu te préoccupes des enfants ? Tu n'en avais pas grand-chose à foutre des enfants lorsque tu partais te faire sauter !

— Qu'est-ce que tu racontes ?

— Tout ça à cause de cette garce ! Anne Toledano, ta copine ! Ta grande amie ! C'est de la mauvaise influence en barre cette fille ! Avoue que c'est à cause d'elle !

— Quoi, à cause d'elle ? Je ne vois pas de quoi tu veux parler.

Il est trois heures du matin et nous nous écharpons. Ma maison tremble, crépite sous un feu. J'ai soudain l'impression qu'Alain rattrape un retard, qu'il est en train de me faire payer toutes nos soirées devant la cheminée où il s'est peut-être ennuyé sans me le dire, tous les dîners avec Anne et Emmanuel qui l'ont humilié, leurs gloussements devant la photo où il a les cheveux longs. Je suis en train de tout perdre, je ne l'ai pas volé. Il continue à crier, mais au lieu de dire tu es coupable, il glisse, il se décale, vise à côté… Je demanderai des conseils à Anne, comment élève-t-on des enfants lorsqu'on se retrouve seule, je retournerai vivre dans Paris, elle ne me donnera pas de conseils, elle sera aussi froide et indifférente que ce soir, elle me laissera tomber, tout le monde me laissera tomber, mes collègues, mes amis, mon mari, je serai une femme seule, je n'aurai plus guère que mes parents que je ne pourrai plus regarder de haut, que je retrouverai de plain-pied pour les fêtes de Noël, les vacances, les longs dimanches d'hiver ; je ne pourrai même pas récupérer ma bibliothèque puisqu'elle a été faite sur mesure, je devrai tout ranger dans de vulgaires meubles achetés en VPC, mon intérieur redeviendra en tous points celui d'une petite-bourgeoise pas vraiment arrivée, juste un peu plus cultivée que ses parents.

— Dis-le que c'est elle qui te l'a présenté ! Que c'est à cause d'elle que tu t'es fait sauter par ce type ! Dis-le ! Cette salope ! Elle n'en a pas assez avec tout le bordel de sa vie, il faut aussi qu'elle saccage la nôtre !

Les yeux d'Alain sont d'un noir presque brillant. Sa pomme d'Adam ne cesse de monter et descendre, les veines de son cou se tendent à l'extrême, il attrape toutes sortes d'objets et les jette sur le canapé, des journaux, des coussins, mon sac. Il pourrait casser quelque chose ; il casse quelque chose, une boîte en nacre posée sur la table basse, elle atterrit sur le parquet, un morceau de couvercle en moins, ce ne sont plus mes choses, rien ne m'appartient plus, je me sens ici en visite, mon mari est un homme inconnu que je découvre. Sa violence le rendrait presque viril. Souvent j'ai regardé son visage si calme et si égal en rêvant qu'une tornade s'en empare, que ses mâchoires se serrent, que ses lèvres s'écartent, je rêvais de voir la violence le faire grimacer, je guettais sa colère comme on attend d'une voix de gorge qu'elle libère enfin la voix de tête. Je pourrais au moins me réjouir de ça. Ses sopranos font pâle figure à côté de toute cette violence, cette bouche écumante, il postillonne, il vitupère, il hurle, il lynche une femme devant moi. Et cette femme est mon amie. Je dois absolument dire quelque chose pour qu'il arrête de l'injurier, mais je ne dis rien. Je le laisse faire, je la laisse prendre à ma place, de toute façon ils ne se sont jamais réellement appréciés, ça ne changera rien. Je pourrais même ajouter quelques bûches au brasier.

Oui, c'est à cause d'elle, oui, c'est chez elle que je l'ai rencontré, oui, c'est elle qui m'a jetée dans ses bras pour que je m'amuse un peu ; la vie est trop courte, elle m'a dit, ton mari est formidable mais tu as bien le droit de prendre du bon temps ! Oui, c'est à cause d'elle ! Oui, elle a une mauvaise influence, c'est une mauvaise influence, ce n'est d'ailleurs que ça, un serpent venimeux, une vipère, une anguille qui s'immisce dans la vie des autres pour instiller le mal, tue-la, fais quelque chose mais débarrasse-m'en !

Mais je n'en ai pas rajouté. Je n'ai rien nié, j'ai laissé faire, j'ai laissé dire, j'ai donné mon accord tacite à sa version de l'histoire : Anne était notre poison. Le mal venait de l'extérieur. Alain a fini par monter se coucher et moi, je me suis allongée sur le canapé. À l'aube, je ne m'étais toujours pas endormie. À la première heure, j'ai filé au lycée, sans me changer ni voir les enfants. Je redoutais leurs questions, qu'ils aient entendu nos cris dans la nuit, j'avais honte, et surtout je manquais d'expérience, jamais je n'avais eu à justifier de telles scènes entre Alain et moi.

Au bas de l'escalier, je fonce sur Omar en disant je veux te voir, j'ai à te parler. Son visage se contracte.

— Vous allez encore me cuisiner sur cette manif, ce n'est pas la peine, je vous ai déjà dit ce que j'en pensais.

— Non, pas du tout, ce n'est pas du tout ça. J'ai réfléchi, finalement j'aimerais que tu le fasses, cet exposé, celui dont tu m'as parlé plusieurs fois, je pense que ça intéressera tes camarades.

Et là, je vois ses yeux s'arrondir. Cela fait des mois qu'il m'en parle, depuis Noël, et chaque fois, je dis non, on verra plus tard, pour l'instant, ça ne correspond pas à ce que j'ai prévu. Il baisse la tête, il a l'air de peser le pour et le contre, de chercher le piège.

— Tu tâcheras d'être le plus objectif possible, de t'en tenir aux faits et aux citations, je peux te faire confiance ?

Que suis-je en train de lui demander ? De ne présenter du monstre que la face décente ? De garder pour lui la haine et la ferveur ? Ma question n'a pas de sens, mais lorsqu'il relève la tête, il sourit. Qui est en train de piéger qui ?

— Vous me donnez combien de temps ?

— C'est un sujet que tu connais bien, non ? Une semaine, ça te suffit ?

D'habitude, pour les exposés, je me mets au premier rang, sur le côté. Cette fois, j'ai préféré m'asseoir tout au fond de la classe. Je vois tout le monde, je sais lire un visage, un corps rien que par le dos, j'ai toujours su, et personne ne me voit.

Au tableau, Omar a écrit : « Antisémitisme et littérature ». Son élocution est parfaite. Il parle sans ardeur mais avec une sorte de conviction tenue, la voix de quelqu'un qui sait où ça le mène, qui discerne la logique des idées et qui avance en suivant la ligne. Il a le ton de l'objectivité et suffisamment d'habileté pour que la classe se méprenne. Je m'attendais à ce qu'il parle plus de littérature, qu'il cite des écrivains, mais il préfère les idéologues. Drumont le fascine plus que Céline, on dirait. Les autres prennent des notes. Une élève demande l'orthographe de Brasillach, ça s'écrit comment Brasillach ? Normalement, c'est moi qui me lève pour écrire les noms propres au tableau, les dates clés, pas l'élève, mais là je ne peux pas, je ne me vois pas écrire au tableau Robert Brasillach comme j'écrirais Georges Perec, je vais faire une faute, je vais casser ma craie, du coup je reste assise. Omar s'en étonne mais, sans se troubler, il se lève, je détaille sa silhouette, je n'avais jamais remarqué qu'il était aussi grand, aussi athlétique, je continue de glisser, je sécrète encore du désir, des flots inexploités, ça se déverse comme ça peut, dans la douleur, l'hébétude ou sur le premier adolescent venu. Omar n'a que seize ans, Omar est un enfant qui parle d'une France judaïsée sans mollir, qui prononce des noms que personne ne prononce plus, Urbain Gohier, Ploncard d'Assac. Il semble habité, sa tenue lui vient du dedans, il n'a besoin d'aucun regard, d'aucun retour. Et chaque fois il écrit les noms au tableau, sans même consulter ses feuilles, il connaît leur orthographe par cœur. Il n'y a jamais de sarcasme dans sa voix, aucune ironie, aucune peur, tout est dit avec le plus grand sérieux, sa voix regarde vers les mots qu'il cite en les éclairant un à un pour les arracher au silence. Les noms s'étalent en majuscules sur le tableau, si quelqu'un passe dans le couloir il les verra à coup sûr, tout le mur de la classe qui longe le couloir est surmonté de fenêtres, il suffit de lever un peu la tête. J'ai peur que quelqu'un voie ces noms et en même temps j'en meurs d'envie, qu'on me prenne en défaut, en train de franchir la ligne, de quitter la voie toute tracée du bon professeur de français qui ne transmet que les nobles valeurs de l'art et de la littérature... Sa voix est un puits de lumière qui ne peut épouvanter personne, même quand il parle de Blum, en disant qu'on l'a traité de « jument palestinienne », il a une manière de dire ces formules en s'asseyant juste à côté et en laissant les autres décider, il ne manifeste ni distance ni adhésion, il dépose les mots devant ses camarades qui notent, certains sourient, d'autres ouvrent de grands yeux, les réactions sont coupées, rien n'est entier, rien n'est franc, ni l'amusement ni l'indignation.

Ensuite il revient aux écrivains, il cite Jouhandeau, puis Blanchot. « Il y a dans le monde un clan qui veut la guerre… on n'a rien vu d'aussi perfide que cette propagande d'honneur national faite par des étrangers suspects pour précipiter les jeunes Français au nom d'Israël dans un conflit immédiat. » Sa voix reste suave, son buste droit, la ligne de ses épaules jamais ne fléchit. Je pense à la guerre en Irak, aux étranges similitudes de l'histoire, à ce nom d'Israël qui n'est pas encore un pays dans la bouche de Blanchot mais une sorte de divinité désertique, un mirage maléfique. On peut oublier que c'est un pays, on ne peut retenir de ce nom que ce vent du désert qui fascine autant qu'il menace. De même qu'on peut oublier qu'Omar est un Arabe.

J'ai soudain envie de me lever et de lui dire, dis donc Omar, tu sais que tous tes maîtres à penser n'auraient eu que le plus grand mépris pour toi, bien plus grand que celui que pourraient jamais avoir les juifs ou les Israéliens ? Mais tu es trop malin pour ne pas le savoir, alors qu'en fais-tu ? Comment tu te débarrasses de ce boulet ? Peut-être que tu ne t'en débarrasses pas, que tu trouves ça finalement beaucoup moins important que la haine qu'ils te servent sur un plateau, t'autorisent à éprouver même, car depuis l'affaire Dreyfus et Vichy on n'a pas fait mieux. Ou peut-être es-tu en train de rêver à de sombres alliances entre le christianisme et l'islam ? De sombres alliances qui vont crépiter dans l'air comme le nom d'Israël… Mais je ne me lève pas. Comme hier soir avec Alain. J'ai l'impression qu'en ce moment les gens qui m'entourent déversent la haine, que je ne recherche chez eux que ce geste-là, ce désengorgement, qu'elle se déclare enfin, avec moi qui regarde, laisse faire, qui ne me baisse pas, n'écope pas.

Omar ne m'épouvante pas, il me sert, c'est une parade, un antidote, une réponse à tous mes abandons. Un jour, j'en aurai fini avec toute cette histoire, je suis en train d'en vivre les derniers soubresauts. Une fois calmée, je ne regarderai plus de ce côté-là, je n'ai rien à y faire, c'est un passage. Les auteurs que cite Omar n'ont pas vu passer leur haine, mais lui est un très beau jeune homme, un jour sa haine passera...

Il ne cite pas toute la phrase de Blanchot, il dit c'est dans *Combat*, avril 1936, et je vois ses yeux briller de fierté, lui le petit Arabe, en train de citer *Combat* seul sur l'estrade de la classe, devant tout le monde.

— On va s'arrêter là, Omar, tes camarades en savent suffisamment. C'était clair, précis, très bien documenté. Encore merci, Omar.

Je pense qu'il attendait plus d'éloges et, honnêtement, son exposé en aurait mérité mais je ne peux pas encore, un jour peut-être je pourrai, comme j'ai fini par le laisser faire cet exposé, un jour je pourrai le couvrir de fleurs.

Dès le lendemain, la salle des professeurs est pleine de murmures lorsque j'arrive. Françoise s'approche, me dit il y a un problème, *tu* as un problème.

— Ah ?

— Un de tes élèves a parlé d'un exposé au nouveau prof d'histoire, tu sais, le stagiaire, il est juif alors tu comprends, il n'a pas apprécié et il l'a fait savoir.

— Qui est juif ? Je n'ai aucun élève juif.

— Mais non, je te parle du stagiaire d'histoire ! C'est un juif.

— Ah... et alors ?

— Et alors, on ne parle pas impunément à des gamins de première de Drumont et de Brasillach, ce sont des choses que tu sais, non ? Le proviseur veut absolument te voir.

Mon premier réflexe, c'est de lui répondre que ce n'est quand même pas moi qu'on va soupçonner d'antisémitisme, qu'avec mon histoire... mais que sait-elle de mon histoire ? Elle ne connaît pas mes amis, elle n'a vu Anne qu'une seule fois, tout ce qu'elle a vu de moi, c'est le centre équestre et les courses du samedi.

— Mieux vaut entendre parler de ces auteurs dans une classe de français que sur Internet, non ?

— Tu sais comme le sujet est sensible, reprend Françoise.

Elle m'agace, elle n'a pas d'avis, elle se fait l'écho de directives et de circulaires. Elle répète, tu devrais le savoir. Je continue de ranger mes dossiers dans mon casier, de feuilleter mes photocopies en pensant que je ne veux plus le savoir, que ma vie est en pièces, mais je ne dis rien, je la laisse à ses sermons et je sors. Je sens tous les regards me pousser dans le dos, je ne me retourne pas.

Un peu plus loin, je croise Jean-Paul. Il s'arrête, je lui dis que je sais déjà, que je dois réfléchir à tout ça, il n'insiste pas. Juste en s'éloignant, il me lance, goguenard, tu sais comme ils sont sensibles avec ça, on n'a le droit de rien dire, la prochaine fois, préviens-moi, je te donnerai quelques conseils ! Quelle prochaine fois ? Quels conseils ? Je n'entre nulle part, je ne rejoins personne, je ne cherche aucun complice. J'ai juste usé d'un rempart contre la cruauté.

J'ai pensé qu'il fallait que je m'y colle. Qu'après l'angoisse, la panique, il vaut mieux aller y voir, ne plus éviter les manifestations. Mais j'y vais comme je rêve de m'enfoncer dans les plis du cerveau de Virginie, ce rond de lumière au-dessus de sa tête, c'est une descente, torche à la main…

Les pétitions pour la libération des prisonniers, les photos d'enfants sur des tanks, les drapeaux, tout y est. Je regarde, je parcours les stands, rien ne me choque. Je me sens habitée, raidie comme des phalanges crispées, le sang ne circule plus, ne réchauffe plus rien, tout est gelé à l'intérieur. Exit l'alcool et le sexe, c'est un troisième genre d'état, quelque chose d'inédit, ni agitation ni fébrilité, presque pas de mobilité et pourtant c'est d'une intensité, l'intensité de qui s'approche du bord. Mais où est le bord ? On est samedi après-midi, en plein cœur de Paris, je me fonds dans la foule des promeneurs, anonyme, si blonde, personne ne me veut aucun mal. Je pense à ce mot de Drumont : « Le Juif dangereux, c'est le Juif vague… »

Je pourrais me déclarer, crier je m'appelle Anne Toledano et je suis juive. Ce serait ça le vrai courage, s'approcher du bord. Mais je suis une juive vague, une vague de judéité qui se balade en plein Paris, un samedi après-midi, et je ne vais pas me déclarer. Je ne suis pas venue ici pour en découdre mais pour voir, suivre un trajet, des méandres, tenter une déambulation cognitive.

D'abord, il y a la pitié, la charité qu'on éprouve pour les enfants dans la guerre – les bons parents qui voient les photos pensent un jour ils vont aussi nous prendre nos enfants, après les petits Palestiniens ce sera le tour des nôtres de se vider de leur sang pour qu'ils s'abreuvent et décuplent leurs forces ; les prisonniers torturés, toutes ces familles maintenues dans la misère par l'occupant. Ensuite, il y a la politique, ce peuple qui résiste à l'impérialisme depuis soixante ans, et plus loin, au fond, là où les gens ne posent pas leurs regards, où rien ne s'appesantit, il y a ce choix, plutôt les Arabes que les Juifs. Je veux savoir ce que ça dit, ce que ça cache, cette préférence.

Je me mets derrière les stands, je scrute les visages, des visages de Français, un peu roses du vin qui a été bu au déjeuner, je traque la moindre irruption subliminale, un affect, un souvenir, ce qui nourrit la charité et qui ne dit pas son nom, les dessous de cette attraction. Ils imaginent l'Orient, la langueur, des hommes assis devant les maisons, qui fument et qui regardent le soleil se coucher, les vieux qui parlent avec les jeunes, les femmes voilées, si humbles, si proches des murs quand elles passent, quel mal peuvent-elles nous faire ? Et face à cette langueur, un bloc d'Occident, inoxydable, avec ses règles, ses carcans : les cadences, le légalisme, le fast-food de l'autre côté du boulevard et les filles habillées comme des putes. C'est si bon de prendre le temps, les Arabes savent prendre le temps, mais pour autant le promeneur ne souhaite pas vivre comme l'Arabe, il veut continuer à boire du vin, à fêter Noël et à siffler les filles en minijupes. Il ne rêve pas de devenir arabe comme il a pu rêver de devenir américain – comme il rêve même encore un peu de l'être –, mais il veut désormais s'adosser à l'Orient, aux sortilèges de la misère, à la contemplation plutôt qu'à la production. D'autant que, derrière ce bloc, il y a un autre bloc, les juifs massés derrière l'Amérique, même avec Bush, en dépit de Bush, l'Amérique de n'importe qui, ce n'est pas comme les communistes lorsqu'ils s'adossent au bloc soviétique, s'ils se détachent on ne les tuera pas, au contraire, on les séduira, on voudra les avoir avec soi, les convertir, tandis que les juifs… Si bien qu'ils savent qu'en se détachant, eux, ils risquent juste de rejoindre l'extrême courbure de la Terre, là où il n'y a plus aucun asile possible.

Mais ça se retranche, je n'ai pas encore touché le bout. Je regarde passer les familles françaises qui avisent les tracts et les pétitions comme des objets artisanaux, pas très heureux mais faits main, avec tant de cœur, tant de passion. Il n'y a pourtant pas que la charité, il n'y a pas que l'élan humanitaire… Ils y reviennent. Ici, au moins, ils prennent le temps de vivre, ils ont gardé quelque chose de la nature, ici au moins, ils ne craignent pas le chômage et la misère, puisqu'ils y sont déjà ; c'est une attirance touristique, colonialiste – nous les aimons, nous les protégeons car, quoi qu'il arrive, nous leur sommes supérieurs, tandis que les juifs... Et cette nuance éclaire tout. Car au-delà de la préférence, il y a ce choix tranché, cette exclusivité : tout plutôt que les juifs. Je touche le nerf, je m'attaque aux silences, là où sont fermés tous les verrous, vers cette lassitude, cette volonté de changer de camp qui démange, ces juifs qu'on cajole depuis des décennies et qui pourtant, dès qu'ils le peuvent, se retrouvent entre eux avec cette façon de vous toiser...

— Tiens, tiens, Anne Toledano, vous ici ?

Je sursaute, je ne veux pas me retourner, je ne veux reconnaître le visage de personne. Une main se pose sur mon épaule. Je voulais juste observer, ne mêler aucun affect à tout ça. Mais c'est un jeune confrère marseillais, comment s'appelle-t-il déjà ? J'ai oublié. Je le croise à des colloques, des groupes de travail. Je souris béatement. Il me demande des nouvelles, évoque des confrères, ses récentes publications. Mes réponses sont laconiques, je ne veux pas être ramenée à la réalité, je dois rester concentrée sur mon exploration.

— Ça t'intéresse, ce qu'ils font ? Moi, je trouve qu'ils font vraiment du bon boulot, c'est du courage politique, y en a marre de servir la soupe aux criminels.

Il a dit « criminels », il va sans doute parler

de nazis la phrase d'après. Je rentre le menton, j'opine du chef avec désinvolture. Et pourtant, c'est un feu qui se rapproche, je n'ai qu'à tendre la main pour sentir la brûlure.

— Ils ont d'ailleurs beaucoup de juifs dans leurs rangs, ça me paraît même assez sain d'être juif et de s'opposer à cette barbarie, non ?

Oui, c'est si sain, aucune perversité là-dedans, flagellez-moi, flagellons-nous, nous n'en sortirons que meilleurs et grandis, les ennemis seront nos amis, ce n'est pas de la perversité, c'est la santé même.

— Si, bien sûr. C'est inadmissible, et ça dure depuis trop longtemps.

C'est moi qui ai parlé, et avec quel aplomb ! Un certain plaisir même, je n'ai jamais parlé comme ça, j'aurais dû faire du théâtre, des rôles de composition, c'est excellent pour le souffle, la diction, tout d'un coup mon ventre se dénoue.

— Sharon est une ordure, depuis toujours il rêve de liquider les Palestiniens, de les renvoyer en Jordanie, il est prêt à tout pour ça, même les attentats, ça l'arrange. Pire, il en a besoin, ça lui permet de tout justifier, c'est un danger pour le monde. Il fait semblant de croire à la paix, mais tu verras, c'est une manœuvre, il trompe son monde. Ce type est un nazi.

Non mais voyez-vous ça ! J'ai tous les mots qui me viennent, ma langue se délie, les sourcils qui se froncent sur la bonne syllabe, là où il faut, *the right thing at the right place*, et le visage de Sharon bien posé devant moi, les épingles que je fiche dedans avec une dextérité, un élan. Ça fait un tel bien.

— Je n'irai pas jusque-là... ça me dérange cette comparaison...

— Mais pourquoi ? Ils tuent des civils, des mômes toute la journée, pas pour ce qu'ils ont fait, mais pour ce qu'ils sont, il a la haine des Palestiniens, moi, j'appelle ça de l'extermination, en un mot du nazisme.

Alors là, bravo ! Je le dépasse, je le double, le coiffe au poteau, il est là avec ses douces condamnations tandis que moi, bravache, je sors l'artillerie lourde. Et, comme il sait depuis le début à qui il a affaire – les noms juifs n'ont pas de secret pour lui, sinon il ne serait pas là et tout ce bordel ne l'intéresserait pas ; quand on s'intéresse à Israël, on repère les noms juifs à cent kilomètres à la ronde, même si on les prononce mal, si on les chante avec l'accent corse, comme il l'a fait, c'était ridicule –, il n'en revient pas. Il me regarde avec une lueur d'admiration, d'ici à ce qu'il me propose de dîner avec lui. Mais je ne peux pas, le leurre n'opère plus.

— Tu connais le 729 ?

— Ça me rappelle vaguement quelque chose mais...

— Tu sais, c'est le numéro d'identification des produits israéliens, c'est comme ça qu'on les repère et qu'on peut les boycotter, y a d'ailleurs eu des listes de marques qui ont circulé, tu ne les as pas vues ?

— Si, si, ça y est, ça me revient, le 729, oui, oui, bien sûr, le 729 !

J'aime bien rester sur ce chiffre : je suis venue ici incognito et me voilà embarquée dans un roman d'espionnage avec des noms de code, des listes noires. Un vrai thriller, ce conflit.

— Y a environ deux ans, oui, c'était en septembre 2002, j'étais allé à Marseille fêter les soixante-dix ans de ma mère, ça s'oublie pas, et je suis tombé sur une de leurs manifs pour le boycott. C'était assez génial, ils avaient envahi le port, tout le quai Carmel était bloqué, c'est là qu'on débarque les produits israéliens, ça te donnait l'impression de t'attaquer à la source même du capitalisme, tous ces bateaux prêts à vomir leurs marchandises, y avait un monde, toutes les associations, le DAL, la LCR, des gens d'Attac, tu aurais vu l'ambiance… En fait, c'est comme ça que j'ai commencé à m'intéresser à eux.

— J'aurais vraiment aimé voir ça ! Tu as dû sentir souffler ce qu'on appelle le vent de l'histoire…

— Oui, exactement, c'était ça.

— Bon, allez, je dois rentrer maintenant mais c'est promis, je ferai attention au 729 ! C'est facile à retenir : 7 et 2, 9.

Il est surpris. Il ne s'attendait pas à ce que je détale ainsi.

— C'est gravé là, dis-je, l'index pointé sur mes cheveux blonds.

Je file à grandes enjambées. Ça m'a fait du bien ce petit numéro, un vrai bol d'air. Je respire mieux. Je me trompe totalement au sujet d'Emmanuel, il ne nage pas à contre-courant. Quand on est dedans, ce n'est pas cela qu'on sent, c'est même le contraire, une légèreté, une aisance de mouvement, avec toute cette générosité autour de vous, cette charité, cette compassion qui vous portent. Il a la partie plus facile que moi, il ne sent pas l'effort, la résistance. C'est moi qui me les cogne.

Mais à quelques mètres de la place des fourmillements montent le long de mes jambes, dans mes hanches, jusque dans ma nuque ; mes articulations se raidissent, la tête me tourne. Je dois trouver un banc, je vais tomber. L'histoire ne me sied plus du tout, je n'ai pas les bons anticorps. Je suis devenue comme les putains, endurante tant qu'il s'agit de baiser, pas regardante, immunisée, mais pour tout le reste on dirait que je n'ai plus aucune défense.

Le proviseur me tance comme de bien entendu, tout en me lavant de tout soupçon, je ne vais quand même pas avoir la bêtise de croire, dit-il, que vous tolérez ce genre d'idées mais vous savez bien que… C'est facile, je n'ai qu'à renchérir, désinfecter la moindre parcelle de ma peau, que les soupçons s'en aillent comme des saletés dans l'eau du bain.

— Vous savez, c'est cet élève, Omar El Sayed, j'ai des problèmes avec lui depuis des mois. C'est un garçon structuré, cultivé, brillant même, mais il a des idées très spéciales. C'est lui qui m'a proposé de faire cet exposé, ça fait des mois qu'il me harcèle avec ça, et bêtement j'ai fini par céder… Je croyais qu'il allait présenter des auteurs, des œuvres, bref, que ça resterait littéraire, mais je me suis trompée, passez-moi l'expression, monsieur le proviseur, mais je me suis fait avoir.

Comme Alain, me voilà à quatre pattes en train de pousser les commodes, d'enrouler les cadavres dans les tapis. Tout le monde m'a eue, sauf Omar justement. Mais je ne peux plus changer de cap, je dois poursuivre avec la flamme et la conviction du repentir :

— C'est une haine farouche qui l'anime, un antisémitisme fervent, très antidreyfusard, il peut faire des émules. C'est vrai que de ce point de vue-là son exposé était limite, il invitait ses camarades à aller visiter des sites, il donnait les références, mais rassurez-vous j'ai flairé le danger, j'ai tout stoppé à ce moment-là. Je pense qu'il est temps qu'on le fasse passer en conseil de discipline, il faut des sanctions…

Le proviseur ouvre de grands yeux.

— Le conseil de discipline ? C'est un peu radical, vous ne trouvez pas ? On peut d'abord convoquer les parents…

— Les parents ? Deux pauvres ouvriers marocains qui n'auront sans doute jamais entendu parler ni de Drumont ni de Maurras, je ne vois pas l'intérêt…

— Oui, mais à eux de trouver les mots qui raisonneront leur fils. Vous m'étonnez, madame Tessier, une telle radicalité ne vous ressemble pas.

Que puis-je répondre ? Que des morceaux de moi s'étalent épars, inertes, sans que je puisse rien faire pour réagir, tenter la moindre amorce de rapprochement tectonique.

— Le conseil de discipline, je vous dis, il n'y a pas d'autre solution, vous n'avez pas lu ses devoirs, il va vraiment loin et il continuera si on ne marque pas le coup.

— Laissez-moi y réfléchir, j'aimerais bien éviter, car en ce moment, ces histoires, la presse se jette dessus et je m'en passerais bien.

Je sors de là en pensant que l'abandon fait faire des choses terribles. Je m'arrête un instant devant les grandes fenêtres qui, depuis le couloir, ouvrent sur la cour. C'est la récréation, tous les élèves sont dehors. Omar est dans un coin, seul, debout, il m'a vue. On dirait qu'il a attendu que je sorte, il savait que j'étais chez le proviseur. J'esquive son regard comme on lâche la main de quelqu'un qui va tomber dans le vide et en m'éloignant, comme si l'écho me talonnait, je mesure toute la profondeur de ce vide.

Je rentre directement, je n'ai qu'une idée en tête. Je cherche partout le numéro de téléphone que m'a donné Emmanuel l'autre fois, je l'ai noté sur un bout de papier, le numéro de téléphone d'Emmanuel noté sur un bout de papier, je n'y crois pas. Je finis par le trouver au fond de mon sac. Je vais droit à l'essentiel, je lui dis que j'aimerais le voir, c'est urgent. Il s'étonne, ça fait plus d'un mois qu'il est rentré, je ne lui ai donné aucune nouvelle, je ne suis pas venue à sa soirée, il m'a appelée plusieurs fois mais jamais aucun signe et puis, là, je débarque, tout à trac, il y a de quoi s'étonner.

— Oui, je sais, je t'expliquerai. Peut-on se voir aujourd'hui ? Je peux être à Paris dans une heure.

— Très bien, dit-il, je t'attends pour déjeuner.

Je n'ai quasiment jamais vu Emmanuel sans Anne, je n'ai jamais osé, c'eût été incestueux, c'eût été comme de voir son père sans sa mère, il est temps que ça cesse, je ne suis plus sous tutelle. Je ne sais pas comment m'habiller, il va certainement m'emmener dans un restaurant en vue, je ne veux pas passer pour la copine prof qu'on sort en ville. J'enfile la tenue que je mets les jours d'inspection.

Je donne mon nom au standard, on me prie de patienter. Des tas de gens vont et viennent dans le hall du journal, je les imagine tous importants, tous appelés aux quatre coins du monde, dans les bureaux des ministères, complices dans les dîners en ville. J'ai soudain l'impression d'être devant la grande bibliothèque des Teper, les pieds qui s'enfoncent dans la moquette bleue, le regard qui file le long des murs, la même petitesse, l'histoire ne passe pas. Qu'aurait pensé Serge Teper de l'exposé d'Omar ? de tous ces noms qui fusaient dans la classe silencieuse, sous l'œil bienveillant du professeur, des noms que je n'avais entendus que là-bas, chez eux, parce que Serge Teper les traquait comme un chasseur de nazis, il les connaissait par cœur, il savait tout sur ces auteurs, il avait tout lu, tout archivé ?... Peut-être ai-je seulement voulu les entendre dans la bouche d'un autre, rien de plus ?

Enfin Emmanuel arrive, démarche souple, grand sourire, le crâne légèrement plus dégarni. Il m'embrasse, me trouve l'air fatigué, tu n'es pas malade au moins ?

— Non, je vais très bien, des insomnies mais rien de grave.

Les propos de circonstance s'égrènent vite, nous savons tous deux que ça ne compte pas, que nous ne sommes là que pour parler d'elle. C'est une urgence artificielle qui balaie les années de séparation et ne souligne que l'intérêt commun. Un rapprochement aussi subit peut-il tenir devant les forces d'éloignement qui n'ont cessé de travailler ? La question m'effleure, j'ignore si c'est le cas d'Emmanuel, ça m'est égal, car à ce moment-là nous devons croire tous deux que le temps s'est arrêté ; même si c'est une illusion, nous choisissons de ne pas la déflorer. Il me raconte donc les dernières fois qu'il a vu Anne, son comportement étrange, ses tirades, cet air illuminé, elle lui a fait peur. J'ajoute à cela le problème de l'alcool, son vote, ses hommes, tout en sachant que je n'ai plus le droit de rien dire là-dessus, le sexe étant peut-être notre seul terrain de compréhension, sauf qu'elle n'a pas voulu qu'on le partage, elle a juste voulu m'en parler, me faire baver d'envie devant ses extases, mais dès que je me suis avancée pour la rejoindre, elle m'a méprisée, elle m'a servi de la tisane comme on soigne un malade, elle n'a rien voulu partager, elle a pris cet air de donneuse de leçons, de fille qui est déjà passée par là, comme à son habitude, et m'a plantée cruellement. En y repensant, je me dis que toute notre histoire est faite de ça, elle me fait miroiter quelque chose, je m'avance, je suis dans l'illusion du partage quand en réalité ça ne l'intéresse déjà plus, quand déjà elle est ailleurs, passée à autre chose, Anne est sortie du sexe pour ne pas y être avec moi, parce que partout où elle s'aventure elle va toujours seule, la compagnie ne l'intéresse pas, elle a juste besoin de se mesurer à la taille des montagnes, de sentir comme elle est petite à côté, comme si c'était de là qu'elle tirait sa force. Sur les hommes, donc, je n'insiste pas.

— Et puis cette intolérance...

— Tu sais, dit Emmanuel, elle n'est pas la fille de son père pour rien, son père est un grand réac, il l'a toujours été...

Il poursuit là-dessus, sur les fréquentations des Toledano, l'oncle, le cousin, les milieux d'affaires, ne s'étonne pas qu'elle finisse comme ça. Emmanuel n'a jamais beaucoup aimé la famille d'Anne. Autrefois il se moquait gentiment de leur luxe, de leur argent, de leurs vacances de riches et Anne s'amusait de ses critiques, mais je crois qu'au fond il n'aimait pas être ce qu'il était quand il était chez eux, parmi ces hommes aux bras velus, ces hommes si bruns qui riaient fort. Il n'aimait pas être le garçon qu'il était à leurs yeux, celui qui n'enlèverait jamais la princesse, qui ne serait jamais capable de la baiser. Qu'est-il en train de brûler ? Qu'est-il en train de vendre ? Je l'écoute calmement et je vois qu'un morceau de l'amitié tombe comme la tourelle d'un château de sable, sans bruit, ça ne se verrait presque même pas à cause des couleurs si semblables, c'est une chute douce, une entame sans cassure dramatique. Mais il veut bien qu'on aille voir Anne ensemble, nous sommes ses amis, il faut qu'on lui parle, même s'il pense que le problème est ailleurs, plus profond, elle n'est pas devenue psy pour rien, il y a toujours eu une fêlure chez elle, c'était son charme mais aujourd'hui, c'est pathologique. Tout comme je m'entends répéter le mot, je me vois ne pas ramasser le morceau de sable effondré, de toute façon un morceau de sable, ça ne se recolle pas. Il a bien dit « qu'elle finisse comme ça » et je l'ai laissé dire.

Nous décidons d'aller la voir chez elle, un soir de la semaine. C'est lui qui la préviendra.

— Et toi, ta vie, tu es contente ?

— Oh, ma vie, elle va, ça va.

Au moment du café, des collègues d'Emmanuel viennent le saluer. Ils s'assoient à la table voisine. Emmanuel fait des présentations rapides, je sens que ça ne l'intéresse pas de me présenter, qu'il n'a rien à y gagner. Ce sont des types sûrs d'eux, qui continuent leur discussion en enlevant leur veste, en regardant le menu, ils citent des hommes politiques, le *New York Times* et Al-Jazira, ils se chamaillent mais leur complicité prime leurs désaccords. Emmanuel se met à bavarder avec eux. Un moment, il m'efface. Tout allait bien, je me sentais rincée par sa confiance, son soutien, jusqu'à ce que ces types arrivent, jusqu'à ce que leur présence me pousse sur la touche, moi, la petite prof de banlieue qui se fait de grosses frayeurs avec un exposé. Je les observe, et je décèle sous les bourrades, sous les références et les bons mots, comme une dentelle sous le cuir, quelques tremblements affectés, des afféteries. Ils sont là à courtiser le monde du pouvoir, à lui tourner autour comme des rapaces, à rêver de nominations et de trahisons au sommet, mais ce ne sont que des petits pédés qui font des mines. J'ai envie de quitter la table.

— Quelque chose ne va pas ? demande Emmanuel.

— Non, rien de grave… Je suis juste un peu fatiguée.

Alain et moi, nous avons allumé des feux, j'ai lâché des mains, Anne, Alain, Omar, ce n'est peut-être pas terminé, c'est un relais de mains lâchées. Chaque fois, j'en rattrape une autre mais ça ne dure pas, le moindre souffle me fait de nouveau lâcher, reprendre, c'est le souffle des feux que nous avons allumés, Alain et moi. Sans doute étions-nous en train de nous endormir, sans doute avons-nous cherché à nous réveiller. Je n'aurais pas parié sur moi pour commencer, on dit souvent que ce sont les hommes qui commencent, mais ai-je vraiment commencé seule ? C'est une illusion, Alain m'y a poussée. Tout ce calme et toute cette confiance, il fallait bien quelques craquelures.

Depuis quelques jours, l'atmosphère à la maison a changé, les repas sont silencieux, nous ne faisons qu'écouter les enfants parler, mais même eux semblent pris dans cette gangue de silence. Ils se dépêchent de finir leur assiette, ils se lèvent ensemble, nous laissent nous enliser sans eux et, l'instant d'après, on les entend qui babillent dans leur chambre. Il n'y a pas péril en la demeure, parce que j'ai envie de reconstruire, souder, colmater ; je sens la bonne volonté affluer de toutes parts. Je ne retrouve pas les gestes, je me réfugie dans les livres, j'ai l'excuse du lycée, mais personne n'est dupe, on me laisse à ma convalescence. Et ce mensonge entre Alain et moi ? Où ira-t-il se reloger ? Sa femme l'a trompé, sa femme va avoir quarante ans, un classique, tout le monde passe par là, l'esclandre n'est pas obligatoire. Il pourra soit me rendre la pareille soit décider de se venger autrement, de telle façon que je ne comprenne pas, ça n'aura a priori rien à voir, mais à l'arrivée, moi aussi, j'aurai ma blessure. Alors seulement nous serons quittes, notre compte apuré, la vie reprendra, légèrement dégourdie.

L'histoire a enfin frappé. Elle a ôté son masque et elle a frappé. Plus rien ne pourra me distraire d'elle, ni les hommes ni le sexe, c'en est fini des clameurs qu'on relègue au second plan, la distraction aura été bien brève, dommage, mais au fond j'attendais ça depuis si longtemps, comme un heureux événement, un miracle qui changerait ma vie, cette attente me rendait folle, jour après jour se demander comment l'histoire va attaquer, par quel os elle va commencer à vous ronger, ça y est, désormais c'est fait.

Tous les éléments du scénario y étaient : le coup de fil de la police, allô ? vous êtes Anne Toledano, la mère de Tom Marchelier ? Oui, c'est moi, que se passe-t-il ? Normalement cette phrase est dite en tremblant, normalement elle est mon dernier souffle avant de m'effondrer mais là, non, là, ma voix reste placide, bien posée, les intonations ne vrillent pas, rien ne se décale, oui, c'est moi, que se passe-t-il ? Ne vous inquiétez pas, madame, votre fils va bien mais il a subi une agression, il est à l'hôpital Saint-Antoine, on le soigne, quelques contusions et peut-être une fracture, rien de grave. Voici les coordonnées du service où vous le trouverez, il vous attend...

Je note avec application, mes doigts ne tremblent pas plus que ma voix, tout va bien, mon fils est en vie, peut-être une fracture. Où ? ils n'ont pas précisé ; ils ont dit rien de grave... Je prends mon sac, mes clés de voiture, j'appelle l'ascenseur, je ne songe même pas à dévaler l'escalier, j'attends calmement l'ascenseur, je ne veux pas arriver là-bas échevelée, hystérique. En allant jusqu'à ma voiture, j'appelle ma mère, je lui dis, elle hurle au téléphone ; à la minute où je le luis dis, je sais que l'affaire circulera dans tout Paris, qu'elle sera dans la presse. J'appelle ma mère avant même d'appeler Vincent. Un comble. Je veux que cette affaire inonde les salons mondains et pour ça, ma mère est plus efficace. Ensuite, je préviens Vincent, il est en province sur un chantier, il monte dans le premier TGV, il arrive. Je suis contente qu'il soit loin, j'aurai un moment de tranquillité avec Tom, sa présence aurait tout brouillé.

À l'hôpital, le personnel est très aimable avec moi. On me traite comme une veuve, je rends quelques sourires à des visages éplorés, ils n'ont jamais vu ça, ils n'en reviennent pas que ça arrive en plein jour, en plein centre de Paris, que ce genre de choses soit encore possible, ils sont atterrés, c'est presque moi qui les rassure, je suis là à leur répondre qu'entre jeunes ces histoires-là arrivent, qu'il ne faut pas dramatiser. J'ai fait ma mue, je ne me reconnais pas, mais c'est ma voix qui formule toutes ces consolations. Une infirmière me glisse discrètement que c'était inévitable. Elle doit être du genre oiseau de malheur celle-là, elle doit arriver tous les matins en racontant les horreurs du journal télévisé, qu'elle ponctue de : mais ça, ils l'ont pas dit, ils peuvent pas, tu penses...

Enfin, je vois Tom.

Il a quelques bandages sur le visage, sur les mains et une attelle, il a l'humérus fracturé, on l'a plâtré. Je m'approche, je m'assois près de lui, je n'ose pas le toucher, j'ai peur de lui faire mal, je pose ma main sur le seul morceau de peau qui n'est pas bandé, à la naissance des doigts, là où on compte le nombre de jours des mois de l'année. Longtemps, Tom a eu les mains trop dodues pour qu'on puisse compter, la chair était pleine, tendue, sans fossettes, c'était devenu une blague rituelle dans la famille, Tom, il y a combien de jours en avril ? et en juin ? Il s'énervait, cherchait quand même à nous prouver qu'il pouvait lire, comme un aveugle sur une main de braille. Désormais, Tom a grandi, s'est affiné, tout le monde peut lire sur sa main, mais à force il connaît le nombre de jours de chaque mois par cœur, il n'a pu longtemps compter que sur sa mémoire. Je caresse les os qui saillent, le bas des phalanges, c'est crayeux, c'est doux, je lui demande s'il peut parler sans que ça lui fasse mal, s'il veut bien me raconter ce qui s'est passé. Il répond plus tard, d'accord, pas de problème, Tom, l'important, c'est qu'on te soigne et que tu aies moins mal. Je ne pleure pas. Comme tous les moments de la vie qu'on redoute, on les craint terriblement avant qu'ils surviennent et quand ils sont là, quand on a les pieds dedans, que tout autour le temps est bordé par ce moment-là, eh bien, quelque chose s'affaisse, comme une détente, on se sent mieux même si on s'enfonce dans l'horreur, on ne la redoute plus, elle est là. Il n'y a qu'à regarder, plus la peine d'imaginer, de se perdre en conjectures, elle est là, on ne s'indigne plus, on se laisse juste border par elle. Devant le visage contusionné de mon fils, son bras cassé, ses yeux battus, tristes, désenchantés, je ne pense qu'à ça, au fait que lui et moi, désormais, nous y sommes. Notre haine sera franche, résolue. Nous ne nous cacherons plus derrière rien ni personne, nous nous tiendrons à la bonne distance des scrupules et de l'exagération. Nous aurons la mesure exacte des dangers. C'est ce que je me dis devant la peau bleutée de mon petit garçon tout cassé.

Tom s'endort, ils lui ont donné des antalgiques assez forts, j'entends son souffle soulever régulièrement le bandage qui surplombe sa lèvre. Je reste sur son lit, mes parents vont débarquer, tout le monde va rappliquer, je dois me maquiller un peu ou plutôt non, laisser mon visage se raviner sous le chagrin, oui, c'est mieux... Je dois prévenir Virginie, Emmanuel. Logiquement, à cet instant, ils auraient dû être près de moi, j'aurais dû les appeler tous les deux, avoir besoin de mes amis, mes plus vieux amis, leur demander de venir me tenir chaud... Qui aurait dit que devant le visage de cette jeune fille qui hurlait dans les rues de Paris pour la liberté, l'égalité des chances, il y aurait, vingt ans plus tard, le visage contusionné de son propre enfant ? Qui aurait dit que ce visage-là serait le quatrième visage ? Dessiné à l'encre sympathique, uniquement révélé par les feux de l'histoire, le visage qui transformerait tous ces combats en joyeuse mascarade de jeunesse, en hurlements de carnaval ? La mère de Virginie avait raison, nous y sommes moches et vociférants... Une photo où nous avons mis notre âme, où nous avons cru notre âme capturée, comme une odeur, un souffle, une chose impossible à figer mais miraculeusement saisie là, dans ces bouches voraces, rieuses...

On frappe à la porte, mes parents sont là, sinistres, décavés, me tendant les bras comme si Tom était mort. Il dort, c'est les calmants, il va bien, juste un bras cassé... Ma mère pleure devant les bandages, le beau visage défiguré de son unique petit-fils. Ne t'inquiète pas, maman, tout va s'arranger, il n'aura même pas de cicatrices, ce sont des plaies superficielles, les médecins ne sont pas inquiets. Ma mère caresse mes joues, son doigt glisse sur ma peau, elle ne dit rien, je vois sa surprise devant mes joues si lisses, si sèches, elle ne peut décemment pas me demander tu n'as pas pleuré ? mais ça lui brûle les lèvres. Mon père dit que ça ne se passera pas comme ça, il veut voir la police, ameuter la Chancellerie, ça ne se passera pas comme ça... Plus que triste, il est furieux, sans doute humilié qu'en dépit de cette réussite éclatante qui est la sienne on s'attaque à son petit-fils comme à n'importe quel petit Arabe de banlieue, il n'en dit pas un mot. Souvent les hommes transforment leur tristesse en colère, c'est une parade qui ne compromet ni leur force ni leur orgueil, mon père en profite, s'en sert, sauf qu'à cet instant-là ce n'est pas une parade, il veut nous le laisser penser pour ne pas exposer son humiliation qui réduirait l'affaire à une blessure d'amour-propre, qui entamerait la douleur de Tom et la rendrait secondaire par rapport à sa position sociale ; non, sa colère n'est pas une parade, mon père est réellement plus furieux que triste, parce qu'il voit bien que Tom n'est pas grièvement atteint et que ses contusions, même son bras cassé, passeront, tandis que pour lui, cette entaille dans une réussite aussi exemplaire, ça ne passera pas, ça restera comme une biffure sur sa carte de visite, vous savez maître Toledano, celui dont le petit-fils a été agressé, traité de sale juif… Je ne dis rien. Je fais semblant de ne rien voir, c'est mon père. Je me rends compte seulement maintenant que son humiliation s'est logée dans mon cauchemar à mon insu, que derrière le mal qu'on ferait à mon fils, il y avait aussi celui qu'on ferait à mon père.

Quand j'ai passé mon agrégation, il est allé se recueillir sur la tombe de sa mère, à Pantin. Il s'est agenouillé sur la pierre grise et il a murmuré des mots faibles, implorants, de ceux qu'on n'ose dire qu'aux morts, sans doute y disait-il aussi qu'il m'aimait, qu'il croyait en moi, que j'étais sa merveille, sa fille unique et chérie. Il a posé la toile élégante de son pantalon sur la pierre grise et sale, il a fait ployer son grand corps, son impeccable renommée au milieu des broussailles, il a parlé de sa grosse voix d'avocat réputé qui, contre la stèle, devenait une voix si humble, si enfantine, une vraie voix de fausset. Je n'aurais pas aimé entendre la voix de mon père se faire si petite. C'est ma mère qui m'a confié ça des années plus tard, lui ne m'en aurait jamais parlé et, dans le fond, je crois que j'aurais préféré ne pas le savoir car je n'aime pas qu'il ait fait ça, qu'il se soit cru obligé de faire ça, que sa stature laisse apparaître la pelote de peurs qui lui nouent le ventre, je n'aime pas, car son genou plié sur la stèle, c'est celui du fiston qui n'en revient toujours pas des honneurs que lui fait la France, qui a besoin de pleurnicher dans le giron de sa mère pour dire ce serait trop beau si Anne, qui, malgré tout ce qu'il a fait pour en arriver là, sait qu'on peut tout lui retirer, que c'est une faveur qui continue miraculeusement, mais que personne n'est à l'abri d'un revers de fortune. Sa grosse voix qui faiblit comme un râle, c'est déjà la joue blessée de Tom, l'insulte, le mépris.

Le jour des résultats, il m'a accompagnée. Il a préféré m'attendre dans la voiture mais quand je suis sortie en levant les bras, son visage s'est ouvert, Dieu qu'il s'est ouvert, tellement large qu'il n'avait presque plus de visage et qu'à la place je voyais le tremblement de ses lèvres se fondre dans celui de l'air. Je n'étais pas seulement devenue une agrégée de philosophie, j'étais avant tout désormais une Française, sa petite Française innocente à lui. Et s'il m'a laissée depuis, durant toutes ces années, devenir une intellectuelle de gauche, acerbe et critique à son égard, s'il m'a laissée le juger, le diminuer, le mépriser, c'est parce qu'il espérait qu'ainsi je me fondrais dans le tissu même de la République et des Lumières, je nouerais un lien avec la France plus organique que le sien ne le serait jamais. Au nom de ça, il a tout accepté, les manifestations, le nom de Serge Teper que j'agitais sous ses yeux pour un oui pour un non, Serge Teper pense ci, Serge Teper a dit que, Serge Teper m'appelle Annette ; les soirs de Seder gâchés par les disputes, la violence avec laquelle j'affrontais son neveu. Il m'a laissée me faire aimer d'un homme non juif, me faire faire un enfant de père catholique, mais pour finalement recevoir quoi ? Un petit-fils balafré et traité de sale juif en plein cœur de Paris. L'innocence m'a frôlée, papa, mais elle n'est pas venue jusqu'à moi.

Nous sortons de la chambre pour laisser dormir Tom. Je raconte ce que je sais à mes parents. Tom se promenait avec sa bande de copains dans le quartier de la Bastille, une altercation a commencé avec d'autres gamins. La plupart de ses copains portent des keffiehs, c'est la mode, ma mère ouvre des yeux ronds, et les autres ont commencé à demander à Tom pourquoi lui, il n'en portait pas. C'étaient des Beurs qui demandaient. Il n'a pas répondu, quelqu'un a donc dit à sa place, c'est qu'il doit être feuj, un sale feuj ! Et là, ça a dégénéré, ils se sont battus, Tom et un autre, et voilà. Il était quatre heures de l'après-midi, il y avait du monde partout, grand jour, et des gamins de quinze ans se sont battus sur des hypothèses enragées. En leur racontant, je me dis que c'est ma faute, que j'aurais dû le laisser en porter un lui aussi, qu'au moins ça l'aurait protégé, et puis non, tant mieux, c'est arrivé, maintenant au moins, on est fixés. Mais ça, c'est ce que je ne dis pas.

Vincent arrive peu après, il a couru, il est paniqué, je raconte de nouveau, il est furieux, je le calme, je dis, ça arrive, c'est des conneries, ça va aller ; Vincent m'écoute. Je le regarde plus qu'il ne me regarde parce qu'il est tout à son émotion quand il ressort de la chambre où Tom dort toujours, je devine une ombre, quelque chose qui le fâche, comme s'il m'en voulait, il doit m'en vouloir, penser qu'à force de souhaiter le pire, le pire finit par arriver, que si j'avais moi-même été moins obsédée, Tom ne se serait peut-être pas battu pour si peu... Oui, sans doute, c'est ce qu'il se dit, que c'est pour si peu, une vague supposition à cause d'un foulard... Ça me fait penser à la colonisation de l'Algérie, au départ il y a eu cette histoire de chasse-mouches agité par je ne sais plus qui, juste un tue-mouches et on colonise tout un pays et on en prend pour des siècles de violence, d'humiliation, de guerre et aujourd'hui d'impuissance contrariée face à tous ces Arabes qui demandent réparation. Ça commence souvent comme ça l'histoire, avec des objets anodins, des gestes déplacés...

Mais Vincent ne dit rien, il ne peut décemment rien dire, je me demande ce que ça fait à un père non juif que son enfant soit traité de sale juif, qu'il soit battu pour ça, ce que ça transforme en lui de réalité en membre fantôme ou l'inverse, ça doit être étrange, je ne peux pas lui en vouloir d'avoir cet air troublé, indécis. À sa place, je crois que je n'aurais pas su me maîtriser, que j'aurais craché au visage de l'autre que tout était de sa faute, de ma faute, qu'à force de vouloir le mal, on l'attire comme la foudre.

Emmanuel vient de m'appeler : le fils d'Anne a été agressé, c'est dans toute la presse. Je n'ai pas suivi l'actualité depuis des semaines, il paraît que les actes antisémites se multiplient. Je dois appeler Anne, prendre des nouvelles, mais je n'ai qu'une image en tête, ses yeux froids posés sur moi l'autre soir, un regard où s'enchâsse un autre regard, féroce et sentencieux. C'est ce que j'ai ressenti, une jalousie.

Je raconte l'histoire à Alain, c'est la première fois depuis l'autre nuit que nous reparlons d'elle. Vu les circonstances, il bride sa colère, son ressentiment qui filtre quand même, il dit qu'il a des doutes, que les gamins se rackettent sans que le racisme ait rien à voir là-dedans, que c'est peut-être Tom qui a inventé tout ça, pour se faire remarquer, il a peut-être besoin que sa mère tourne un peu la tête vers lui ces derniers temps et, avec une histoire pareille, il sait que c'est gagné d'avance. Je viens d'apprendre à Alain que le fils de mon amie s'est fait agresser et il émet des doutes. Ni chagrin ni compassion, juste des doutes où affleure sa colère. Pourquoi toujours douter de la parole des uns, des autres ? Je suis bien placée pour m'en plaindre, moi qui n'ai cessé de mentir, qui n'aurais pas supporté que le doute appuie sur l'une de mes paroles parce que alors j'aurais perdu pied, je me serais effondrée avant que mes paroles ploient sous le doute, mais Alain a laissé mes mensonges voleter dans toute la maison et, un soir, il a appuyé un peu et encore, c'était à côté. Peut-être savait-il comment ça finirait, il paraît qu'en commençant une histoire on sait toujours comment elle va finir, il paraît… Ce sont des sentences qui traînent dans la bouche des femmes… J'ai parlé devant le chandelier à sept branches, c'était comme une confession, un serment, quelque chose d'un peu sacré, je ne déversais que des propos de magazines mais je voulais les rendre un peu sacrés et puis je ne voulais pas la regarder, avec cet air de psychanalyste à qui on ne la fait pas, qui discerne toujours avant vous le dessous de vos sentiments, je crois que je déteste les psychanalystes, la psychanalyse, ce savoir dictatorial, ce savoir qui ne vous laisse rien à vous, qui vous suce jusqu'à la plus petite goutte de désir. Je voudrais que cette histoire sorte de mon corps, qu'il n'en reste plus trace, plus rien, que le visage s'efface, devienne celui d'un autre, de mille autres, que les caresses dégorgent, libèrent ce qu'elles retiennent encore, je voudrais m'asseoir devant ma bibliothèque et me dire, c'est moi, mon histoire, ma vie, ma famille, tout le reste n'est qu'accident… Je revois

Anne scruter chaque étagère, chaque objet posé devant les livres, elle fouillait, cherchait la petite bête, devait avoir pour moi des pensées pleines de commisération, qui me décernaient la palme du mérite, elle s'est tellement battue pour avoir ça. C'est une fouilleuse, une vraie fouine, tout est meule de foin pour elle, tout est poreux, pas un centimètre carré d'espace sain, elle débusque les rigoles, les veinures, les fissures, un vrai limier... Le jour où elle nous a annoncé qu'elle laissait tomber la philo pour la psychanalyse, nous étions tous les trois au café. J'avais toujours aimé qu'elle porte la philosophie, ça devait me flatter car ce n'était pas pour moi, je ne me sentais pas assez forte, pas assez cérébrale pour tenir à bout de bras le devoir de penser tout le temps et partout. La littérature, c'était la seule excellence à laquelle je pouvais prétendre en venant du milieu qui était le mien, tandis qu'elle, c'était une bien née, elle allait où elle voulait, la preuve, ce changement d'orientation après l'agrégation, tandis que moi je me tenais à ma discipline comme à une rampe. Bref, ça m'a contrariée cette nouvelle, car, dans la foulée, je crois que j'ai entrevu la fouineuse, celle qui n'allait plus lâcher personne, à qui nous, ses amis, allions servir de cobayes. Je ne m'étais pas trompée. Elle expérimentait tous les concepts sur nos actes et nos mots, si bien qu'une fois, au restaurant, Emmanuel a explosé, lui jetant au visage qu'elle devenait insupportable, ridicule, fascisante, l'injure suprême. Anne ne s'est pas énervée, n'a rien répliqué. Elle l'a regardé comme s'il était malade et qu'on n'avait pas le droit de le violenter, mais j'ai vu la pâleur descendre sur son visage et son cou, et lâchement je suis partie aux toilettes.

Les moments de tension entre Emmanuel et Anne n'étaient pas rares, dus tantôt à la politique, tantôt à un film ou à des fréquentations qu'ils se reprochaient, mais chaque fois je me sentais comme une enfant qui préfère s'enfermer dans sa chambre plutôt que d'assister à la dispute de ses parents et que, d'ailleurs, ses parents ne rappellent pas. Jamais ils ne m'ont demandé de trancher, jamais ils n'ont donné à mon jugement le poids d'un arbitrage ou d'une ligne de partage. Entre eux, dans ces moments-là, je voletais telle une plume dans l'air, je ne suffisais pas à faire la différence. Je n'étais pas leur égale, j'étais venue après, j'étais venue d'ailleurs.

Quand je suis sortie des toilettes, Emmanuel n'était plus là mais Anne était encore livide. Elle fumait en regardant par la fenêtre. Je me suis rassise, elle n'a pas tourné la tête tout de suite, mais, comme j'étais revenue, elle s'est forcée à le faire et à demander si j'étais d'accord avec lui. Et cette place qu'ils ne me donnaient pas, ce jour-là, je l'ai prise. J'ai répondu avec fermeté, vigueur, oui, je suis d'accord, complètement d'accord, ce n'est pas de la pensée, c'est du terrorisme intellectuel.

Lors des semaines suivantes, Anne s'est contenue, mais chaque fois qu'on se voyait je sentais son effort et je m'en délectais. Elle n'avait qu'à rester philosophe, après tout. Je ne sais plus qui a dit que la psychanalyse était une science juive… Je dois l'appeler. L'agression de son fils, c'est comme une nouvelle dose de poison plus fort et plus tenace encore parce qu'il contient tout ce qu'il faut d'infamie, d'injustice, de scandale, et qu'il exige de moi toute la solidarité et l'empathie du monde.

Virginie et Emmanuel sont assis dans mon salon. Ils ont l'air gênés, contrits, ils cherchent leurs mots. Je leur offre un café, du chocolat, je dis que Tom se remet bien de ses blessures, qu'il parle beaucoup, qu'il a l'air d'« élaborer » et je vois leurs lèvres qui se crispent – même là, je dois faire attention, mon fils vient de se faire agresser et je dois veiller à ne rien dire qui les hérisse, je remballe, je remplace par « il surmonte le choc ».

Emmanuel m'a apporté des fleurs blanches, celles que je préfère, Virginie des livres pour Tom, je trouve leurs cadeaux doucereux mais je les remercie. Il fallait que ça tombe sur toi, lance Emmanuel, je souris, Virginie se racle la gorge, elle n'a jamais pu garder son sens de l'humour dans les moments graves, elle redevient la gentille jeune fille, dressée aux choses qui ne se disent pas, on devine la main de sa grand-mère retenir le mouvement de son bras, une paire d'yeux effarouchés la prier instamment de retirer ce qu'elle vient de dire, sa politesse de mijaurée. Le mot chien ne mord pas, Virginie, je le lui rappelais souvent autrefois.

Je les laisse se débrouiller avec le silence pesant de la pièce, s'enferrer dedans, je m'en fous, qu'ils soient à l'aise ou non, aujourd'hui, je ne veux pas d'eux à mes côtés, ils n'avaient qu'à l'être hier. Et, pour la première fois depuis des mois, c'est moi qui suis à l'aise, je ne déclame plus, je ne fais plus la leçon. J'ai quitté mes habits de pythie et je ne délivre aucun oracle, puisque le présent et l'avenir ne font qu'un. La réalité me donne raison, me redonne corps, à eux de ne plus savoir quoi dire, quoi faire, et de douter. Moi, je ne doute plus.

Emmanuel ne lâche plus l'affaire. Il m'appelle sans arrêt, me raconte les derniers développements de l'enquête. Il semble de moins en moins sûr que l'agression soit antisémite, on commence à parler de racket. Alain n'avait pas tort. Mais Anne ne veut pas en entendre parler. Sa conviction nous porte, nous sommes avec elle. Nous n'avons pas le choix, Anne est la mère qu'on a touchée dans sa chair. Elle veut organiser une manifestation, elle a déjà contacté des associations. Soit. C'est un dénivelé, un démenti. Une providence. Pour un oui pour un non, nous allons la voir. Nous nous tenons à l'aube d'un regain d'amitié.

La date a été fixée. La manifestation aura lieu dans une semaine et partira de la mairie du XIe arrondissement. Anne est heureuse, soulagée que les choses se profilent ainsi. Pour fêter ça, nous dînons dans un restaurant, près de chez elle. Et, pour la première fois depuis des mois, nous parlons avec légèreté de nos désillusions, de nos vies d'adultes. Emmanuel nous confie même qu'il est tombé amoureux d'un Parisien, que c'est l'une des raisons pour lesquelles il a choisi de revenir en France. Nous le traitons de cachottier, il dit juste qu'il n'a pas pu nous en parler plus tôt, que les conditions n'étaient pas favorables. Il dit ça comme il dirait que la météo désormais le permet, parce que le gros temps est passé, la mer calmée. J'aime cette idée que nous venons de traverser une tempête et qu'elle est derrière nous, que la vie peut enfin reprendre. Chacun peut mettre ce qu'il veut dans cette tempête, moi, j'y mets pêle-mêle ma liaison, nos désaccords, la froideur d'Anne, Brasillach.

— J'ai envie de vous raconter quelque chose.

— Vas-y, dit Emmanuel.

— C'est à New York, près du Plaza, en bas de Central Park...

En prononçant ces quelques mots, Anne nous regarde attentivement, comme si elle commençait le récit d'une énigme, d'une devinette...

— Elle a la même coiffure qu'au début, elle a ses cheveux d'étudiante, courts, très frisés, ses cheveux de juive... Elle distribue des tracts, je crois que ce sont des tracts antinucléaires, je ne me souviens pas précisément.

Emmanuel sourit.

— KatKatKat...

Anne comprend qu'il a compris, répond à son sourire. Moi, je cherche encore. Ils se sont toujours compris avant moi, c'est comme ça, je ne leur en veux pas.

— Elle ne se force plus à s'habiller comme une

bourgeoise, mais de nouveau comme une militante qui choisit plutôt le confort que le style. De l'autre côté de la place, il y a l'entrée de l'hôtel avec son défilé de taxis. Et il y a Hubbell, si blond, si distingué, à côté d'une femme si blonde, si distinguée. De loin, il aperçoit Katie, il la reconnaît immédiatement. Il traverse la rue, que dit-il à la femme blonde, on ne sait pas ce qu'il lui dit, j'ai aperçu une vieille amie, attends-moi ici, il ne peut décemment pas lui dire j'ai aperçu le grand amour de ma vie, attends-moi ici, ma chérie, donc on ne sait pas ce qu'il lui dit, mais il la laisse là et traverse en courant. Katie et Hubbell se regardent, ils sont émus, ils parlent un peu, ils ne se disent pas l'essentiel. En l'espace d'un instant, ils comprennent tout l'un de l'autre, qu'elle est restée ce qu'elle a toujours été, une femme du peuple ; que lui est né bourgeois et qu'il l'est resté, il travaille maintenant pour la télévision alors qu'il rêvait d'écrire pour le cinéma, il n'a pas beaucoup de scrupules et puis la femme qui désormais partage sa vie partage aussi ses idées, sa blondeur, il mène une existence luxueuse.

J'ai enfin compris de quoi elle parlait. Emmanuel a fait signe au garçon d'apporter une autre bouteille. Il remplit nos verres. J'ai une pensée pour Alain qui n'est pas là pour le faire ce soir, je me réjouis qu'il ne soit pas là. Anne reprend :

— Dans notre histoire à nous, il n'y a pas eu de mésalliance, il n'y a pas eu de trahison, nous restons sur le même trottoir, nous distribuons nos tracts, certes nous avons eu des différends, nous en aurons d'autres, mais nous savons renouer.

Elle a beaucoup fumé depuis le début de la soirée, elle a bu plusieurs verres de vin, sa voix est alanguie, plus douce, les syllabes fondent dans sa bouche. Elle penche légèrement la tête en arrière, pose sa nuque sur la banquette. J'aime cette parabole, j'aime qu'elle raconte la fin de ce film que je n'ai jamais beaucoup apprécié parce que je le trouvais mièvre, convenu, elle me forçait à le voir avec elle, je rechignais, elle me disait arrête de faire ta bêcheuse, c'est un beau film, mais ce soir c'est sans importance, ce soir je suis prête à déclarer que c'est le plus grand film de toute l'histoire du cinéma. Car, tout à coup, nous sommes des amis légendaires dont elle raconte la légende. Elle ne parle pas comme une pythie, elle parle comme une femme proche des gens à qui elle parle. Elle nous raconte la fin d'un film très sentimental, elle, la philosophe intransigeante, la psychanalyste, l'intellectuelle, un pur film hollywoodien avec violons et trémolos, Robert Redford et Barbra Streisand, et soudain je la trouve merveilleuse de savoir allier toutes les cultures, de ne pas se contraindre à n'aimer que des œuvres d'élite. De ne pas la sentir en dehors, à la lisière, j'ai un élan de gratitude, je voudrais la serrer dans mes bras, mais ce n'est pas notre registre. Pourtant Emmanuel avance sa main, attrape doucement la mienne puis celle d'Anne et les réunit, nos mains se serrent, tiennent ensemble les années qui nous ont amenés là, celles qui nous ont rapprochés comme celles qui nous ont séparés.

Le lendemain, je chantonnais dans la maison.

Alain s'est étonné, les enfants aussi qui m'ont vue si sombre, si détachée depuis des semaines. Je leur ai dit d'une voix gaie que j'avais retrouvé mes amis d'enfance, que ça me causait un immense plaisir, voilà tout, mais qui pouvait réellement le comprendre ? Alain n'a même pas relevé quand j'ai dit « retrouvé ». Antoine et Laura ont filé dehors. J'ai fini par contrôler ma joie, la garder pour moi et, à force, je l'ai sentie qui s'étiolait, tel un membre plâtré, elle s'atrophiait. Encore une fois, cette amitié se remettait à jurer avec le reste de ma vie. Par nature, elle était comme inopportune. Elle ne pouvait que se caser dans le tout petit espace qui lui était en fait réservé depuis vingt ans, loin d'Alain, des enfants, de la maison, elle ne devait absolument jamais gagner sur le reste. Je devais donc refréner toute envie, tout élan, appuyer fort et en sens contraire pour que ça se tasse, que ça ne me cause ni joie ni peine.

Quelques jours plus tard, Emmanuel est catégorique : l'agression de Tom n'était pas antisémite. L'enquête est bouclée. Quelque chose se retire aussitôt que formé. Nous avons rendez-vous chez Anne en fin de journée.

— Et tes parents ? Et Vincent ? insiste Emmanuel. Tu crois qu'eux aussi refuseraient de voir la réalité en face ? Et Tom, pourquoi mentirait-il ?

— Parce qu'il a peur, parce qu'ils ont tous peur, parce que mes parents seraient trop humiliés, imagine un peu, mon père, sa réussite parfaite, ma mère à ses vernissages et à ses cocktails en train d'avouer que oui, son petit-fils s'est fait traiter de sale juif ! Les messes basses, les regards qui se détournent... La honte absolue ! Quant à Vincent, il n'est pas juif et malgré tout, pour lui, son fils ne le sera jamais. Les chats ne font pas des chiens ! C'est la même chose, c'est un problème d'entendement, rien que ça, je me le suis toujours vaguement dit mais là, ça me saute aux yeux ! Donc ça arrange tout le monde, cette histoire, mais ça me rend folle, c'est un déni absolu !

Anne a réponse à tout. Anne est insupportable. Anne n'aime que de mauvais films parce qu'ils sont pétris de mensonges et qu'elle se noie dans le mensonge. Nous avons pu enfouir nos doutes parce que l'occasion était trop belle. Nous sommes allés à rebours des faits, des soupçons, pour sauver l'amitié, nous lui devions bien ça, mais cette contention nous a coûté plus que nous ne le pensions.

En rentrant, je n'ai pas pu me taire, je ne voulais plus la couvrir. J'ai dit à Alain qu'on n'avait pas le droit d'utiliser son propre enfant pour soutenir sa haine, que je ne comprenais pas comment on pouvait en arriver là. Que si ça se trouvait Tom n'avait même jamais été agressé, après tout je ne l'avais pas vu, lui, puisque sitôt sorti de l'hôpital il était reparti vivre chez son père. Ma rancœur me donnait l'énergie féroce du démenti, oui, je voulais que les faits la fassent mentir depuis le début, qu'ils la démasquent. Alain n'a pas renchéri, il m'a laissée parler, fulminer, mais je voyais à son air qu'il n'était pas mécontent que l'affaire se conclue de cette manière.

Place de la Nation, 19 novembre 1899

On inaugure la statue centrale, une œuvre de Daulou. Il y a une énorme foule, une ambiance de fête républicaine. D'abord les gens crient « Vive Jaurès », ça coule naturellement, personne ne se force, Jaurès fait l'unanimité au sein de cette foule, personne n'a besoin de regarder personne, on ne se jauge pas à l'aune de ce nom-là ; c'est d'une telle évidence que ça ne galvanise pas la foule, il faut gravir un échelon, qu'un autre nom redonne aux manifestants l'élan d'une audace.

Alors c'est le nom de Zola qui vient. Certains hésitent encore, sans doute à cause des horreurs déversées par la presse. Mais le cri se forme jusqu'au bout, il retentit, on se regarde, on guette les autres visages juste après l'instant du cri, voir ce qu'il laisse dans les yeux, sur la peau, et ceux qui l'ont crié ensemble, qui ont tenu le nom comme on tient une note, ceux-là se sentent plus soudés, plus valeureux. Mais là encore, ça ne suffit pas.

La foule a besoin de pousser encore plus loin l'audace et l'image qu'elle se fait d'elle-même. Alors on entend un troisième cri. C'est un défi, c'est une provocation. Il faudrait voir les regards des badauds, les mines aux fenêtres. C'est un nom caché, un nom dangereux, même dans les défilés dreyfusards on ne s'y risque pas. Depuis le début de l'affaire, on n'a pas eu plus grande audace, geste plus fort. Vive Dreyfus !

C'est Charles Péguy qui relate cette manifestation. Jamais auparavant je n'ai ouvert un livre de Péguy, c'est un auteur qu'on ne fréquente pas chez les intellectuels de gauche. Je rêve à ce nom qui ne vient que par vagues, cette profération qui creuse si profond qu'on doit s'y reprendre à trois fois, cette audace qui va tirer le nom de Dreyfus jusque dans le ventre noué des manifestants. C'était le XIXe siècle, c'était hier. Dans le sens inverse, ce pourra être demain, une manifestation du siècle actuel ou prochain qui retournera le cri, qui demandera d'abord, sans honte et sans ambages, le renversement d'un homme et qui, en forçant les manifestants à creuser, à énoncer ce qui n'a pas encore de nom, s'achèvera dans une demande de mort, un appel à la mort. Comme on a finalement crié le nom de Dreyfus en réclamant qu'il vive, on criera finalement le nom d'Israël en réclamant sa mort. D'un siècle à l'autre, Dreyfus ou Israël désignent la même chose, tantôt l'amour, tantôt la haine, ce même élan qui transporte les foules, une scansion de l'histoire, l'une de ses structures. L'élan se drape, les circonstances l'habillent et vous empêchent de discerner ce qu'il y a dessous. Une structure. Mais, moi, je m'en suis approchée, j'ai discerné l'antique malédiction. Tout ce qui s'est passé se sera passé, on pourra l'oublier, s'en éloigner, aller vers des jours meilleurs, on pourra tout relativiser, la structure, elle, est absolue, inerte, placide, d'une constance de pierre. Elle ne transporte personne, elle vous force à rester seule dans cette hypnose. C'est une folie qui régente tous les abandons.

Emmanuel et Virginie ne viendront pas manifester avec moi. Tout ce que je leur ai dit l'autre soir, c'était pour leur rendre hommage, faire un geste en direction du passé. Mais c'était le passé. Ni l'amour ni l'amitié ne suffisent. Tout comme il y a une légende de l'amour, il y a une légende de l'amitié. Emmanuel, Virginie et moi ne sommes plus des amis. Ils laissent en partant des places froides et blanches. Comment peut-on avoir été si proches et se quitter sans un frisson ? Faut-il douter d'avoir été si proches ? Non, car il est certain que nous avons été proches. Y a-t-il eu des glissements qui soient survenus entre nous que nous n'ayons pas voulu voir ? Les grandes amitiés ont de ces largesses avec les glissements du temps.

Derrière les poubelles, je pense à Katie Morosky. Anne reprend du service, Anne s'habille à nouveau comme lorsqu'elle était étudiante, attache ses cheveux en queue-de-cheval, et arpente le pavé. À la place de la très cossue mairie de l'avenue Georges-Mandel, on a mis celle de la place Léon-Blum, une bâtisse ordinaire. Autour d'Anne, beaucoup de femmes juives, brunes, trop fardées ou d'autres au teint cireux, portant perruques et collants épais. Elles brandissent des pancartes, mais leurs bras sont mous. « Familles juives en colère », « Protégeons les enfants », « Touche pas à mon gosse ». Anne ne brandit rien. Elle porte son imperméable, ses mains sont dans ses poches, elle regarde autour d'elle, elle attend, on ne sait pas très bien ce qu'elle attend. Au milieu des autres femmes, elle fait figure de reine. On dirait une actrice déchue obligée de se produire dans des galas de province après avoir si longtemps gravi les marches des grands festivals.

Anne est au milieu d'une cohue de mères en

train de scander des slogans familialistes. Anne a toujours détesté les cohues de mères, je me souviens des premières années de Tom à l'école, quand elle allait le chercher. Elle me racontait qu'elle n'aimait pas cette attente ébahie derrière les grilles, ce regard exclusif qui sent le pain au chocolat, tu as passé une bonne journée, mon chéri ? Tom était un accident dans sa vie, un accident qu'elle s'est mise à adorer mais qui n'a jamais suscité chez elle aucune béatitude. J'ai toujours apprécié cette réserve qu'elle avait, qu'elle ne se jette pas tête baissée dans la maternité, comme ma sœur Hélène ou Virginie. Une fois, elle m'a même avoué que c'était l'un des griefs que Vincent avait contre elle, une des causes de leur séparation, cette retenue. D'ailleurs, Tom a choisi de vivre avec son père.

Je me suis approché, je suis maintenant derrière les buissons du square, ils ne sont pas très touffus, on voit facilement à travers, mais je n'ai même pas peur qu'Anne me voie, elle est aveugle, elle fixe un horizon que personne d'autre n'aperçoit, on ne sait pas vers où elle regarde, c'est comme s'il y avait la mer devant elle. Je sors ma petite caméra, je suis journaliste, je suis venu en tant que journaliste, je veux voir ce que c'est, une mère juive qui manifeste au milieu d'autres mères juives contre l'antisémitisme qui touche les enfants alors qu'aucun enfant n'a été touché, je veux voir ce que c'est que cette folie qui s'est emparée de cette mère-là, mon amie, ma petite sœur devenue folle… Elle s'est mise à crier très fort, la voilà qui s'égosille sur des slogans piteux qui n'intéressent personne. Elle a toujours ses mains dans ses poches, mais son cou est tendu, sa tête légèrement en arrière. Elle crie « Protégeons nos enfants ». Quelques autres essaient de reprendre mais elles n'ont pas son phrasé, leurs voix ne portent pas.

Je zoome sur le visage d'Anne, je ne veux voir que son beau visage en train de crier, comme si c'était une manifestation pour elle, rien que pour elle, comme si toutes nos manifestations de jeunesse n'en avaient été que les répétitions et qu'elle avait attendu ça toute sa vie.

Les gens commencent à s'en aller, je vois même des mères venir lui dire au revoir en s'excusant d'avoir envie de partir, Anne ne les retient pas, Anne leur sourit et reste seule sur la place avec ses slogans misérables, les mains dans les poches. Moi aussi, je devrais partir, cesser d'être là, devant cette femme qui n'est plus mon amie, mais je n'y arrive pas. Il n'y a peut-être plus qu'elle et moi, dans un face-à-face obstrué par les buissons, peut-être m'a-t-elle aperçu… Elle s'arrête de crier.

Dans le viseur de ma caméra, je scrute son visage, je suis tel un tueur à gages incapable de tirer sur sa cible, je voudrais la tuer, je ne peux pas, c'est le visage de ma jeunesse, on ne tue pas le visage de sa jeunesse, le jour décline, Anne est à Massada, Anne est enfermée, Anne est assiégée, Anne n'entend plus rien, et regarde l'esplanade de la mairie comme on regarde la mer. J'arrête de filmer

DU MÊME AUTEUR

MÈRE AGITÉE, Seuil, 2002 (Points Seuil n° 1093).

C'EST L'HISTOIRE D'UNE FEMME QUI A UN FRÈRE, Seuil, 2004.

LES MANIFESTATIONS, Seuil, 2005 (Folio n° 6127).

UNE ARDEUR INSENSÉE, Flammarion, 2009.

LES FILLES ONT GRANDI, Flammarion, 2010.

TITUS N'AIMAIT PAS BÉRÉNICE, P.O.L, 2015, prix Médicis 2015.

COLLECTION FOLIO

Dernières parutions

5925. Marc Dugain — *L'emprise*
5926. F. Scott Fitzgerald — *Tendre est la nuit*
5927. Pierre Jourde — *La première pierre*
5928. Jean-Patrick Manchette — *Journal (1966-1974)*
5929. Scholastique Mukasonga — *Ce que murmurent les collines. Nouvelles rwandaises*
5930. Timeri N. Murari — *Le Cricket Club des talibans*
5931. Arto Paasilinna — *Les mille et une gaffes de l'ange gardien Ariel Auvinen*
5932. Ricardo Piglia — *Pour Ida Brown*
5933. Louis-Bernard Robitaille — *Les Parisiens sont pires que vous ne le croyez*
5934. Jean Rolin — *Ormuz*
5935. Chimamanda Ngozi Adichie — *Nous sommes tous des féministes* suivi des *Marieuses*
5936. Victor Hugo — *Claude Gueux*
5937. Richard Bausch — *Paix*
5938. Alan Bennett — *La dame à la camionnette*
5939. Sophie Chauveau — *Noces de Charbon*
5940. Marcel Cohen — *Sur la scène intérieure*
5941. Hans Fallada — *Seul dans Berlin*
5942. Maylis de Kerangal — *Réparer les vivants*
5943. Mathieu Lindon — *Une vie pornographique*
5944. Farley Mowat — *Le bateau qui ne voulait pas flotter*
5945. Denis Podalydès — *Fuir Pénélope*
5946. Philippe Rahmy — *Béton armé*
5947. Danièle Sallenave — *Sibir. Moscou-Vladivostok*
5948. Sylvain Tesson — *S'abandonner à vivre*
5949. Voltaire — *Le Siècle de Louis XIV*
5950. Dôgen — *Instructions au cuisinier zen* suivi de *Propos de cuisiniers*
5951. Épictète — *Du contentement intérieur* et autres textes
5952. Fénelon — *Voyage dans l'île des plaisirs. Fables et histoires édifiantes*

5953. Meng zi	*Aller au bout de son cœur* précédé du *Philosophe Gaozi*
5954. Voltaire	*De l'horrible danger de la lecture et autres invitations à la tolérance*
5955. Cicéron	*« Le bonheur dépend de l'âme seule ». Tusculanes, livre V*
5956. Lao-tseu	*Tao-tö king*
5957. Marc Aurèle	*Pensées. Livres I-VI*
5958. Montaigne	*Sur l'oisiveté et autres essais en français moderne*
5959. Léonard de Vinci	*Prophéties* précédé de *Philosophie* et *Aphorismes*
5960. Alessandro Baricco	*Mr Gwyn*
5961. Jonathan Coe	*Expo 58*
5962. Catherine Cusset	*La blouse roumaine*
5963. Alain Jaubert	*Au bord de la mer violette*
5964. Karl Ove Knausgaard	*La mort d'un père*
5965. Marie-Renée Lavoie	*La petite et le vieux*
5966. Rosa Liksom	*Compartiment n° 6*
5967. Héléna Marienské	*Fantaisie-sarabande*
5968. Astrid Rosenfeld	*Le legs d'Adam*
5969. Sempé	*Un peu de Paris*
5970. Zadie Smith	*Ceux du Nord-Ouest*
5971. Michel Winock	*Flaubert*
5972. Jonathan Coe	*Les enfants de Longsbridge*
5973. Anonyme	*Pourquoi l'eau de mer est salée et autres contes de Corée*
5974. Honoré de Balzac	*Voyage de Paris à Java*
5975. Collectif	*Des mots et des lettres*
5976. Joseph Kessel	*Le paradis du Kilimandjaro et autres reportages*
5977. Jack London	*Une odyssée du Grand Nord*
5978. Thérèse d'Avila	*Livre de la vie*
5979. Iegor Gran	*L'ambition*

5980. Sarah Quigley — *La symphonie de Leningrad*
5981. Jean-Paul Didierlaurent — *Le liseur du 6h27*
5982. Pascale Gautier — *Mercredi*
5983. Valentine Goby — *Sept jours*
5984. Hubert Haddad — *Palestine*
5985. Jean Hatzfeld — *Englebert des collines*
5986. Philipp Meyer — *Un arrière-goût de rouille*
5987. Scholastique Mukasonga — *L'Iguifou*
5988. Pef — *Ma guerre de cent ans*
5989. Pierre Péju — *L'état du ciel*
5990. Pierre Raufast — *La fractale des raviolis*
5991. Yasmina Reza — *Dans la luge d'Arthur Schopenhauer*
5992. Pef — *Petit éloge de la lecture*
5993. Philippe Sollers — *Médium*
5994. Thierry Bourcy — *Petit éloge du petit déjeuner*
5995. Italo Calvino — *L'oncle aquatique*
5996. Gérard de Nerval — *Le harem*
5997. Georges Simenon — *L'Étoile du Nord*
5998. William Styron — *Marriott le marine*
5999. Anton Tchékhov — *Les groseilliers*
6000. Yasmina Reza — *Adam Haberberg*
6001. P'ou Song-ling — *La femme à la veste verte*
6002. H. G. Wells — *Le cambriolage d'Hammerpond Park*
6003. Dumas — *Le Château d'Eppstein*
6004. Maupassant — *Les Prostituées*
6005. Sophocle — *Œdipe roi*
6006. Laura Alcoba — *Le bleu des abeilles*
6007. Pierre Assouline — *Sigmaringen*
6008. Yves Bichet — *L'homme qui marche*
6009. Christian Bobin — *La grande vie*
6010. Olivier Frébourg — *La grande nageuse*
6011. Romain Gary — *Le sens de ma vie* (à paraître)
6012. Perrine Leblanc — *Malabourg*
6013. Ian McEwan — *Opération Sweet Tooth*

6014. Jean d’Ormesson	*Comme un chant d’espérance*
6015. Orhan Pamuk	*Cevdet Bey et ses fils*
6016. Ferdinand von Schirach	*L’affaire Collini*
6017. Israël Joshua Singer	*La famille Karnovski*
6018. Arto Paasilinna	*Hors-la-loi*
6019. Jean-Christophe Rufin	*Les enquêtes de Providence*
6020. Maître Eckart	*L’amour est fort comme la mort* et autres textes
6021. Gandhi	*La voie de la non-violence*
6022. François de La Rochefoucauld	*Maximes*
6023. Collectif	*Pieds nus sur la terre sacrée*
6024. Saâdi	*Le Jardin des Fruits*
6025. Ambroise Paré	*Des monstres et prodiges*
6026. Antoine Bello	*Roman américain*
6027. Italo Calvino	*Marcovaldo* (à paraître)
6028. Erri De Luca	*Le tort du soldat*
6029. Slobodan Despot	*Le miel*
6030. Arthur Dreyfus	*Histoire de ma sexualité*
6031. Claude Gutman	*La loi du retour*
6032. Milan Kundera	*La fête de l’insignifiance*
6033. J.M.G. Le Clezio	*Tempête* (à paraître)
6034. Philippe Labro	*« On a tiré sur le Président »*
6035. Jean-Noël Pancrazi	*Indétectable*
6036. Frédéric Roux	*La classe et les vertus*
6037. Jean-Jacques Schuhl	*Obsessions*
6038. Didier Daeninckx – Tignous	*Corvée de bois*
6039. Reza Aslan	*Le Zélote*
6040. Jane Austen	*Emma*
6041. Diderot	*Articles de l’Encyclopédie*
6042. Collectif	*Joyeux Noël*
6043. Tignous	*Tas de riches*
6044. Tignous	*Tas de pauvres*
6045. Posy Simmonds	*Literary Life*
6046. William Burroughs	*Le festin nu*

Composition Nord Compo
Impression Novoprint
à Barcelone, le 25 avril 2016
Dépôt légal : avril 2016
ISBN 978-2-07-079270-2.Imprimé en Espagne.

300709